Helene Hübener

Drei Freundinnen

Verlag der
Francke-Buchhandlung GmbH
Marburg an der Lahn

Lizenzausgabe
mit freundlicher Genehmigung der
Christlichen Verlagsanstalt GmbH, Konstanz

CIP-Kurztitelaufnahme der Deutschen Bibliothek

Hübener, Helene:
Drei Freundinnen / Helene Hübener. – Marburg an d. Lahn:
Francke, 1982.
(Edition C: H; 5)
ISBN 3-88224-230-2
NE: Edition C/H

Umschlaggestaltung: Gudrun Wagner
Gesamtherstellung:
St.-Johannis-Druckerei C. Schweickhardt
7630 Lahr-Dinglingen
Printed in Germany 18265/1982

Inhaltsverzeichnis

Die drei »E«

Heiß lag die Sonne über der kleinen Stadt Bergen. Still und leer war's auf den Straßen. Nicht als ob sonst viel Leben darin geherrscht hätte, aber die wenigen Leute, die hier wohnten, aßen zu Mittag oder hielten in der Hitze des Tages ihr Schläfchen. Man konnte ungesehen auf den Markt gelangen, der von schönen großen Häusern eingerahmt war, die von der Wohlhabenheit ihrer Besitzer zeugten.

Aus der Ferne aber, vom Pfarrgarten her, vernahm man fröhliche Stimmen. Und da die offene Hintertür des Pastorats den Blick auf einen mit schattigen Nußbäumen versehenen Hof gewährte, konnte man dort drei junge Mädchen beobachten, die nicht allzusehr unter der Hitze zu leiden schienen. Sie saßen unter einem jungen Apfelbaum auf dem Rasen, der zwar etwas Schatten gab, aber doch nicht so viel, als daß man sich das Sitzen darunter behaglich hätte vorstellen können. Junge Mädchen sind aber nun einmal anders als gewöhnliche Sterbliche. Wenn sie etwas für apart und nett halten, dann macht ihnen Hitze und Kälte nichts aus.

„Seht", rief eine der drei Freundinnen, „so ist's schön! Wir drei unter meinem Apfelbaum an meinem achtzehnten Geburtstag!"

„Wie gut, daß es nicht regnet", meinte die zweite. „Es wäre doch schade gewesen, wenn wir den geplanten Ausflug nicht machen könnten, ich habe mich schon so darauf gefreut."

„Ein Tänzchen wäre schön", warf die dritte ein, wohl die hübscheste unter ihnen, aber ein guter Beobachter würde sie auch als die oberflächlichste erkannt haben.

„Seit du tanzen gelernt hast und Bälle besuchst, bist du

anders geworden, Elise. Ich möchte nicht meinen Schlaf hergeben, um mich müde zu tanzen und am andern Tage blaß umherzuschleichen, ohne Frische und Arbeitslust", versetzte die Tochter des Hauses, die mit ihren dunklen Augen fröhlich in die Welt schaute.

„Oh", rief Elfriede, die blonde unter den dreien, „mich freuen und fröhlich sein will ich, und tanzen mag ich gern. Aber wieso man sich deswegen herausputzen muß und auf einen Ball gehen, und weshalb man dazu Herren gebraucht, das sehe ich nicht ein. Man kann es ja allein, wenn man Lust hat." Kaum hatte sie das gesagt, da stemmte sie schon die Arme in die Seite und drehte sich wie eine kleine Elfe auf dem Rasen.

„Kind, Kind, was machen Sie denn! Dieser Unverstand! Wie können Sie bei solcher Hitze tanzen", ertönte eine Stimme von der Gartenpforte her.

„Großmama", rief Lore, „Elfriede wollte uns nur zeigen, daß das Tanzen im Freien besser geht als im Saal."

„Ach was, tanzen hin, tanzen her. Mir wär's lieber, ihr rührtet die Hände als die Füße. Ich sehe es nicht gern, wenn junge Mädchen müßig sind."

„Frau Bürgermeister", begann Elfriede munter, „heute ist Lores Geburtstag, und an Festtagen ist die Arbeit verboten."

„Kleiner Naseweis, wirst schon noch die Hände rühren lernen; das Leben bringt nicht immer Festtage. Lore, wo sind die Schwestern? Haben sie schon die Vorratskörbe für heute nachmittag gepackt?"

„Die Schwestern – ich weiß nicht – ich glaube, ich hörte sie im Hof lachen."

„Ich werde sie suchen", versetzte Großmutter und verließ eiligen Schrittes den Garten. In einer Ecke des geräumigen Hofes, da, wo ein großer Nußbaum kühlen Schatten gab, standen vier junge Mädchen und steckten die Köpfe zusammen. Sie schienen Alben in den Händen zu halten, die sie sich gegenseitig zeigten.

„Was ist denn hier los?“ tönte da Großmutters Stimme. Die jungen Mädchen erschraken. Großmutter hatte helle Augen und hielt die Enkelinnen in strenger Zucht.

„Jetzt ist keine Zeit für Albums, eilt euch, kommt in die Küche; es gibt noch viel zu tun, wenn wir um drei Uhr am See sein wollen.“

Die jungen Mädchen schienen sich ungern von ihren Schätzen zu trennen, doch wenn Großmutter rief, gab es kein Zögern. Sie ließ sich die Erziehung ihrer Enkelinnen nach altem Brauch angelegen sein und übte das Amt mit eiserner Strenge. Ihrer Tochter, der Mutter der Mädchen, war's nur recht. Sie liebte es, in der Studierstube ihres Mannes zu sitzen, ihm zu helfen, Abschriften für ihn zu machen, mit ihm in der Gemeinde zu arbeiten. Sie verstand es wohl auch, die Wirtschaft zu führen, doch jetzt, da die Mutter mit im Hause lebte, der es Freude machte, die Zügel der Wirtschaft in Händen zu halten, überließ sie ihr die Sorgen für das leibliche Wohl und die Erziehung ihrer sechs Töchter.

Die alte Dame war ihren Enkelinnen vorausgeeilt und betrat nun die geräumige Küche, in der die alte Köchin das letzte Geschirr vom Mittag versorgte.

„Wo ist Fräulein Gerda?“

„In der Speisekammer, Frau Bürgermeister.“

Die Großmutter nickte befriedigt und betrat den kühlen Raum. Hier war die älteste der Schwestern mit Brotschneiden beschäftigt. Gerda ähnelte der Großmutter am meisten, sie wirtschaftete mit Leidenschaft, ein neues Rezept war ihr wichtiger als ein neues Kleid. War es da ein Wunder, daß die Großmutter von ihr hoffte, sie werde einst ihrer Erziehung besonders Ehre machen?

Sie lobte Gerdas Fleiß und meinte, es sei genug der Brote, nun müsse der Kuchen geschnitten werden und der Kaffee abgemessen.

„Kathrine“, rief sie in die Küche, „ist der Kessel gescheuert und die Zinnkanne blank?“

„Spiegelblank wie der See. Sie kochen doch den Kaffee draußen?“

„Natürlich, das gehört zum Waldvergnügen.“

Während nun Großmutter und Gerda einpackten und die andern jungen Mädchen herzukamen und halfen, saßen die drei Freundinnen immer noch unter dem Apfelbaum. Lore wußte, daß sie heute das Recht dazu hatte. Geburtstagskinder waren ein für allemal von den Alltagspflichten befreit, und da außerdem zwei Freundinnen zu Besuch waren, konnte selbst Großmutter keine Einwendungen machen.

„Deine Großmutter ist streng“, sagte Elise. „Ist es wahr, daß ihr immer Hausarbeit tun und euch die Löcher in den Strümpfen selber stopfen müßt? Meine Mutter meint, das habe ich nicht nötig, es gebe Leute, die das für mich tun könnten.“

„Großmutter sagt, wir sollen zu tüchtigen Hausfrauen erzogen werden, und eine gute Hausfrau müsse alles selbst angreifen können und alles selbst verstehen.“

„Ich will einmal eine gute Hausfrau werden“, sagte Elfriede. „Ich muß doch jetzt schon, seit Mutters Tod, für alles sorgen. Ich wünsche mir einen großen Haushalt, viele Kinder und viel Arbeit. Dann will ich von früh bis Abend auf den Füßen sein und tüchtig herumlaufen. Das ist meine Freude!“ Bei diesen Worten sprang sie wieder auf dem Rasen und drehte sich voll Übermut im Kreis herum. Elise aber sagte spöttisch: „Eine Hausfrau will ich auch werden, aber ich werde nur befehlen. Hoffentlich werde ich einmal sehr reich und habe das Arbeiten nicht nötig.“

Elfriede und Lore sahen sich an. Es ging das Gerücht, Elise, die reiche Kaufmannstochter, werde sich mit einem Amerikaner, den sie in den Ferien kennengelernt hatte, verloben. Sie selbst hatte noch nie davon gesprochen.

„Ist Herr Brown noch in der Stadt?“ fragte Elfriede, sie scharf ansehend.

Elise errötete. „Ja, er wird auch noch nicht sobald abreisen."

„Elise, ist es wahr, daß du dem Ausländer in die weite, fremde Welt folgen willst?"

„Der eine wird hierhin verschlagen, der andere dorthin", versetzte Elise ausweichend. „Wir können doch unmöglich alle beisammen bleiben."

„An eine Trennung habe ich bis jetzt noch nie gedacht", sagte Lore nachdenklich. „Ich meine aber, wir sollten uns immer treu bleiben und nie unsere gemeinsam verlebte Kindheit vergessen. Wollen wir uns nicht das Versprechen geben, uns in zehn Jahren hier wieder zu treffen und meinen Geburtstag miteinander zu feiern?"

„Doch lieber in fünfzig Jahren, wenn wir alle Großmamas sind", rief Elfriede übermütig.

„Wer weiß, was wir bis dahin durchmachen", sagte Elise mit einem Gesicht, das zu sagen schien: „Ich werde doch am meisten erleben."

„Also unter diesem Apfelbaum in fünfzig Jahren! Das wäre . . . am 12. Juli 1910", rief Lore.

„Und wißt ihr, was wir machen?" rief Elfriede. „Wir ritzen die Anfangsbuchstaben unserer Namen und die Jahreszahl in den Baum. Eleonore, Elise, Elfriede, das gibt ein dreifach verschlungenes ‚E'. Damit setzen wir unserer Freundschaft einen Denkstein."

„Das Bäumchen ist im Wachsen", meinte Lore. „In fünfzig Jahren werden wir wohl kaum noch eine Spur des ‚E' entdecken. Wir wollen lieber in die Lindenlaube gehen und in den dicken Stamm der Linde den Buchstaben einschneiden. Kommt!"

Als die Freundinnen eben in die Laube gehen wollten, erschien der Vikar, Herr Rost, im Garten, begleitet von Lores beiden Brüdern.

„Lore!" rief einer der Brüder, „heute ist keine Schule. Erstens, weil Herr Rost morgen fortgeht, und zweitens, weil dein Geburtstag ist."

Lore errötete, während Herr Rost die jungen Mädchen höflich begrüßte. Er war ein großer Mann mit ausgeprägten Gesichtszügen. Hübsch konnte man ihn nicht nennen, doch lag in dem Gesicht etwas Anziehendes. Er war zwei Jahre im Kunzeschen Hause gewesen, teils zur Unterstützung des Superintendenten, teils um die Jungen und auch die jüngeren Mädchen zu unterrichten. Nun, da er das Haus verließ, war Martha, die vierzehnjährige, mit einem halben Dutzend Alben bei ihm erschienen und hatte für sich und die Schwestern um einen Abschiedsvers gebeten. Lächelnd hatte er die Bücher in Empfang genommen. Mit fünfen war er schnell fertig geworden, als er aber das eine zur Hand nahm, das in goldenen Buchstaben Lores Namen trug, da hatte sein Gesicht einen besonderen Ausdruck angenommen. Er saß lange vor dem Buch, schien aber nichts Passendes finden zu können. „Was soll ich nur schreiben! Es heißt wohl: ‚Wes das Herz voll ist, des geht der Mund über.‘ Geht das aber?“ Endlich schien er mit sich ins reine zu kommen. „Es muß ja doch einmal heraus.“ Mit diesen Worten tauchte er die Feder ein und schrieb.

Die drei Freundinnen waren noch ganz von dem sich gegenseitig gegebenen Versprechen erfüllt und standen vor der Linde, um eine Stelle zum Einschneiden der Buchstaben zu finden.

Herr Rost hatte noch mit den Jungen gesprochen und trat nun zu den Mädchen in die Laube.

„Sie wollen wohl Ihrer Freundschaft einen Denkstein setzen?“ sagte er lächelnd, als er Lore mit ihrem kleinen Messer am Baum ritzen sah.

Sie wandte sich nach dem Sprecher um. „Ach ja, Herr Rost, wir möchten gerne, aber das Messer ist so schwach. Schneiden Sie uns doch ein dreifach verschlungenes ‚E‘ in die Linde mit Datum und Jahreszahl. Bitte! Wir haben uns das Versprechen gegeben, uns in fünfzig Jahren, wenn wir noch leben, hier an dieser Linde wieder zu treffen.“

Herr Rost lächelte wieder, holte sein eigenes, handfesteres Messer aus der Tasche und begann die ihm übertragene Arbeit. Die drei jungen Mädchen standen hinter ihm, aufmerksam seinen Bewegungen folgend.

„Sie denken sich wohl das Leben in den fünfzig Jahren wunderschön?“ sagte er, indem er, die Augen auf den Baum gerichtet, mit dem Messer die ersten Linien einritzte.

„Ja, sehr schön“, antwortete die immer schlagfertige Elfriede. „So schön, wie es heute ist und bis jetzt immer war. Sie wünschen hoffentlich auch, daß es uns gut geht?“

„Gewiß“, sagte Herr Rost, „aber ich möchte Ihnen vor allem wünschen, daß Sie den mit ins Leben hineinnehmen, der das Leben in Wahrheit schön macht, ich meine unsern Heiland. Alle irdischen Freuden vergehen, wer aber seine Freude am Herrn hat, kann allezeit fröhlich sein, auch wenn er in Not und Sorge ist.“

„Not und Kummer werden Sie uns hoffentlich nicht wünschen“, fiel Elise ein. „Wir möchten alle drei glückliche Tage und Jahre haben.“

„Gott schenke Sie Ihnen so voll und reichlich, wie ich sie Ihnen wünsche!“ war die Antwort. „Aber Freude und Leid wechseln im Leben, Gottes Wege sind oft anders als die unseren.“

„Wie ernst!“ flüsterte Elise Elfriede ins Ohr, während Lore andächtig auf seine Worte lauschte. Was er sagte, fand stets Widerklang in ihrem Herzen.

Nun war das „E“ fertig. Herr Rost trat einige Schritte vom Baum und sah sich sein Werk an.

„Fräulein Eleonore, Elfriede, Elise, bleiben Sie sich einander treu, halten Sie fest zusammen, wie die verschlungenen Buchstaben, und denken Sie dabei an ein viertes ‚E‘. Reifen Sie in den fünfzig Jahren der Ewigkeit entgegen.“

Mit diesen Worten steckte er das Messer ein und verließ den Garten.

„Ein komischer Mann“, sagte Elise kopfschüttelnd, „der verdirbt uns die fröhliche Laune.“

„Er sieht das Leben von einer dunklen Seite“, meinte Elfriede.

„Er kann trotzdem sehr fröhlich sein. Ihr mögt ihn nun einmal nicht, ich finde ihn nett.“

„Wen findet meine Tochter nett?“ fragte ein älterer Herr, der zu den Mädchen trat.

„Herrn Rost, Herr Superintendent“, sagte Elfriede schelmisch und begrüßte den Vater der Freundin.

„Sieh an! Ich wollte es mir auch nicht anders ausgebeten haben.“

Herr Rost war unterdes in sein Zimmer gegangen. Er nahm Lores Album, ging in das leere Wohnzimmer und schob das Buch behutsam unter ein Tuch, das mit andern Sachen den Geburtstagstisch verschönte. Er glaubte bestimmt, die jungen Mädchen würden vor der Bootfahrt nicht ins Haus zurückkehren, und Lore sollte dann abends beim Abräumen des Tisches das Buch finden.

Inzwischen erschien unten ein seltsamer Zug. Voran schritt Kathrine, die Köchin, mit einem großen blankgescheuerten Kessel und etlichem andern Küchengerät. Dann folgten Gerda und Johanna, die einen schweren Korb trugen, der, zugedeckt, dem neugierigen Beschauer keinen Einblick in sein Inneres gab. Jetzt kamen die Jungen. Karl trug vorsichtig eine funkelnde Zinnkanne, ein Familienerbstück, das sein Alter stolz zur Schau trug, denn die Jahreszahl 1740 prangte auf der vorderen Seite. Rosa, Berta und Martha folgten in luftigen Sommerkleidern, sie trugen Körbe und Pakete aller Art. Den Beschluß machte die Großmutter.

„Habt ihr auch an Tücher für den kühlen Abend gedacht?“ rief die besorgte Mutter.

„Gewiß“, war Gerdas Antwort, „nur für Lore fanden wir keins, sie muß sich das neue vom Geburtstagstisch holen.“

Lore lief schon davon. Im Nu stand sie im stillen Wohnzimmer vor ihrem Geschenktisch. Eilig nahm sie das schöne buntfarbige Tuch und wollte bereits zu den andern zurück – da entdeckte sie ihr Album. Schnell wollte sie noch sehen, welchen Vers ihr Herr Rost wohl zum Abschied geschrieben hatte. Eine rote Glut zog sich über ihr Gesicht. Dann, als folgte sie einer plötzlichen Eingebung, schlug sie das Buch zu und rannte damit nach oben. Sie wollte es in einen verborgenen Winkel legen, damit niemand es finden konnte. Aber noch einmal mußte sie es aufschlagen, noch einmal sich überzeugen, ob sie recht gelesen. Ja, da stand es: „Es ist bestimmt in Gottes Rat, daß man vom Liebsten, was man hat, muß scheiden." – Das Datum und die Jahreszahl waren beigefügt, aber kein Name.

Also doch! Sie war von sechs Schwestern die Auserwählte. Nun war ihr auf einmal vieles klar. Der feste Händedruck heute morgen, als er ihr gratulierte, die zarte Aufmerksamkeit, die er ihr seit kurzem erwies. War es denn möglich, daß dieser Mann, den sie hoch verehrte, sie liebhatte? Da ertönte Elises Stimme durchs Haus. „Lore, liebste, beste, wo bist du? Alles wartet auf dich." Lore schob schnell das Buch in die Kommode.

„Das ganze Haus habe ich nach dir durchsucht. Wie, du hast geweint? An deinem Geburtstag? Es hat wohl Schelte gegeben von der Großmutter?"

„Aber nein, sie hat nicht gescholten, doch frag bitte nicht, ich komme ja schon." Sie fuhr sich mit einem feuchten Schwamm über das Gesicht und folgte Elise, die kopfschüttelnd nach unten ging. Zu langen Erklärungen war keine Zeit, sie mußten eilen; die Gesellschaft hatte schon die an den Garten grenzende Wiese durchschritten und war am See, an dessen gegenüberliegendem Ufer das schöne Buchenholz lag, in dem Kunzes fast alle Familienfeste, die der Sommer brachte, zu feiern pflegten.

Unter lauten Ausrufen, wie es komme, daß das Geburtstagskind sich verstecke, wo Lore gewesen, empfing sie die Gesellschaft, die bereits das Boot bestiegen hatte, nachdem die Körbe vorsichtig unter die Bänke geschoben worden waren. Lore, die sich den runden Strohhut etwas tiefer ins Gesicht zog, sprang, da sie Herrn Rost am Steuer sitzen sah, an die entgegengesetzte Seite des Bootes, um nur nicht seinem Blick zu begegnen. Der hatte längst gesehen, wie aufgeregt sie war. Er wußte nun, daß sie im Hause gewesen und das Buch gefunden hatte, das sie erst am Abend haben sollte. Wie unangenehm! Nun konnte möglicherweise der Nachmittag verdorben werden. Hätte er doch das Album behalten – hätte er lieber seine Gefühle nicht schwarz auf weiß zu verstehen gegeben – es hätte ja alles noch Zeit gehabt!

„Herr Vikar, Sie steuern falsch“, rief der Hausherr munter. „Ihre Gedanken sind nicht bei der Sache.“ Herr Rost fuhr aus seinem Sinnen und machte nun seinem Ruf als Steuermann wirklich Ehre.

Man landete glücklich am andern Ufer. Nachdem ein freier und schattiger Platz im Wald erreicht war, schickte die Großmutter ihre Vasallen zum Sammeln trockener Reiser.

„Nehmet Holz vom Fichtenstamme, doch recht trokken muß es sein“, zitierte Berta.

„Daß du mir Holz liest und nichts anderes, Mamsell Schwärmerin“, sagte Großmutter, mit dem Finger drohend. „Hab' wohl gesehen, wie du Schillers Gedichte verstohlen in die Tasche stecktest.“

Nachdem Herr Rost zwei Stangen im Boden befestigt hatte und eine Querstange darüber, um den Kaffeekessel daran zu hängen, wenn das Feuer angezündet sein würde, ließ er sich neben dem Hausherrn auf das weiche Moos nieder; vor ihnen entrollte sich ein buntfarbiges Bild.

Da kamen sie alle, die jugendlichen Holzleser, die lichten Gestalten mit Bündeln trockener Reiser, sogar Elise, die feine Dame, sammelte fleißig mit. Alles wurde am

Feuerplatz niedergelegt. Großmutter aber schaffte zutage, was die weitbäuchigen Körbe an Schätzen bargen; Karl und Heinrich wurden ans Wasser geschickt, um die leeren Krüge zu füllen. Gerda hatte das Feuer anzuzünden.

Jetzt knickte und knisterte es in dem trockenen Reisig, bald loderte die Flamme hoch; der Kessel wurde gefüllt und an die Stange gehängt; und wenn es auch etwas Rauch und Qualm zu schlucken gab: das Vergnügen war doch köstlich. Die Großmutter schüttete den duftenden Kaffee in das siedende Wasser, die jüngeren Töchter ordneten die Tassen und verteilten die Kuchen auf die Teller.

Lore mied sichtlich die Nähe des Vikars, sie konnte und wollte jetzt nicht mit ihm reden.

Nun erschien Gerda mit der großen, zinnernen Familienkanne und schenkte ein.

„Eine prächtige Kanne", bemerkte Herr Rost, die muß Fräulein Gerda einmal erben, denn sie handhabt sie am meisten!" „Karl bekommt sie", sagte die Großmutter bestimmt, „sie bekommen alle etwas, aber diese Kanne ist für Karl bestimmt, er ist mein Pate. Hörst du, Karl, daß du mir die Kanne einmal in Ehren hältst!"

„Die Kanne?" sagte Karl zerstreut. Er schien vorläufig ihren Inhalt höher zu schätzen.

Nach dem Kaffee ging die Jugend in den Wald, während die Eltern und Herr Rost plaudernd beisammen saßen.

Rosa, Elfriede und Elise pflückten Waldblumen und wanden Kränze. Mit dem schönsten schmückten sie Lore, das Geburtstagskind, das sie träumend irgendwo im Wald fanden.

„Lore", rief Elfriede, „was ist dir nur auf einmal in den Sinn gekommen, du bist ganz anders als sonst."

„Sie sinnt schon über das nach, was ihr in den fünfzig Jahren begegnen wird", meinte Elise. „Kommt, laßt uns etwas Gemeinsames unternehmen!"

Ja, wo waren die anderen alle? Martha jagte einem Eichhörnchen nach, Berta hatte sich mit Johanna an ein einsames Plätzchen zurückgezogen, sie wollte dichten. Nur die verständige Gerda saß eifrig strickend neben der Großmutter, und die sah ihr zufrieden zu.

„Großmutter", sagte der Hausherr, „Gerda ist doch Deine Lieblingsenkelin, in ihr lebst du verjüngt weiter."

„Sollte mir recht sein, wenn sie meine Lehren beherzigte und die alte Zeit zu Ehren brächte. Es will mir heutzutage so manches nicht recht behagen."

„Es kommt noch anders, Frau Bürgermeister", wandte Herr Rost ein. „Wie, wenn das Stricken aus der Mode käme?"

„Berta würde das nur recht sein, wenn sie nicht zu stricken brauchte. Sie, mit ihrem unpraktischen Wesen und ihrer schwärmerischen Art wird immer ein Mondscheinleben führen. Sie muß froh sein, wenn sie Menschen findet, die sich ihrer annehmen."

Jetzt kam die Jugend aus dem Wald zurück. Die Mädchen schienen erregt.

„Mit der Lore ist heut gar nichts anzufangen", riefen sie durcheinander. „Wenn man sie etwas fragt, gibt sie verdrehte Antworten, und immer sitzt ihr das Weinen näher als das Lachen."

„Sie weinte ja schon, als ich sie vorhin suchte", rief Elise kopfschüttelnd dazwischen.

„Unser Geburtstagskind?" fragte der Hausherr ungläubig. „Unsere fröhliche Lore? Wie soll ich das verstehen?"

Herr Rost aber bohrte seinen Stock immer tiefer in den weichen Waldboden und suchte seine Verlegenheit zu verbergen. Doch niemand beachtete ihn.

„Und nun ist sie wieder weg, es ist gar kein Zusammenhalt heute", rief Elfriede.

„Fangt ihr eure Spiele an, ich will meine Tochter selbst suchen", sagte der Superintendent und erhob sich.

„Großmutter und Mutter müssen mitspielen. Es ist an Geburtstagen immer so", rief Martha.

„Ich spiele auch mit, will nur erst mein entflohenes Vögelchen fangen."

Mit diesen Worten entfernte er sich. Plötzlich hörte er Schritte hinter sich und die Stimme des Vikars: „Darf ich suchen helfen?"

„Gern."

Nun war ja die Gelegenheit günstig wie nie. Jetzt konnte er aussprechen, was er längst auf dem Herzen hatte. Und er tat es mit frohem Mut. Er sagte dem erstaunten Vater, daß er die Lore liebe und es gewagt habe, ihr eine kleine Andeutung in dieser Richtung zu machen. Er müsse vor seinem Fortgehen Gewißheit haben. Und wenn nun Lore ja sage, ob er dann mit dem Segen der Eltern rechnen dürfe?

„Meinen Segen sollen Sie haben. Suchen Sie meine Tochter und klopfen Sie bei ihr an. Ist sie einverstanden, dann kommen Sie nicht zusammen zur Gesellschaft zurück, bis morgen bleibt die Sache Geheimnis."

Es war ungefähr eine halbe Stunde vergangen. Die Gesellschaft spielte: „Dieser Taler, der muß wandern, von dem einen zu dem andern" und bemerkte gar nicht, daß Lore sich leise zwischen Karl und Martha in den Kreis schob und tapfer mitsang. Elfriede war die erste, die die Freundin entdeckte. Als das Spiel zu Ende war, fand sich auch Herr Rost ein. Wäre man nicht so mit den Gedanken beim Spiel gewesen, würde der eine oder andere sicher bemerkt haben, daß beide einen besonders glücklichen Ausdruck im Gesicht hatten.

Als die Schatten der Bäume länger wurden, mahnte die Mutter zum Aufbruch. Der Hausherr nahm seine Gattin an den Arm und überließ seine Töchter der Großmutter, die mit Eifer und Scharfsicht das Einpacken des Geschirrs überwachte. Nach vielem Drängen und Schieben war man endlich im Boot untergebracht.

Am späten Abend, als der Mond sein mildes Licht über See, Wiese und Garten ergoß, standen Lore und Elise Hand in Hand vor der Linde. Elfriede fehlte, ihr Vater hatte sie schon nach Hause geholt. Die Freundinnen betrachteten noch einmal das kunstvoll verschlungene „E“.

„Wenn wir noch leben sollten“, sagte Elise, „dann werde ich wohl schwerlich in fünfzig Jahren hier sein; denn Lore – dir will ich's sagen –, ich gehe mit meinem zukünftigen Mann nach Übersee.“

Lore drückte der Freundin stumm die Hand. Wie gern hätte sie ihr gesagt, was ihr Herz bewegte, doch erst morgen sollte alles klar werden.

Und dann wurde Lores Verlobung mit Herrn Rost gefeiert. Als er seine gestrige Frage: „Ob sie zusammen den Lebensweg gehen wollten“, wiederholte, da gab sie zur Antwort: „Wer könnte mich wohl besser auf diesem Weg begleiten?“

Unter den Schwestern aber war ein Flüstern und Durcheinanderschwirren. „Lore und Herr Rost! Kannst du dir Lore als Braut denken und Herrn Rost als Bräutigam? Und unser Schwager wird er! Wie einzigartig!“

„Bist du denn glücklich, Lore?“ fragte Elfriede, „glücklich mit deinem ernsten Mann?“

„So glücklich wie nur jemand sein kann“, war Lores Antwort. Elfriede schüttelte den Kopf. Sie hatte die Freundin sehr lieb, aber in diesem Punkt verstand sie sie nicht.

Sie will sich ihres Lebens freuen in voller Jugendlust und Kraft, sie mag nicht gern an ernste Dinge erinnert werden. Herr Rost „mit seinen düstern“ Anschauungen vom Leben ist ihr unverständlich.

Zu Besuch bei Lore

Fünf Jahre sind vergangen. An einem schönen Maimorgen, die Pfingstferien waren gerade zu Ende, schritt die muntere Elfriede am Arm ihres Vaters dem Postgebäude zu.

„Ich freue mich so sehr auf Lore und ihre Häuslichkeit, es ist reizend, eine verheiratete Freundin besuchen zu können."

„Um seinen Vater Mietlingen zu überlassen", grollte der Amtmann, der mit großer Liebe an seiner einzigen Tochter hing.

Elfriede schloß ihm den scheltenden Mund und versprach, nachher desto fleißiger wirtschaften zu wollen, der Vater solle ihr nur jetzt nicht die Zeit nehmen und sie einige Wochen bei Lorchen lassen.

Vor der Post war schon Leben und Bewegung. Koffer und Kisten wurden verpackt, und aus der Postkutsche drangen jugendliche Stimmen. Elfriede sah in den Wagen. „Alles mit Schülern besetzt."

„Ein Platz ist noch frei", sagte der Postillon und deutete stumm in die Ecke. Elfriede klemmte sich hinein, sah den Vater belustigt an und sagte:

„Mit lauter Herren! Die sich hoffentlich ritterlich erweisen werden und der Dame einen Rücksitz einräumen."

„Ich kann das Rückwärtsfahren nicht vertragen", schallte es im Chor.

„Dann bleibt nur ruhig sitzen, wo ihr seid", entgegnete Elfriede, „es ist mir lieber, als wenn ihr unterwegs krank werdet."

„Familie Kunze kommt noch", rief der Amtmann, und machte drei jungen Mädchen Platz, die mit Paketen im Arm an der Post erschienen. „Tausend Grüße an Lore, bitte, nimm dies für sie mit. In dem Korb, den Kathrine bringt, sind Fische, die müßt ihr heute noch essen."

„Und hier einige Kringeln", rief Berta. „O weh, die

Tüte hat ein Loch bekommen, es sind schon einige herausgefallen."

„Berta", schalt Johanna, „du bist immer unpraktisch, wie kannst du so dünnes Papier nehmen?"

„Gib nur her, so – danke schön, sie sollen gut munden", sagte Elfriede.

Lore, die junge Hausfrau, stand zu gleicher Zeit in der Studierstube des Pfarrhauses und sah bittend ihren Mann an.

„Otto, nicht wahr, eins tust du mir zuliebe, wenn Elfriede kommt, du zeigst dich von deiner liebenswürdigsten Seite?"

„Bin ich denn nicht immer so?"

„Im ganzen, ja, aber Elfriede hat einmal ein Vorurteil gegen dich, und bis jetzt hast du nichts getan, es ihr zu nehmen. Das erste und einzige Mal, als sie bei uns war, zu Ottos Taufe, da gerietet ihr sogar aneinander."

„Ich habe nichts gegen deine Freundin, ich schätze ihre geistige Begabung, ihre Erziehung, ihren Frohsinn, aber ich mußte sie, als Patin meines Kindes, auf ihre Patenpflichten aufmerksam machen, da sie nur die äußerliche Seite aufzufassen schien. Ich habe es, wie ich meine, in sehr zarter Weise getan –"

.,Sie hat es anders empfunden und wieder den Eindruck von dir bekommen, du seiest ein ernster Mann, an dessen Seite zu leben –"

„– entsetzlich ist", erganzte er.

Lore sah ihn mit glücklichem Lächeln an. „Ich weiß es besser", sagte sie, „aber ich möchte so gern, daß Elfriede es auch wüßte."

„Ich will mein Möglichstes tun."

Beruhigt verließ Lore das Zimmer und ging, die Freundin von der Post abzuholen. Sie hatte eben die eine Viertelstunde vom Dorf entfernte Haltestelle erreicht, als der Wagen vorfuhr. Da leuchtete ihr schon Elfriedes glück-

liches Gesicht entgegen und fünf strahlende Jungengesichter hinter ihr.

„Das ist meine Freundin", rief Elfriede, worauf die Jungen höflich die Mützen zogen. Beim Aussteigen waren sie außerordentlich behilflich, sie reichten den Fischkorb und die sehr zusammengeschrumpfte Kuchentüte heraus, den Sonnenschirm und die Reisetasche. „Wir danken auch noch vielmals, Fräulein, für die Butterbrote und den Kuchen und für alles, was Sie uns gegeben haben. So viel Schönes haben wir lange nicht bekommen. Leben Sie wohl, Fräulein, vergessen Sie uns nicht."

„Nein, ich schicke euch einmal einen tüchtigen Korb mit Eßwaren ins Pensionat. Viel Glück einstweilen mit lateinischen Klassenarbeiten." –

Die Post fuhr weiter, der Hauptstadt zu.

„Du hattest wohl eine vergnügliche Fahrt!"

„Ja, es war reizend. Erst brummten und murrten die Jungen, als ich erschien. Sie wollten sich herumrekeln und Unsinn treiben und mußten sich nun zusammennehmen. Ich war aber lustig mit ihnen, da wurden sie zutraulich. Sie haben mir Schulgeschichten erzählt, ihre Bücher gezeigt, ich habe meine Butterbrote unter sie verteilt und eine Kuchentüte, die Berta an die Post brachte, ist fast leer. Ich wollte mich beliebt machen und gab jedem etwas. Der Rabe hat die Krümel bekommen."

„Ein Rabe war auch mit dabei?"

„Ja, unter der Bank, in einem Deckelkorb. Ein Quintaner hat ihn sich gefangen und will ihn abrichten. Ich bekam einen Schreck, als es sich unter der Bank zu rühren begann. ‚Er tut nichts, er hat nur Hunger, haben Sie nicht ein paar Kuchenkrümel?', bat der Junge. Der Rabe wurde ans Tageslicht geholt, und wir haben uns lange mit ihm vergnügt, ich fürchte, es ist nicht nur bei den Krümeln geblieben, der Rabe wurde immer dreister und die Jungen auch."

„Du erlebst doch stets etwas Lustiges unterwegs. Hoffentlich können wir auch recht vergnügt zusammen sein, es ist das erstemal, daß du auf längere Zeit kommst."

So plaudernd erreichten die Freundinnen das Pfarrhaus. Die Begrüßung war äußerst herzlich, und doch konnte man sofort merken, wie schnell Elfriedens Munterkeit einem ernsten, gemessenen Wesen Platz machte. Besonders als Lore in die Küche mußte und Elfriede mit Rost allein war, herrschte eine kühle Atmosphäre.

Doch nun wurde der kleine, halbjährige Otto hereingebracht, der, eben vom Schlaf erwacht, mit glücklichem Gesichtchen dem Papa die Händchen entgegenstreckte. Elfriede bat, ihn nehmen zu dürfen. Doch der kleine Bursche war ungnädig und verbarg das Köpfchen an Papas Schulter.

„Sie müssen es ihm nicht übelnehmen, er wird schon höflicher gegen seine Patentante werden. Ja, ich hoffe und wünsche, daß er mit der Zeit gute Freundschaft schließt mit Tante Elfriede. Vielleicht darf sich der Vater dem Freundschaftsbund dann anschließen."

Elfriede wollte gerade etwas erwidern, da trat Lore ein und bat, ihr ins Eßzimmer zu folgen, es sei angerichtet. Wie natürlich und ungezwungen war alles! Rost war ein gemütlicher Hausherr, ein liebevoller Gatte, aber auch ein liebenswürdiger Wirt. Wie angenehm wußte er zu unterhalten! Dabei kam auch der Humor nicht zu kurz.

„Lorchen", sagte er nach Tisch, „es war doch in Gerdas Brief von meinem Lieblingskuchen die Rede, könnten wir nicht zum Nachtisch davon haben?"

„Das ist eine traurige Geschichte, Otto", sagte Lore schelmisch. „Erst hat Berta einige aus der Tüte fallen lassen, und dann hat Elfriede unterwegs Schüler und Raben damit gefüttert. Etwas ist noch da, das kannst du haben."

Elfriede sah erschrocken aus. „Wenn ich geahnt hätte, daß die Kuchen für Sie bestimmt waren, dann hätte ich natürlich alle Hände darüber gebreitet. Berta reichte sie mir schlecht verpackt in den Wagen, so daß ich meinte, sie seien für mich als Reiseproviant. Wie unangenehm!"

„Gerda hätte das Einpacken nur selbst besorgen sollen, auf Berta ist kein Verlaß", sagte Lore. „Aber gräme dich nicht, Elfriede, mein Mann muß sich diesmal den Genuß versagen."

„Es ist sehr schade, daß ich die Kuchen nicht bekomme, Fräulein Elfriede, Sie sind eine böse Tante. Sie haben die Schüler und die Raben lieber als mich", versetzte er neckend.

Fröhliches Gelächter folgte. Der Bann war gebrochen.

Als Lore am Abend, nachdem sie den Kleinen zu Bett gebracht hatte, auf die Veranda trat, um die Freundin und den Gatten zu suchen, fand sie sie freundschaftlich im Garten auf und ab gehend. Froh sagte sie sich, wie gut es doch der Mann verstanden hatte, Elfriede die Scheu vor ihm zu nehmen. Nun würde sie ihn wirklich kennenlernen, wie er ist.

Am andern Morgen kam Elfriede dazu, als der Kleine gebadet wurde. Wie entzückte sie sein fröhliches Jauchzen, wie gern half sie Lore beim Anziehen, wie glücklich war sie, als der Bub zutraulicher wurde. Sie trug ihn ins Wohnzimmer und legte ihn mit den Worten in die Wiege: „Nun will ich endlich holen, was ich ihm mitgebracht habe."

Als Rost eine Stunde später ins Zimmer trat, fand er auf dem Tisch eine richtige Bescherung vor. Da gab es Kleidchen und Höschen und andere Sachen, die Elfriede selbst angefertigt hatte.

„Sieh nur, Otto, was Elfriede mitgebracht hat."

„Ich möchte doch eine gute Patin sein. Aber", fuhr Elfriede fort und sah Rost plötzlich herausfordernd an, „ich weiß, das hat bei Ihnen keinen Wert. Sie verlangen mehr von mir."

„Mißverstehen Sie mich nicht, Fräulein Elfriede. Ich wiederhole, was ich Ihnen damals am Tauftag sagte: Beten Sie fleißig für Ihr Patenkind, das ist das größte Geschenk, das Sie ihm machen können."

„Ich mag es ja mit der Zeit noch lernen", sagte Elfriede offen. Als er fort war, meinte sie: „Dein Mann nimmt doch alles sehr ernst."

„Er ist ein wirklicher Christ. Darum lebt er in dieser Zeit für die Ewigkeit und lehrt es die, die mit ihm umgehen."

„Lore", fragte Elfriede, das Gespräch abbrechend, „hast du in letzter Zeit von Elise gehört?"

„Sie hat mir einmal geschrieben – in den ersten Jahren ihrer Ehe –, dann nicht mehr. Sie erzählte von ihrer fürstlichen Einrichtung in New York, von den Gesellschaften und Bällen, von ihren Kleidern, kurz von lauter Äußerlichkeiten. Ich habe dann noch zweimal geschrieben, aber keine Antwort bekommen. Du weißt doch, daß Herr Brown Witwer war?"

„Ja, er hat seine erste Frau nur ein Jahr gehabt. Das kleine Söhnchen, das sie ihm schenkte, ist hier bei den Großeltern geblieben. Warum Elise es wohl nicht mitgenommen hat?"

„Weil sie sich vor den Pflichten scheute. Sie wollte ihr Leben genießen und hat das so deutlich zu verstehen gegeben, daß die Großeltern den kleinen Heinrich behalten haben."

„Wo wohnen sie?"

„Sie haben ein Gut am Rhein. Sie heißen Körner und haben den Kleinen an Kindes Statt angenommen."

„Ich begreife nicht, wie Elise so handeln konnte. Aber sie wurde von Jugend auf von den Eltern verwöhnt, da ist sie selbstsüchtig und eigennützig geworden."

Elfriede erzählte weiter, daß Elisens Eltern ihr Haus in Bergen verkauft hatten und nach Bremen gezogen waren. Dann erinnerten sie sich ihres Versprechens, sich in fünfzig Jahren wieder zu treffen, und Elfriede erzählte, daß sie vorgestern noch das eingeschnittene „E" in der Linde betrachtet habe.

Dann wurde Gerdas Verlobung mit einem Doktor Willers besprochen.

Diese Wochen bei der Freundin und ihrem Gatten blieben für Elfriede auf Lebenszeit eine köstliche Erinnerung: Lore, voll strahlenden Glücks über Mann und Kind, voller Liebe gegen Elfriede und immer besorgt, den Gatten in den Vordergrund zu stellen, ihn Elfriede von der besten Seite zu zeigen. Wie konnte dieser Mann mit den ernsten Lebensanschauungen so kindlich fröhlich sein, wie herzlich konnte er lachen und sich über kleine Dinge freuen!

„Was macht ihr an den Winterabenden?", fragte Elfriede einmal die Freundin.

„Otto liest mir vor, wenn er nicht zu arbeiten hat. Mitunter spielen wir auch Schach, weil ich es so liebe."

„Wer gewinnt denn dabei?"

„Nun, wenn's die Ehre gilt, die Frau –"

„Und wenn's um Schokolade geht, der Mann", versetzte das Ehepaar lachend. „Sie sehen, ich bin ein sehr materialistischer Mensch", fügte Rost hinzu. „Sie würden noch mehr davon überzeugt sein, wenn Sie uns in der Stachelbeerzeit besuchten."

So wechselte Scherz und Ernst, und die Wochen vergingen in ungetrübtem Beisammensein. Am Tag vor der Abreise sagte Elfriede einmal: „Gott behüte dir dein Glück; ich weiß es jetzt zu würdigen."

„Und dich mache Gott der Herr so glücklich, wie ich es bin", versetzte Lore.

„Wollen sehen, was sich in fünfundzwanzig Jahren noch ereignet", lächelte Elfriede. „Einstweilen freue ich mich auf die schöne Reise, die Vater mit mir im Herbst machen wird."

Am folgenden Tag wurde Elfriede an die Post gebracht. Auch der kleine Otto begleitete die Patentante in seinem Wagen. Als die Freundin sich verabschiedete, hob Rost den Kleinen aus dem Wagen, und als er die Ärmchen nach der Tante ausstreckte, herzte und küßte sie ihn. „Ihr Pate hat Freundschaft mit Ihnen geschlossen, ich denke, auch der Vater darf darum bitten.“ Elfriede schüttelte ihm die Hand.

„Ich habe Ihnen für vieles zu danken, vielleicht verstehe ich manches, was Sie gesagt, später noch besser als jetzt.“

Der Wagen rollte davon.

„Nun, Frauchen“, sagte Rost vergnügt, als sie den Heimgang antraten, „bist du mit mir zufrieden gewesen?“

„Du bist ein einziger, prächtiger Mann und hast es verstanden, Elfriedens Freundschaft zu gewinnen.“

„Deine Freundin ist ein reichbegabtes Mädchen. Sie weiß sehr viel und ist bescheiden dabei. Wenn sie einmal das ‚Eine, was not tut‘ durch Gottes Gnade erkannt haben wird, so wird sie es völlig und ganz ergreifen.“

Einstweilen freute Elfriede sich ihres Lebens und meinte, noch viel Schönes erleben zu müssen. Und doch mußte gerade sie die Erfüllung des Wortes: „Meine Gedanken sind nicht eure Gedanken“, in vollstem Maß erfahren.

Elfriedens Heim

Zwanzig Jahre sind seither ins Land gegangen. Wir kehren nicht wieder in das Städtchen ein, denn die Menschen, die wir dort kennenlernten, wohnen nicht mehr darin. Die Alten sind zur ewigen Ruhe eingegangen, die Jüngeren stehen mitten im Kampf des Lebens und sind in alle Welt zerstreut. Wir werden ihren Spuren nachgehen und sie finden. Schauen wir zunächst in ein Krankenzimmer und verkehren eine Weile mit der lieben Kranken, die schon seit vielen Jahren still und geduldig liegen muß. Sie wartet nicht auf die Gesundheit, die gibt's nicht mehr für sie; das weiß sie. Sie hofft auf den

Herrn, daß er bald komme und ihr die Pforten des Himmelreiches aufschließe, wo alle Schwachheit des Leibes abgetan sein wird, wo die Schmerzen und alle Not ein Ende haben.

Es sieht nicht trostlos in dem Zimmer aus, das die Kranke bewohnt. Hell und freundlich ist's darin, die bunten Tapeten, die weißen Mullvorhänge, alles macht einen freundlichen Eindruck. Die Fenster sind weit geöffnet, um die warme Sommerluft hereinzulassen; draußen in den Zweigen der Linde, die auf dem freien Platz steht, an dem das Haus liegt, singen und zwitschern die Vögel. Sie singen der Kranken ein Lied zu Gottes Ehre und Preis. Jetzt fängt auch der Vogel, den sie im Käfig hat, leise an zu trillern. Sanft und lieblich macht er's, als wüßte er, daß das laute Schmettern die Herrin stört.

„Gefangenes Vöglein", sagt sie leise, „du bist doch fröhlich, wenn auch dein Flug gehemmt ist. Es geht dir wie mir. Ich war auch ein munterer Vogel in Gottes freier Natur und bin nun schon lange gefangen im Käfig der Krankenstube. Ich kann aber auch singen wie du."

„Hier ist ja wieder einmal Konzert", ertönte eine frische Stimme, und eine ältere, kräftige Frau trat ein mit einer Tasse Kraftbrühe und einem Ei für die Kranke. „Draußen singen die Vögel im Chor und hier gibt's Einzelgesang und dazu freier Eintritt! Was will man mehr?"

„Wenn man so beladen kommt, darf man wohl ohne Eintrittsgeld hereinkommen, Auguste", sagte die Kranke lächelnd. „Aber heute befreie mich vom Essen; ich habe gar keinen Appetit."

„Ich möchte wissen, wovon du lebst, Elfriede. Du singst wie ein Vögelchen und ißt wie ein Vögelchen. Nimm ein wenig mir zulieb, du mußt dich heute besonders stärken, denn nachmittags bekommst du Besuch. Anna Burg, dein Patenkind, will um zwei Uhr kommen und bis fünf Uhr bleiben. Sie bringt ihre Freundin Ulli mit."

„Dann muß ich tapfer zulangen, damit die Kräfte ausreichen, das lange Sprechen greift mich an. Laß mich nun einige Stunden ruhen; schließe die Läden ein wenig."

Unsere lebensfrische Elfriede, die wir vor vielen Jahren mit ihren Freundinnen kennenlernten, die voll kühner Hoffnungen in das Leben hineinschaute, das ihr, wie sie meinte, nur Gutes bringen müsse, lag jetzt hier. Ihr Lebensweg war ein Leidensweg gewesen, aber im Leiden hatte sie das Leben gefunden. Sie überdachte die langen Jahre. Wie war es so plötzlich über sie gekommen! In vollster Gesundheit hatte sie mit dem Vater eine Reise angetreten. Die Pferde scheuten, sie wurde aus dem Wagen geworfen und fiel so unglücklich, daß eine Verletzung des Rückenmarks eintrat. Schwer krank brachte man sie nach Hause. Nun folgten Jahre der Not und des Elends für sie. Sie konnte und wollte es nicht glauben, daß sie lebenslang krank sein sollte; sie lehnte sich auf gegen den Willen Gottes. Warum mußte gerade sie dies Unglück treffen, sie, die nicht eine Stunde ruhig saß, die mit ihrem regen Geist und kräftigen Körper soviel wirken wollte?

Die inneren Anfechtungen waren fast noch schwerer als die äußere Not. Der Vater, der sein Kind über alles liebte, war, selber verzweifelt, wenig geeignet, den rechten Trost zu bieten. Da besuchte Pastor Rost Elfriede. Er konnte sie nun, an früheres anknüpfend, zu dem weisen, der auch im Leid unsere Freude ist, und als sie den Heiland gefunden hatte, war sie glücklich in aller Not. Nun wußte sie, daß Gott es nicht schlecht mit ihr meinte, sondern daß er sie Liebeswege führte, daß er sie durch das Leiden zubereiten wollte für sein Reich. Auch die Klagen: „Gibt es denn gar nichts für mich zu tun auf dieser Welt?" hatten sich in den fröhlichen Ausruf gewandelt: „Ich habe Arbeit, viel Arbeit."

Das Leiden und Stillehalten war wohl eine härtere Arbeit als das Schaffen Gesunder im Schweiß ihres Angesichts, und dann hatte sie Fürbitte zu tun für einen großen Kreis lieber Freunde, Patenkinder, Angehöriger. Wenn sich ihre Hände betend schlossen für diesen oder jenen, so war das eine gesegnete Arbeit im Reich Gottes. Wie viele Irrende hatte sie schon zurechtgebracht, wie viele Traurige getröstet, wie viele Bekümmerte aufgerichtet, wieviel Segen war schon von diesem Krankenbett ausgegangen, wieviel guter Samen ausgestreut, der zu goldenen Ähren gewachsen war. Ja, sie lebte nicht vergebens, sie reifte nicht nur selber der Ewigkeit entgegen, sie zog alle, die mit ihr verkehrten, in ihr Glaubensleben und war besonders bemüht, die Herzen der Jugend auf das ewige Ziel zu lenken.

Sie mochte auch jetzt der lieben Ihrigen betend gedenken, denn die Hände waren geschlossen und die Lippen bewegten sich leise. Sie gedachte sonderlich eines Patenkindes, das ihr durch einen Brief, den sie vor einigen Tagen erhalten hatte, ans Herz gelegt worden war. Lore, das heißt die Pastorin Rost, hatte vor einigen Jahren den treusorgenden Vater ihrer Kinder verloren. Sie hatte nun allein eine schwere Lebensaufgabe zu lösen und mußte eine große Kinderschar durchbringen. Der Herr aber, der Vater der Witwen und Waisen, bekannte sich zu ihr und segnete ihr Tun. Sie hatte manche Freude an den Kindern erlebt, doch blieben die Sorgen nicht aus. Eben jetzt drückte es sie schwer, daß einer ihrer Söhne sich zu keinem bestimmten Beruf entscheiden konnte. Otto war ein reichbegabter Junge, aber man hatte ihn zweifeln gelehrt an allem, was ihm früher heilig und teuer gewesen war. Das betrübte die Mutter tief, und da sie gewöhnt war, alle ihre Sorgen in Elfriedes treues Herz zu schütten, so hatte sie ihr darüber geschrieben und sie gebeten, ihres Paten in treuer Fürsorge zu gedenken. Als kleiner Junge hatte Otto seine Patin öfter besucht, dem Kind war es wohl gewesen bei der Tante, die so schön zu erzählen wußte. Jetzt war er lange nicht bei ihr gewesen, und ihre Briefe blieben unbeantwortet.

Während die Kranke ihrer Pflegebefohlenen gedachte, verwaltete Auguste, ihre hilfreiche Base, die äußeren Angelegenheiten des Hauses. Wie schmuck und sauber hielt sie das kleine Heim, wie hübsch und geschmackvoll war das Gärtchen angelegt!

Als Elfriede erkrankt war, hatte der Vater an Auguste geschrieben und sie gebeten, die Pflege zu übernehmen. Doch ihr eigener Vater hatte ihrer bedurft; erst nach dessen Tode war es ihr möglich, auf den Wunsch des Onkels einzugehen. Sie hatte das vom Vater ererbte Häuschen vermietet und war nach Bergen gegangen, um Elfriede zu pflegen und den Hausstand des Amtmanns zu führen. Als auch dieser die Augen schloß, war die hilflose Kranke, die keine Verwandte weiter hatte, ganz auf Auguste angewiesen. Das vom Vater ererbte Kapital reichte aus, sie vor Not und Mangel zu schützen. Auguste hatte außer dem Haus kein Vermögen; ein Käufer fand sich nicht, so beschlossen sie, nach Eichstädt überzusiedeln und das Häuschen zu ihrer Heimat zu wählen. Wie dankenswert war es, daß sie ihr eigenes Heim hatten! Es lag inmitten anderer, größerer Landhäuser, dort herrschte Leben und Frohsinn, die Menschen wanderten ein und aus, sie kümmerten sich wenig um das kleine, verborgen stehende Häuschen. Und doch gab es viele in der Stadt, denen es bekannt war. Das waren die Traurigen und Verzagten, die in Not und Bedrängnis standen. Wer Rat und Trost bedurfte, ging zu Tante Elfriede und holte sich Freudigkeit und geistige Erfrischung bei ihr. So war das Haus zu einer Stätte des Friedens, zu einer Hütte Gottes unter den Menschen geworden.

Die Begegnung

„Elli, bist du fertig?“ rief eine Mädchenstimme in einem großen Hause der Landeshauptstadt die Treppe hinauf. „Wir müssen gehen, Elli. Tante Elfriede erwartet uns mit diesem Zug.“

Man hörte oben eine Tür zuschlagen, und eiligen Schrittes kam ein junges Mädchen von etwa sechzehn Jahren hinabgesprungen. In ihrer Gestalt erinnerte sie an Elise, die dritte der Freundinnen, aber sie war nicht dunkel wie sie, sondern hatte blondes Haar und rehbraune Augen, die oft etwas träumerisch blicken konnten.

„Anna, hast du schon gewartet?“ rief sie ängstlich. „Wir aßen wieder so spät, obwohl ich Mutter bat, es früher zu machen. Ich glaube, Mutter läßt mich nicht gern gehen“, fügte sie noch hinzu.

„Sie hat es aber doch gestern erlaubt“, sagte Anna, sie mitleidig ansehend. „Aber nun komm schnell, der Zug wartet nicht.“

Die beiden Mädchen eilten dem Bahnhof zu. Bald hatte Elli ihr sorgenvolles Gesicht mit einem fröhlichen vertauscht, und sie plauderte von frohen und heitern Dingen. Am Bahnhof lösten sie eine Karte nach Eichstädt, der übernächsten Station, und begaben sich dann in ein Abteil dritter Klasse, in dem sie die einzigen Insassen waren.

„Wie gut, daß es nicht so voll ist!“ sagte Anna.

Doch kaum hatte sie das Wort gesprochen, da wurde die Tür aufgerissen, und zwei junge Leute, anscheinend Studenten oder Gymnasiasten der höheren Klassen, stiegen ein. Sie schienen die jungen Mädchen, die am andern Ende des Abteils saßen, kaum zu bemerken, denn sie begannen sofort eine flotte Unterhaltung, unbekümmert, ob sie gehört wurden oder nicht.

Die Mädchen aber waren verstummt und schauten erstaunt auf die Jungen, die so unliebsam ihr Alleinsein störten.

„Sollte mir einfallen, Theologie zu studieren", rief der eine, ein auffallend langer Mensch, mit einer großen Nase und unregelmäßigen Gesichtszügen. „Wenn mein Vater Pastor gewesen ist, damit ist doch nicht gesagt, daß der Sohn es auch werden muß. Ich spüre durchaus keine Neigung zu diesem Studium. Was ich mit meiner Vernunft nicht fassen kann und mit meinem Verstand nicht ergründen, das glaube ich nicht."

Der andere stimmte ihm bei, und nun ergingen sie sich heftig gestikulierend in ihren Meinungen und Ansichten. Und die Mädchen saßen in der andern Ecke stumm und regungslos, aber sie folgten dem Gespräch mit Aufmerksamkeit.

Jetzt flüsterte Elli Anna etwas zu. Die schien es nicht zu verstehen und zuckte mit den Achseln. Elli nahm daraufhin ein kleines rotes Notizbüchlein aus der Tasche, schrieb etwas hinein und hielt es Anna hin. Nun nickte die zustimmend und sah nach den beiden hinüber. Der Kleinere von ihnen hatte kurz zuvor dem Großen, als er mitten im Redefluß war, einen Stoß gegeben, so daß dieser sich umschaute und nun erst merkte, daß außer ihnen noch jemand im Abteil war. Sein Blick fiel auf die jungen Mädchen, gerade als Elli das Notizbuch hervorzog und etwas hineinschrieb. Und als Anna es gelesen hatte und dann ihn ansah, war ihm sofort klar, daß das Geschriebene ihm galt, und er hätte gern gewußt, was es war. Aber daran war wohl nicht zu denken, denn Elli hielt das Buch fest in der Hand und würde es ihm wohl am wenigsten zur Einsichtnahme überlassen haben. Sich aber die Mädchen, die er bisher gar nicht beachtet hatte, anzusehen, konnte ihm niemand verwehren. Er lehnte sich in die Ecke des Abteils, schlug die Arme zusammen und guckte halb trotzig, halb herausfordernd in die andere Ecke, wo die jungen Mädchen, die sich nun beobachtet fühlten, etwas verlegen saßen. Dem anderen schien die Sache Spaß zu machen, er lächelte und sagte: „Otto, was hattest du doch sagen wollen, du bist mitten in deiner Rede steckengeblieben."

„Nichts wollte ich sagen", war die Antwort. „Wir fahren doch nur bis Eichstädt und sind bereits da."

Die Lokomotive pfiff, der Schaffner öffnete die Türen, und die jungen Mädchen schlüpften mit Windeseile hinaus. Die Jungen nahmen sich mehr Zeit. Mit großer Ruhe legten sie ihre Regenmäntel über die Schultern und hingen die Pflanzentrommel um. Während der Kleinere bedächtig zum Abteil hinausschritt, sah der Lange unter der Bank etwas Rotes leuchten. Er schoß zur Erde, als hätte er den größten Schatz entdeckt, hob ein kleines Notizbuch auf und steckte es ein.

„Die Mädchen sind doch unbezahlbar", sagte er, nachdem sie den Bahnhof verlassen und die Richtung nach dem Wald eingeschlagen hatten, wo sie botanisieren wollten. „Erst tun sie, als ob sie die wichtigsten Staatsgeheimnisse mit sich herumtrügen, und dann lassen sie das Buch zu jedermanns Einsicht daliegen."

„Die Kleine hat's verloren", sagte der Freund, „wir müssen es ihr zurückgeben."

„Das fehlte noch! Nein, Fahrlässigkeit wird bestraft." Mit diesen Worten öffnete der Lange das Buch und murmelte: „Kein Name, weder hinten noch vorn, es ist sowieso unmöglich, die Eigentümerin ausfindig zu machen." Er blätterte weiter in dem Büchlein. Plötzlich hielt er inne. „Das ist ja riesig liebenswürdig!" Der andere guckte ihm über die Schulter und las: „Was für ein häßlicher, gottloser Mensch!!!" Er brach in ein schallendes Gelächter aus und sagte: „Damit bist du gemeint. Nimm es mir nicht übel, aber recht hat das junge Mädchen. Augenblicklich siehst du reichlich blöd aus." Und dabei lachte er wieder und konnte sich gar nicht fassen. Der Lange lachte schließlich auch mit. Zeigen wollte er dem

Freund auf keinen Fall, wie verstimmt er war. Er steckte das Buch ein und sagte: „Dummes Zeug, ich werde mir doch aus dem Mädchengewäsch nichts machen. Wir müssen uns beeilen, denn wenn mich nicht alles täuscht, gibt's noch Regen. Auch möchte ich nicht so spät wieder daheim sein."

Die Jungen schritten rüstig dem Wald zu, während die beiden Mädchen in der andern Richtung der fünfzehn Minuten von der Bahn entfernten Stadt zuwanderten.

„Anna", sagte Elli, nachdem sie sich über die unliebenswürdigen Jungen genügend ausgelassen hatte, „ich fürchte mich etwas vor der kranken, mir ganz fremden Tante."

„Du wirst sie lieb haben, wenn du sie siehst. Als meine Eltern noch in Eichstädt wohnten, bin ich als Kind täglich bei ihr gewesen und verdanke ihr sehr viel. Ich freue mich, daß du mich einmal zu ihr begleitest. Es wird dir nicht leid sein."

Unter diesen Gesprächen langten die jungen Mädchen in der Stadt an und standen bald auf einem großen freien Platz, der zur Rechten mit Linden bepflanzt war, zur Linken aber ein Häuschen zeigte, das man sich nicht heimlicher denken konnte. Es hatte weißen Anstrich und grüne Läden; an der rechten Seite kletterten Heckenrosen bis ans Dach hoch, und da es Rosenzeit war, blühte und knospete es überall, und die Blümlein nickten zum Fenster herein und grüßten die Kranke. An der linken Seite, doch etwas abseits vom Haus, stand eine Linde, die weiten Schatten gab.

Als Anna sagte, daß dies das Heim der Tante sei, rief Elli: „Wie reizend, wie entzückend ist es hier!"

„Gefällt es Ihnen bei uns?" sagte eine freundliche Stimme, und schon sprang Anna grüßend auf Tante Auguste zu: „Guten Tag, Tante! Hier bringe ich noch jemand mit, der dich und Tante Elfriede kennenlernen möchte. Wir dürfen doch heute zu ihr?"

„Gleich noch nicht, aber in einer halben Stunde. Erst gibt's Kaffee." Mit diesen Worten zog sie die jungen Mädchen ins Wohnzimmer, wo Kaffee und ein Teller Kuchen auf sie warteten.

Tante Auguste war eine liebenswürdige Wirtin, die es jedem behaglich zu machen wußte. Besonders gut verstand sie mit der Jugend umzugehen.

Nun mußte Anna von den Eltern daheim erzählen; auch an Elli wandte sich Tante Auguste mit freundlichen Fragen, freute sich, daß sie Anna begleitet hatte, um die fremde Tante kennenzulernen, und als die schüchtern dankte, daß sie hatte mitkommen dürfen, sagte Tante Auguste: „Du mußt uns beide Tante nennen und du. Das Siesagen ist in unserem Häuschen verboten. Nun will ich euch schnell noch den Garten zeigen." Auguste führte die jungen Mädchen zu ihren Blumenbeeten, zeigte ihnen junge Obstbäume, die sie neu hatte anpflanzen lassen, und pflückte ihnen Rosen zum Mitnehmen.

Dann ging es ins Krankenzimmer. Elli blieb schüchtern und verlegen vor der Tür stehen.

„Komm nur näher, mein liebes Kind", sagte Tante Elfriede.

„Ich bin keine schlimme Kranke. Schau mich nur an, ich kann sehr fröhlich sein und habe die jungen Mädchen sehr lieb." Sie streckte Elli die Hand hin und sah sie lange an. Es war Elli, als ob die Tante ihr bis ins Herz sehen wolle mit ihren klaren, durchdringenden Augen. Sie fühlte sich sofort von der Tante angezogen.

„Nun setzt euch so, daß ich euch in die Augen sehen kann, und dann erzählt mir", sagte Elfriede. „Ich liege hier Tag für Tag, Jahr für Jahr. Aber es wäre undankbar, wenn ich klagen wollte. Ich habe ein schönes Zimmer, eine treue Pflegerin, Vögel, die für mich singen, Blumen, die für mich blühen, und die Linde dort an der Ecke ist meine gute Freundin. Wenn ihre Blätter sich leise im Winde bewegen, ist mir's, als flüsterten sie mir zu und erzählten mir von vergangenen Tagen. Und seht nur die vielen Liebeszeichen, die mich umgeben." Die jungen Mädchen schauten sich um. Da gab es Bilder, Bücher und Vasen und was sonst die Kranke erfreuen konnte. Sie erzählte von jedem Stück und wurde so lebendig und frisch dabei und lachte mit den jungen Mädchen, daß Elli schon bald heimisch wurde, nun auch von sich erzählte und schnell zu dem familiären „Tante Elfriede" fand. Elfriede, die das junge Mädchen immer wieder forschend angesehen hatte, meinte: „Elli, es ist mir, als müßte ich dich seit langem kennen. Doch es kann ja nicht sein; ich habe dich nie zuvor gesehen und habe auch deine Eltern nicht gekannt. Ich weiß wenigstens nichts von einer Familie Braun."

„Mein Vater ist tot", sagte Elli.

„Hast du Geschwister?"

„Nein, ich bin die einzige Tochter —"

„Dann mußt du ganz besonders die Freude und der Trost deiner Mutter sein, wenn du ihr alles bist."

Elli errötete. Ob sie's war?

Da ergriff die Tante Ellis Hand und fragte: „Elli, hast du deinen Heiland lieb?"

Das junge Mädchen, das auf diese Frage absolut nicht vorbereitet war, stotterte verlegen: „Ja – das heißt wohl nicht so, wie ich sollte. Ich möchte gern –"

„Ich meine, tust du deinem Heiland etwas zu lieb, bist du ihm dankbar für das, was er an dir tut?"

Elli schwieg.

„Meine lieben Kinder", sagte Elfriede und nahm nun auch Annas Hand, „übt ihr euch an Zucht? Ich meine, bringt ihr täglich eurem Heiland eure Herzen zum Opfer dar? Opfert ihr ihm gern alle Tage eure Lieblingssünden und Neigungen? Das heißt den Heiland in der Tat und Wahrheit lieben, wenn wir ihm das ganze Herz schenken und Zucht an uns selber üben."

Die jungen Mädchen sahen die Tante an, als möchten sie mehr darüber hören, und nun zeichnete sie ihnen das Leben mit dem Herrn so köstlich, daß die beiden, noch unter dem Eindruck der vor einigen Monaten gehabten Konfirmation stehend, willig waren, sich von ganzem Herzen dem zu ergeben, der Tante Elfriede auf ihrem Krankenlager so glücklich machte.

Nachdem Elfriede länger als gewöhnlich gesprochen hatte, legte sie sich müde in die Kissen, und Anna bat sie, doch nun zu ruhen.

„Die jungen Mädchen sollen jetzt ihren Tee haben und du deine Ruhe, Elfriede", sagte Tante Auguste eintretend.

Sie schüttelte der Kranken die Kissen zurecht, legte sie bequem, drückte leise einen Kuß auf ihre Stirn und winkte Anna und Elli, ihr zu folgen. „Wenn ihr zum Gehen fertig seid, kommt ihr noch einmal herauf und sagt der Tante Lebewohl."

Wie hatte Tante Auguste wieder prächtig gesorgt! Ein Teller mit Obst und belegte Brote luden zum Vesper ein.

„Tante Gustchen macht alles so, wie man's gern hat."

„Unsere Anna kommt gern zu uns, das weiß ich. Elli, wirst du denn die alten Tanten auch einmal wieder besuchen?"

Elli, deren Gesicht von all dem Guten, das sie heute gehabt hatte, strahlte, sagte, wie freudig sie jede Gelegenheit benützen würde, wiederzukommen, daß sie aber nicht wisse, ob sie die Erlaubnis der Mutter dazu so oft erhalten werde.

„Ich will euch nicht länger aufhalten", sagte Tante Auguste und schaute prüfend nach oben. „Es scheint ein Gewitter zu geben."

Ehe die Mädchen gingen, durften sie noch einmal die Tür zum Krankenzimmer öffnen. Elfriede streckte ihnen beide Hände entgegen.

„Gott behüte euch, meine Kinder. Behaltet Tante Elfriede lieb und vergeßt im Hasten des Lebens euren Heiland nicht."

Auf dem Weg zum Bahnhof hatten sie wenig Zeit zum Reden, das nahende Gewitter mahnte zur Eile. Und Elli war es, als sei ihr eine andere Welt aufgegangen, ihre Gedanken hatten eine ganz andere Richtung bekommen. Sie ahnte nicht, daß die kranke Tante eine Jugendfreundin ihrer Mutter gewesen war: Elli war Elises Tochter.

Suche Jesum und sein Licht

Tante Auguste stand am Fenster und sah den Mädchen nach. „Wenn sie schnell gehen, erreichen sie noch den Bahnhof, eh's losgeht", sagte sie vor sich hin. Schon sauste der Wind in den Blätterkronen, einzelne große Regentropfen fielen zur Erde. Und dann ergoß sich ein gewaltiger Platzregen. Als Auguste an das offenstehende Fenster trat, um es zu schließen, sah sie einen jungen Mann ohne Schirm über den Platz laufen, der gewiß vom Regen überrascht worden war. Dann schaute sie nach der Kranken, die in ruhigem Schlaf lag, und kehrte ins Wohnzimmer zurück. Sie stellte sich wieder ans Fenster und sah dem Regenguß voller Besorgnis um die jungen Mädchen zu, die zwar Schirme, aber wenig schützende Kleidungsstücke dabei hatten.

Doch was regte sich nur unter der Linde? Auguste sah schärfer hin. Da stand ja der junge Mann noch, von oben bis unten triefend. Das war doch zu unvernünftig! Warum hatte er nicht in einem der nahen Häuser Schutz gesucht?

Schon hatte sie die Haustür aufgerissen.

„Kommen Sie schnell unter Dach und Fach, junger Mann, Sie können sich zu Tode erkälten", rief sie. Die Gestalt näherte sich. Der leichte graue Sommerrock war zum Auswringen naß, der Hut eingeweicht, an den Stiefeln klebte lehmiger Erdboden.

„Das ist sehr freundlich von dir, Tante Auguste."

Auguste stutzte beim Ton der Stimme und faßte die Gestalt näher ins Auge und rief:

„Du bist es, Otto? Das ist doch nicht möglich, du stehst vor Tante Elfriedes Tür und kommst nicht herein? Bist du denn ein Fremder geworden? Ist das recht von dir?"

Otto, dem der Regen nicht nur die Kleider eingeweicht hatte, der auch durch die Nässe weichmütig geworden war, stotterte verlegen:

„Ich wollte immer schon einmal kommen —"

„Mach mir nichts weiß", sagte Tante Auguste entschieden, „wenn du hättest kommen wollen, wärst du nicht erst unter den Baum gelaufen, sondern gleich zur Haustür herein. Du hast nicht mehr kommen wollen, und da hast du dich geschämt."

Jetzt wußte er die Wahrheit, und nun war's gut. Auguste hielt nicht hinter dem Berg; die Wahrheit mußte heraus, aber nachtragen war nicht ihre Art. Darum ließ ihm ihre mütterliche Natur nun alle Liebe und Fürsorge angedeihen.

Sie ließ ihn in die Stube treten und ging auf den Boden, wo ein Kleiderschrank ihres verstorbenen Vaters stand. Dort kramte sie lange herum, bis sie endlich fand, was sie suchte. In stolzer Freude kam sie mit einem bequemen Hausrock herunter.

„Es ist doch gut, wenn man für alle Fälle eingerichtet ist", meinte sie. „Hier hast du einen Rock; der Vater war zwar kleiner als du, aber du mußt nehmen, wie es ist. Da sind ein paar trockene Schuhe. Ich will dir eine Tasse Tee holen, unterdes wechsle die Kleider."

Als sie mit dem Tee hereinkam, sagte sie lachend: „Es ragt das Übermaß des Leibes weit über Menschliches hinaus."

„Wer den Schaden hat, braucht für den Spott nicht sorgen“, brummte Otto. Er sah wunderlich aus in dem Röckchen des ehemaligen Offiziers, überall war's zu kurz, sonderlich standen die langen Arme in sehr ungleichem Verhältnis zu den Ärmeln, auch machten die Beine durch die Kürze des Rockes einen noch längeren Eindruck als sonst. Und wenn man sah, wie die hohe Gestalt in diesem beschnittenen Anzug auf Filzpantoffeln durch die Stube huschte, so konnte man es Tante Auguste nicht verdenken, daß sie ihre scherzhaften Bemerkungen nicht zu unterdrücken vermochte.

„Nichts für ungut, Otto“, sagte sie und forderte ihn auf, sich in Vaters Lehnstuhl zu setzen und tüchtig von dem Aufgetragenen zu nehmen. Während er aß, verließ sie mit dem nassen Rock das Zimmer.

Wie sonderbar, daß er heute gegen seinen Willen bei den Tanten, die er so vernachlässigte, hatte einkehren müssen! Er war mit seinem Freund zum Botanisieren gegangen und hatte nicht im entferntesten an einen Besuch im weißen Häuschen gedacht. Er war in ärgerlicher Stimmung gewesen, weil Ernst ihn beständig wegen des Büchleins geneckt. So hatte er sich im Wald absichtlich von ihm entfernt und ihn dann aus den Augen verloren. Später wurde er vom Gewitter überrascht und geriet so ins Haus der Tanten, einige Minuten nachdem die jungen Mädchen dasselbe verlassen hatten.

„Was für ein häßlicher, gottloser Mensch!“ Die Worte hatten mehr Eindruck auf ihn gemacht, als er je zugegeben hätte. Häßlich läßt sich ein junger Mensch nicht gern nennen, doch störte ihn diese Bezeichnung bei seiner großartig angelegten Natur weniger. Aber gottlos! Er versuchte darüber zu lächeln, doch es ging tiefer, als er glaubte. Es war, als ob jemand ihm einen Stachel ins Gewissen gegeben habe. Es war unvorsichtig gewesen, ein Gespräch zu führen, ohne sich vorher umzusehen, ob auch keine Zuhörer da seien. Nun war's nicht mehr zu ändern.

Auguste stand an Elfriedes Bett, um ihr von dem unfreiwilligen Besuch zu berichten. „Du bist müde und angegriffen", meinte sie, „und wirst Lores Sohn heute nicht sehen wollen?"

Elfriedes Gesicht strahlte. „Den hat mir unser Herrgott selber ins Haus geschickt", sagte sie lächelnd. „Otto muß auf jeden Fall zu mir kommen." –

„Tante Elfriede möchte dich gern begrüßen."

Otto rückte unruhig auf seinem Stuhl hin und her. „Es wird wohl kaum Zeit sein. Um acht Uhr geht der Zug –"

„Jetzt ist es halb sieben. Du hast über eine Stunde Zeit. Du wirst doch die kranke Tante nicht betrüben wollen!"

„Nein, nein", sagte Otto, „ich gehe zu ihr."

Er betrat leise das wohlbekannte und seit langem gemiedene Krankenzimmer.

„Otto, mein lieber Otto, bist du endlich wieder einmal da! Das ist nett von dir."

Hätte die Tante ihn mit Vorwürfen überhäuft, so würde sich sein Herz trotzig abgewandt haben, als sie ihn aber so freundlich ansah, war er geschlagen.

„Otto, was bist du groß geworden! Ich kann ja kaum an dir hinaufsehen. Setz dich und erzähl mir von deiner Mutter und von den Geschwistern. Vor allen Dingen aber möchte ich von dir hören. Du bist nun ein stolzer Primaner und verläßt bald die Schule? –"

„Nächste Ostern hoffe ich fertig zu sein!"

„Hast du dich schon für einen Beruf entschlossen?"

Otto wurde verlegen. Er sagte, er sei sich noch nicht klar, ob er Medizin oder Naturwissenschaften studieren sollte.

Elfriede hatte eine ausgezeichnete Art, mit jungen Leuten umzugehen. So durchfuhr sie Ottos Pläne nicht in schroffer Art, sondern sagte, daß es jedem freistehe, sich seinen Lebensberuf zu wählen, daß jeder seine Neigungen und Anlagen berücksichtigen müsse. Wenn sie auch glaube, daß es der Lieblingswunsch seiner Mutter sei, ihn in dem gleichen Beruf zu sehen, in dem sein Vater glücklich gewesen, so werde ihm die Mutter doch zuallerletzt dazu zwingen. Aber eins müsse sie ihm doch sagen, daß er zu allem Tun seines Heilandes bedürfe. Den müsse er mitnehmen in seinen Beruf.

Da vertrat er bei der Tante seine Meinung darüber. Früher habe er auch so gedacht, das seien aber kindische Anschauungen, dazu habe man seinen Verstand und seine Vernunft, die, recht gebraucht, den Menschen zu Glück und Ansehen brächten. Sein Lehrer habe das auch gesagt, und seine Mitschüler dächten wie er. Es wäre überspannt, wenn man etwas anders sage.

Tante Elfriede ließ Otto ausreden. Dann sah sie ihn mit ihren klaren Augen forschend an.

„Otto, glaubst du, daß ich es aus eigener Kraft oder durch meine Vernunft und meinen Verstand fertig bringe, hier jahraus, jahrein zu liegen, ohne zu verzweifeln? Ich glaubte früher auch, es ginge ohne den Heiland, und versuchte, mir das Leben bequem und schön zu machen, fand an manchen Dingen große Freude, aber nicht dauernde Befriedigung. Als ich krank wurde und das Leben trostlos vor mir lag, überkam mich Elend und Verzweiflung. Ich suchte nach etwas, das mir Ersatz böte für die Gesundheit, etwas, das mir dauernde Befriedigung gewähre, fand es aber nicht. Da kam dein Vater. Er hatte schon früher versucht, mich auf den aufmerksam zu machen, der allein dem Leben Halt gibt; aber ich hatte weder Zeit noch Lust, darauf zu hören, da die Dinge dieser Welt mir mehr zusagten und wichtiger erschienen. Und ein Verslein hinterließ da tiefen Eindruck bei mir. Es lautete: ‚Suche Jesum und sein Licht, alles andre hilft dir nicht.' Nun ging mir im Leiden das Leben auf. Seit ich Jesum und sein Licht gefunden habe, bin ich glücklich, ganz glücklich; ich meine, ihr müßt es alle spüren. Otto, ich sage dir heute dasselbe Wort, mit dem dein Vater mich für die Ewigkeit gewonnen hat: ‚Suche Jesum und sein Licht, alles andre hilft dir nicht.' Und wenn du ihn gefunden hast, dann geh ins Leben hinaus, wähle dir den Beruf, den du willst. Glaube mir, wie ich deinem Vater geglaubt habe."

Otto war, wie es schien, von diesen Worten sehr ergriffen. Er hatte etwas gehört, was ihm bisher unbekannt war. Sein verstorbener Vater war also der Anstoß dazu gewesen, daß Tante Elfriede das gefunden, was, wie sie sagte, auch in der Not des Lebens fröhlich und getrost machte. Er sah sie an, und gerade jetzt ruhte ihr Blick voller Fürsorge auf ihm. Dieser Blick und die eben gesprochenen Worte trafen sein Herz. Er ergriff ihre Hand und sagte: „Ich will über das, was du mir gesagt hast, nachdenken. Nun darf ich dich nicht länger stören."

„Otto, laß deine kranke Tante nicht wieder so lange auf einen Besuch warten, grüße mir die Mutter tausendmal. Gott behüte dich!"

Als er aus dem Krankenzimmer kam, war er still und einsilbig. Nur als er an der Tür stand und der Tante Auguste die Hand zum Abschied reichte, rief er: „Das weiße Häuschen birgt die besten Tanten der Welt. Tante Gustchen, ich komme bald wieder."

Elfriede aber schloß dankend ihre Hände. Für heute war ihr Tagewerk beendet. Hatte sie umsonst gelebt? Nein, die Arbeit, die sie heute getan hatte, war gesegnet, die Samenkörner, die sie in die jungen Herzen ausgestreut hatte, sollten zu ihrer Zeit aufgehen und Früchte tragen. Ihr Leiden war nicht nur ein Stillehalten, nein, sie durfte mitarbeiten im Weinberg des Herrn.

Lores Kinder

In einem Hinterhaus der großen Stadt wohnte Lore mit ihrer Familie. Doch war es von blühenden Gärten umgeben, die zwar dem Hinterhaus nicht zugänglich waren, sondern nur den reichen Leuten in den nach der Straße zu gelegenen Häusern. So schaute Lore, die etwa fünfundvierzig Jahre alte Witwe, von ihrem Wohnzimmer aus in die Rosenpracht der Gärten. Springbrunnen plätscherten; auf dem Rasen gab es bunte Teppichbeete in feinen Mustern, und schöne Baumgruppen erfreuten das Auge.

Jetzt trat ein etwa zwölf Jahre altes Mädchen zur Mutter: „Wir haben's doch schön, Mütterchen, wir können uns einbilden, alles gehöre uns!"

„Und doch dürft ihr Kinder mit keinem Schritt in die Gärten. Ja, wenn die Großeltern noch lebten, dann solltet ihr es gut haben, dann könntet ihr nach Herzenslust in unsern Gärten herumspringen, wie ich es als Kind getan habe."

„Sei nicht traurig", schmeichelte die Kleine, „sieh, wir haben es hier so gut, viel besser als in der früheren engen Wohnung. Wenn wir ins Freie wollen, gehen wir mit dir spazieren und du erzählst uns vom Vater oder von den Großeltern und der strengen Urgroßmutter oder auch von Tante Elfriede, und das ist alles so schön!"

„Du hast recht, wir haben's gut und haben Gott täglich für alles zu danken, was wir durch seine Güte genießen. Doch nun geh an die Arbeit. Ich habe in der Stadt etwas zu tun und muß euch allein lassen. Martha und du, ihr müßt auf die jüngeren Geschwister achtgeben."

Die heitere, lebensfrohe Lore hatte schwere Zeiten hinter sich. Zwei ihrer Kinder starben an Diphtherie, und dann wurde ihr auch noch der Gatte genommen. Lore hatte aber gelernt, sich still in Gottes Wege zu schicken, die höher sind als die unseren. Sie hatte aber auch Gottes Trost reichlich erfahren und wußte, daß der Herr in besonderer Weise der Witwen und Waisen Freund und Berater ist. Sie, die im Elternhause keine Einschränkung und Not kennengelernt hatte, lernte nun, sich mit wenigem zu begnügen, und erzog ihre Kinder in strenger Einfachheit.

Während die Mutter in die Stadt ging, saßen Johanna und Martha, Mädchen von vierzehn und zwölf Jahren, am Fenster und stopften Strümpfe. Es schien gerade keine Lieblingsbeschäftigung zu sein, denn sie zeigten einander jammernd die großen Löcher, die die Brüder so leichtsinnig gemacht hatten.

„Ich wollte, ich wäre auch ein Junge", sagte Johanna, indem sie die Arbeit hinlegte, „es ist viel schöner, bei den Büchern zu sitzen, als sich so jämmerlich zu plagen."

„Aber Johanna", wandte Martha vorwurfsvoll ein, „was sollte dann die arme Mutter machen! Es ist gut, daß sie zwei Töchter hat, die ihr helfen können. Ich stopfe auch nicht gern, aber für die Mutter!"

Johanna nahm sofort die Arbeit wieder auf und schwieg. Ein Knabe von zehn Jahren machte seine lateinischen Übungen und deklinierte so laut, daß der achtjährige, der mit Rechenaufgaben beschäftigt war, seine Tafel gleichmütig nahm und ins Nebenzimmer ging.

Johanna rief ihm nach: „Kurt, rühre ja nicht Ottos Sachen an, du weißt, wie eigen er ist."

Jetzt kamen kleine Füßchen die Treppe herauf. Der sechsjährige Karl erschien mit weinerlichem Gesicht in der Tür. „Nun, was gibt's denn, Karlchen?"

„Ich stand im Hof", begann der Kleine klagend, „und steckte nur meine Nase ein wenig durch das Gitter des schönen Gartens. Da kam ein kleines Mädchen, drückte sie mit dem Daumen hinaus und sagte: ‚Bleib du nur mit deiner Nase draußen, die gehört nicht in unsern Garten.'"

„Es hat auch gewiß gar nicht schön ausgesehen, wie du deine Nase durch das Gitter gequetscht hast", sagte Johanna, während Martha die Wangen des Kleinen streichelte. Der Zehnjährige rief dazwischen: „Man darf seine Nase auch nicht in alles stecken." Und nun lachten sie alle, und für die Kinder war's ein Spaß, was die Mutter vielleicht als unschön empfunden hätte.

Martha hatte dem Kleinen ein Bilderbuch gegeben, und eine Weile herrschte tiefe Stille in der Wohnung. Karlchen hatte das Bilderbuch durchblättert und sah sich um, ob man nicht irgendwo Unsinn anstellen könnte. Dann schlüpfte er ins Nebenzimmer, zog Kurt am Jackenärmel und rief: „Bist du fertig? Dann" – dabei beschrieb er mit dem Zeigefinger einen Kreis, was der andere verstand. Es hieß: „Wir wollen uns ein wenig durch die Wohnung jagen."

„Gleich", sagte Kurt, und sein Gesicht zeigte vollstes Einverständnis. Sie fingen an, die Wohnung im Kreise zu durchlaufen. Die Schwestern riefen ein mütterlich ermahnendes Wort dazwischen; doch was nützte das schon! Der Lateiner ließ seine Arbeit liegen und sah dem Treiben zu. Es war zu verlockend. Jetzt ging es richtig los, und nach fünf Minuten sah man auf den Stühlen der Mädchen nur die Handarbeiten liegen; die Stopfnadeln steckten mit langem Faden daran, und die jugendlichen Gestalten in den hellen Sommerkleidern jagten sich mit den Brüdern um die Wette durch die Stuben und Kammern, immer im Kreise herum. Sich necken und verstecken, sich überrumpeln und sich jagen, das war noch was!

„Leise!" rief immer mal eins, aber allmählich wurde der Lärm lauter; der Zehentritt war längst in Trampeln ausgeartet, und der innern Lust wurde Ausdruck gegeben durch die verschiedensten Töne. Doch „die Freuden, die man übertreibt, verwandeln sich in Schmerzen!" Kurt und Georg prallten im Eifer des Gefechtes gegen einen kleinen Schrank im Wohnzimmer. Durch die starke Erschütterung geriet die daraufstehende Lampe ins Schwanken, und als Johanna und Martha nun die drei Brüder fassen wollten und auch dagegen stießen, stürzte die Lampe mit Donnergepolter zur Erde. Da gab es Scherben und Trümmer, Flecke und bestürzte Gesichter. In der offenen Tür aber stand der Wirt.

„Wenn die Bande es so treibt, muß sie Michaelis ausziehen. So etwas dulde ich in meinem Hause nicht", sagte er, sich nach Lore umsehend, die eben fröhlichen Herzens die Treppe heraufkam. Sie stand wie angedonnert da. Ein ernster Blick traf die sonst folgsamen Kinder. Der Blick hatte ein fünfstimmiges Schluchzen zur Folge. Auf der Treppe zum zweiten Stockwerk stand die ganze dort wohnende Familie, neugierig lugend, was es da unten gebe.

„Seht ihr", hörte man oben zu den Kindern sagen, wilden, als Rotte Korah bekannten Rangen, „ich hab's euch gesagt, nehmt euch in acht, der da unten fackelt nicht."

Der Wirt, der durch die begütigenden Worte der Pastorin und durch das reuige Schluchzen der Kinder etwas in Verlegenheit gebracht war, ging brummend davon. Er traf draußen einen jungen Mann an, der eine Botanisiertrommel und ein Tuch im Vorraum hinlegte. Es war Ottos Freund, der schon einige Minuten dastand. Er hatte durch die offene Tür den ganzen Jammer mit angesehen, und da er meinte, in die Sache nicht hineinzupassen, so entfernte er sich eilig: „Otto wird die Sachen wohl finden, wenn er nach Hause kommt, es ist schon genug, daß ich sie ihm nachgetragen habe."

Die Mutter war mit ihren Kindern allein. Sie blieb ruhig und ernst, und kein Wort des Vorwurfs kam über ihre Lippen. Erst als die Ordnung wieder hergestellt war, ließ sie sich den Vorgang erzählen und verzieh den Kindern ihren Übermut. Eine Lüge würde sie hart bestraft haben. Daß die Kinder aber einmal Freiheitsgelüste gehabt hatten, nahm sie ihnen nicht übel, es war nur unbesonnen, daß sie einen so unpassenden Ort zu ihrem Tummelplatz gewählt hatten.

Lore hatte schon immer prüfend nach dem Himmel gesehen. Sie wartete auf Ottos Rückkehr und hoffte, daß er noch vor Ausbruch des Gewitters käme. Doch schon bald ging das Unwetter in seiner ganzen Wucht über die Stadt nieder.

Als es nachgelassen hatte, lief Karl ans Fenster. „Seht nur, wie schön die Gärten durch den Regen geworden sind; die Rosen sehen so frisch aus, als wären sie eben erst aufgeblüht." Die Kinder eilten an die Fenster und schauten begierig nach draußen. Die Mutter setzte sich in ihren Lehnstuhl und erzählte aus ihrer Jugendzeit, wie gut sie es daheim gehabt habe, und daß es aber viel besser sei, wenn man in der Jugend hart angefaßt würde, man käme dann leichter durchs Leben. Die Großmutter habe das auch immer gesagt, und sie sehe wohl, daß sie recht gehabt habe.

Es mochte gegen neun Uhr sein, da ließen sich Tritte auf der Treppe vernehmen. Die Türe des Nebenzimmers wurde geöffnet, und gleich darauf trat Otto ins Zimmer.

Mutter und Geschwister begrüßten ihn und wunderten sich, daß er bei dem Gewitterregen so trocken geblieben war. Auf die Frage der Mutter, was er zu essen wünsche, hieß es, er sei vollständig satt. Und sie sollten sich alle nicht stören lassen, er wolle in sein Zimmer gehen und arbeiten. Später würde er alles erzählen. Er ging, ließ aber die Tür zu seiner Stube offen. Karlchen sollte ins Bett, wußte aber der Mutter die Erlaubnis abzuschmeicheln, eine halbe Stunde länger aufzubleiben, es sei noch so heiß im Schlafzimmer, er müßte dann so sehr schwitzen, und Martha habe versprochen, ihm das schöne Märchen von der „Schneekönigin" vorzulesen. Da kam Martha schon mit dem Buch; ein bittender Blick aus den blauen Mädchenaugen hatte ein zustimmendes Nicken der Mutter zur Folge. So begann Martha mit heller Stimme das Märchen vorzutragen.

Otto, der auf seinem Sofa saß, warf durch die halbgeöffnete Tür einen Blick auf die Gruppe im Wohnzimmer. Die gute Mutter sah doch prächtig aus, noch so jugendlich frisch. Doch lag auf ihrem Gesicht tiefer Ernst, und leise Wehmut umspielte ihre Lippen. Die Kinder saßen still um sie herum, nur Marthas Stimme drang durch die Türe.

Auch Otto lauschte gespannt der Geschichte, die er schon hundertmal gelesen hatte, ohne sich etwas dabei zu denken. Warum traf sie ihn heute so, die Geschichte von dem zerbrochenen Spiegel und seinen Splittern, die, wenn sie ein Mutterherz treffen, es ganz durcheinander bringen! Wie? Sah er nicht auch alles in falschem Licht, durch die Brille der Vernunft? Er stand unruhig auf und trat ans offene Fenster. Arbeiten konnte er nicht. Leise rauschte der Regen und tränkte noch einmal die übersatten Gärten. Von den Rosen träufelte das Wasser, sie neigten die Köpfe demütig zur Erde. Wie schön war die große weiße Hängerose mit ihren hundert Blüten und Knospen und den leichten Zweigen, die vom Winde hin- und herbewegt wurden. Dazwischen tönte Marthas Stimme klar und hell, als sie von den beiden Kindern Kay und Gerda las, wie sie unter dem Rosenbaum sitzen und Gerda singt: „Ich liebe die Rosen in ihrer Pracht, doch mehr noch den Heiland, der selig uns macht." Otto sah auf die Rosenpracht da unten in den Gärten und er wiederholte leise die eben gehörten Worte. Und dazwischen drängte sich Tante Elfriedens Gesicht und die Worte, die sie ihm ans Herz gelegt hatte: „Suche Jesum und sein Licht, alles andere hilft dir nicht."

Er lauschte weiter dem wundersamen Märchen. Je länger er zuhörte, desto klarer wurde es ihm: „Du bist der Kay, du hast dich von der Schneekönigin der Vernunft mitnehmen lassen in ihre eisige Wohnung, sie hält dich umklammert mit ihren kalten Armen, du kannst nicht zurück, du mußt ihr folgen. Dein Herz ist erstarrt, es handelt nur nach den Gesetzen der Vernunft und des Verstandes. Aber weiter – Gerda sucht den geliebten Kay, sie überwindet alle Schrecknisse und alle Gefahren, dringt durch dick und dünn, dringt vor bis an den Eispalast der Schneekönigin und ist imstande, das Eis in Kays Herzen zu schmelzen durch die Macht der Liebe. War in Gerda nicht die suchende und erbarmende Liebe Gottes gezeichnet, die auch den vernunftkalten, selbstgerechten Seelen nachgeht, bis sie das Eisgebäude der Vernunftreligion erschüttert hat und die Herzen weich gemacht und geschmolzen im Feuer ihrer Liebe?"

Otto bedeckte sein Gesicht mit beiden Händen und blieb regungslos sitzen. Er hörte nicht die Geschwister aufstehen und reden, die Außenwelt war für ihn wie abgeschnitten. Auf einmal fühlte er eine Hand auf seiner Schulter. „Otto, ich glaubte dich bei der Arbeit. Du scheinst erregt. Es ist dir doch nichts Unangenehmes passiert?"

„Ich war im weißen Häuschen, Mutter, Tante Elfriede läßt grüßen. Laß mich bitte jetzt in Ruhe, ich muß allein sein."

„Gute Nacht." Die Mutter drückte einen Kuß auf seine Stirn und verließ ihn. Ihr Angesicht strahlte. Einen Besuch bei Elfriede hatte sie sich längst für Otto gewünscht.

Otto war noch lange wach. Es war ein seltsamer und reicher Tag gewesen. Sein Haus, auf Sand gebaut, hatte einen heftigen Stoß bekommen, und weil es keinen festen Grund hatte, mußte es fallen.

Elises Heim

Frau Braun bewohnte mit ihrer Tochter Elli seit einigen Jahren dasselbe Haus mit Dr. Burgs. Die Töchter der beiden Familien waren in Freundschaft miteinander verbunden; weniger konnte man dies von den Frauen sagen. Frau Burg war eine einfache, tätige Frau, die es nicht liebte, ihren Wohlstand durch besonderen Aufwand nach außen zu zeigen. Frau Braun dagegen suchte ihr schmales Einkommen durch einen gewissen äußern Glanz zu überdecken und war dadurch, sowie durch ihre unzufriedene, bissige Art der Frau Burg nicht angenehm. Sie konnte es darum nicht lassen, der Mutter Ellis dann und wann ihre Meinung zu sagen, was die aber so übel nahm, daß sie sich hochmütig von dieser Frau, von der sie vieles hätte lernen können, zurückzog. Sie hätte auch am liebsten ihrer Tochter den Umgang mit Anna untersagt. Die beiden Mädchen aber hatten die letzten Schuljahre zusammen verlebt, waren bei dem gleichen Geistlichen konfirmiert worden und so miteinander verwachsen, daß man sie einfach nicht trennen konnte. Wie froh war Elli, wenn sie der Mutter entschlüpfen und zu Doktors gehen konnte!

Elli war ganz das Gegenteil von ihrer Mutter, die im Grunde genommen recht oberflächlichen Sinnes war, während die Tochter viel Gemüt und neben geistiger Begabung einen offenen Blick für alles Gute hatte. In praktischen Dingen war sie ziemlich unerfahren, aber auch hierfür hatte sie einen gewissen Sinn. Doch wie sollte sie bei einer Mutter, die sich nie mit dergleichen befaßt hatte, richtig angeleitet werden? Was Elli in dieser Beziehung fehlte, konnte sie selbst noch nicht beurteilen. Aber die gute Frau Burg sagte oft zu ihrem Mann: „Elli ist lieb und gut, aber ein Unglück gibt's, wenn die einmal heiratet."

„Ein Unglück braucht's deshalb noch nicht zu geben", meinte der Doktor lächelnd, worauf ihm seine Frau zu verstehen gab, daß sie es für das größte Unglück halte, wenn eine Frau nichts von der Hauswirtschaft verstehe. Das untergrabe von vorneherein das Wohl des Hauses und lasse keine Gemütlichkeit aufkommen. „Und das kannst du glauben", fügte sie hinzu, „ein Unglück hat's auch in der Ehe der Frau Braun gegeben. Wenn alles so gewesen wäre, wie es hätte sein sollen, dann wüßte man doch über das Woher und Wohin. Sie aber zieht einen dichten Schleier um die Vergangenheit, selbst Elli scheint über ihr früheres Leben ganz im unklaren zu sein. ‚Der Vater ist tot; wir sind früher sehr reich gewesen und wir kommen von weit her', das ist das einzige, was sie zu wissen scheint. Aber daß noch viel dahinter steckt, ist ganz sicher."

„Ja, die Frauen sind klüger als wir Männer", schmunzelte der Doktor, „und meine kleine Frau ist die klügste von allen."

„Bist doch froh, daß du mich hast. Was wolltest du wohl mit einer Frau Braun anfangen?"

Während dieses Gespräch unten vor sich ging, wurde oben, einen Tag nach dem Besuch der Mädchen im weißen Häuschen, der Saal der Frau Braun zu einer Kaffeegesellschaft hergerichtet. Es sollte so vornehm wie möglich sein, denn die Frauen, die sich Frau Braun eingeladen hatte, sahen auf so etwas, das waren andere Damen als die Frau Doktor. Sie selbst hatte denn auch ihr schönstes Kleid angelegt und stand, sich musternd, vor dem Spiegel. Bald strich sie die Falten ihres braunseidenen Kleides glatt, bald beschäftigte sie sich mit der Frisur oder zupfte an dem Spitzentuch. Jetzt trat Elli ein, die in ihrem bunten Kleid und der weißgestickten Schürze einen netten Anblick bot. Frau Braun wandte sich zu ihr. „Du siehst ja aus wie ein Stubenmädchen, binde deine Atlasschürze um, wie es sich für die Tochter des Hauses schickt."

„Anna hat immer eine weiße Schürze beim Herumreichen um, Frau Burg sagt, es sei geschickter wegen der Flecken."

„Ist Frau Burg deine Mutter, oder bin ich es? Ich werde dir den Umgang mit den Leuten ganz verbieten, wenn sie dich gegen mich aufhetzen."

„Das tun sie gar nicht", sagte Elli benommen und ging, um der Mutter gehorsam zu sein. Nun stand sie an ihrem Fenster, das einen Blick auf den kleinen Garten freigab, den Burgs zur Benutzung hatten. Sie saßen in der Laube und tranken in behaglicher Ruhe ihren Kaffee. Als Ellis Kopf sichtbar wurde, rief Anna ihr zu: „Komm herunter, Elli."

„Kann nicht", rief Elli kopfschüttelnd.

„Warum nicht?"

„Kaffeebesuch", gab sie zur Antwort und eilte vom Fenster weg, denn mehrfaches Klingeln sagte ihr, daß der

Besuch im Anrollen war. Da erschien denn ein lilaseidenes, ein grauseidenes und ein lehmfarbenes Kleid und dann ein resedagrünes. Die in schwarzer Seide hatte sich ein zitronengelbes Hütchen aufgesetzt zur Aufmunterung des Ganzen. Sie rauschten herein, beknicksten und begrüßten sich. Dabei musterten die Augen nach allen Seiten hin das Zimmer.

Ja, den Augen entging nichts, das wußte Frau Braun, deshalb hatte sie Sorge getragen, wertvolle Gegenstände, die sie sonst im Schrank aufbewahrte, ans Tageslicht zu fördern.

„Das ist ja etwas Prächtiges", rief die Lilaseidene, auf eine alte silberne Teekanne zugehend. „Ganz echt und gediegen", sagte sie bewundernd.

„Echt?" riefen die andern und kamen auch dazu.

„Dem Ding da nach zu urteilen, müssen sie aus einer reichen alten Familie stammen."

Frau Brauns Gesicht zeigte vollste Befriedigung. Was sie bezweckt hatte, war erreicht. Sie wurde von den Damen für reich gehalten und von diesem Glanz umgeben nahm sie am Tisch Platz. Elli reichte den Kaffee herum, doch schien sie mit ihren Gedanken nicht bei der Sache zu sein. Immer stand ihr Sinn nach Doktors Rosenlaube, und sie hoffte, später unbemerkt hinuntergehen zu können. Ihr war das Geschwätz hier unerträglich. Viele Familien waren schon durchgesprochen, und sie fürchtete beständig, daß ihre lieben Hausfreunde an die Reihe kommen möchten. „Oh", sagte die Resedagrüne und wischte sich den Schweiß von der Stirne, „es ist warm bei Ihnen, Liebe. Haben Sie keinen Garten?"

„Wenn Sie es wünschen", sagte Frau Braun errötend, „können wir auch in den Garten –"

„Mama", sagte Elli erschrocken, „Doktors –"

„Jawohl, du hast recht", fiel ihr die Mutter ins Wort, die Sache geschickt drehend, „Doktors haben sich dorthin gepflanzt. Es ist ja nicht angenehm, in diesen Stadtwohnungen alles miteinander teilen zu müssen. Gemütlicher ist es, wir bleiben oben, man ist mehr unter sich."

„Ich würde mir an Ihrer Stelle ein Landhaus in der Vorstadt kaufen, Liebe", warf die Grauseidene dazwischen.

Frau Braun feierte wieder einen Triumph. Für so reich galt sie also unter den Damen! Es war gut, nach außen hin zu glänzen.

„Ich habe auch schon daran gedacht", gab sie zur Antwort, „doch es hat alles seine Schwierigkeiten." Und nun wandte sich das Gespräch auf die Häuser und ihre Einrichtungen, auf die Möbel und deren Behandlung, auf Möbelstoffe und alles sonst Mögliche. Es war ein unerschöpfliches Kapitel, das das Bedürfnis nach frischer Luft vergessen machte.

Elli aber war empört. Wie konnte die Mutter etwas sagen, das nicht stimmte. Und die Mutter, die sich selbst und andere schon sooft belogen hatte, merkte gar nicht, daß sie durch ihre Unwahrheit das Herz des Kindes verwundet hatte. Wie ganz anders war es gestern bei Tante Elfriede gewesen!

Elli mußte wieder herumreichen. Es war etwas ganz Besonderes, Nußtorte mit Schlagsahne. Zwei der Damen hatten sich schon bedient, die dritte war so im Gespräch mit ihrer Nachbarin verwickelt, daß sie gar nicht merkte, wie Elli vor ihr stand und wartete. Auf einmal waren die Gedanken nicht mehr bei der Sache. Ein Kippen des

Tortentellers, ein Ausrutschen der Torte und gleichzeitig ein Schrei des Entsetzens. Da lag nun die Bescherung im Schoß der Lilaseidenen, und während die so Beglückte angstvoll den Schatz hütete, der ihr so unfreiwillig zugefallen war, liefen die andern Damen ruhelos hin und her. Von der Torte rettete man, was zu retten war, man löffelte, man aß, die Lilaseidene rief dazwischen „Warum gerade mir das! Meine Kleiderfarbe ist die allerempfindlichste." Sie bat um Wasser, die andern zeterten über das Ungeschick, Frau Braun aber, der die ganze Lage schrecklich war, befahl Elli, das Zimmer zu verlassen und nicht eher zu erscheinen, bis der Besuch fort sei. Elli suchte Zuflucht bei den Freunden. „Wie siehst du denn aus, was hast du Kind?" rief die Doktorin mütterlich besorgt. Beim Ton ihrer freundlichen Stimme konnte das Mädchen die Tränen nicht mehr zurückhalten. Unter Schluchzen erzählte sie ihr Mißgeschick. Frau Burg aber sagte: „Das kommt vom Träumen, Elli. Du mußt immer die Gedanken auf das richten, was dir übertragen ist. Doch nun laß gut sein, Kind, geh hinauf, sieh, wo du dich nützlich machen kannst."

„Ich soll doch nicht eher kommen, bis der Besuch gegangen ist. Mutter hat mich fortgeschickt."

Der Doktor wollte eben einige Krankenbesuche machen und forderte die jungen Mädchen auf, ihn zu begleiten. Vor einem der letzten Häuser blieb er stehen und sagte den Mädchen, daß er etwa eine halbe Stunde zu tun habe; sie sollten den Weg durch die Wiesen nehmen, der ins nahegelegene Eichenwäldchen führe, er käme ihnen dann entgegen.

Die beiden hatten sich noch gar nicht über den gestrigen Nachmittag ausgesprochen. Das Gewitter und die Sorge, so schnell wie möglich nach Hause zu kommen, hatte kein richtiges Gespräch mehr aufkommen lassen.

„Siehst du, Anna, gestern legte ich mich mit den besten Vorsätzen zu Bett und heute ist es mir schlimmer denn je ergangen."

„Wir wollen uns nur täglich an das erinnern, was Tante Elfriede uns gesagt hat“, antwortete Anna. „Besonders daran, daß wir unsere Fehler erkennen und gegen sie kämpfen müssen.“

„Also ich muß gegen das Träumen ankämpfen“, sagte Elli nachdenklich. „Ich will es von jetzt an ernstlich tun. Und dann – doch sieh mal!“

Ein Kindertrupp kam ihnen entgegen. Drei Knaben zogen einen kleinen Handwagen und zwei größere, adrett und sauber gekleidete Mädchen, gingen daneben. Als sie an den beiden vorübergingen, zogen die Jungen artig die Mützen und auch die Mädchen grüßten.

„Was nur die Kinder machen! So arm sehen sie gar nicht aus: Und doch der Handwagen!“ Sie sahen sich nach ihnen um.

Jetzt machten sie halt und sprachen eifrig miteinander. Dann holte die Älteste ein Beutelchen aus ihrer Tasche, schüttete den Inhalt in ihren Schoß und begann eifrig zu zählen.

„Sie müssen etwas zu verkaufen haben, sieh doch, sie überzählen ihren Verdienst“, flüsterte Elli Anna zu.

Die Sache interessierte sie so, daß sie beschlossen, umzukehren, um noch einmal an den Kindern vorüber zu müssen. Jetzt standen sie nahe bei ihnen, doch die Kleinen merkten in ihrem Eifer nicht, daß sie beobachtet wurden.

„Ob wir's noch einmal versuchen, Johanna“, sagte das jüngere Mädchen.

„Nein, Martha“, gab die ältere zur Antwort, „erbetteln wollen wir es uns auch nicht. Der Klempner hat schon zehn Groschen heruntergelassen und sagte ja, daß er die Lampe um keinen Pfennig billiger lassen würde.“

„Wenn wir doch noch fünfzig Pfennige mehr hätten“, meinte Martha.

„Ja, wenn!“ sagte der größte der Jungen nachdenklich. „Aber woher nehmen?“

Da trat Elli, die ihren Geldbeutel schon in der Hand hatte, zu der Ältesten und gab ihr fünfzig Pfennige: „Wenn euch gerade soviel fehlt, da habt ihr's."

Johanna wurde glühend rot und wollte das Geldstück nicht nehmen. Der kleinste der Knaben klatschte aber fröhlich in die Hände und sagte: „Wie schön, nun können wir der Mutter doch die Lampe kaufen."

Elli, die fürchtete, das Zartgefühl der Mädchen verletzt zu haben, redete ihnen freundlich zu, sie stellte ihnen vor, daß das Geld ja nicht erbettelt, sondern freiwillig gegeben worden sei. Da nahmen sie es dankbar und erzählten den beiden, daß sie keinen Vater mehr hätten. Ihre Mutter sei die beste Mutter, die es auf Erden gäbe. Übermorgen sei ihr Geburtstag. Da hätten sie sich schöne Überraschungen ausgedacht. Die Mutter liebe Eichenlaub über alles, deshalb wollten sie ein Eichenlaubgewinde um die Tür machen und aus Blumen ihren Namen hineinflechten. Von dem ersparten Gelde solle eine Lampe gekauft werden. Sie hätten erst nicht an etwas so Großes gedacht, aber die alte sei durch ihre Schuld entzwei gegangen. Wie würde Mutter sich nun freuen, wenn sie eine neue erhalte.

„Ihr bekommt wohl Taschengeld", sagte Elli.

„Nein, wir bekommen gar nichts, aber wir nehmen morgens keine Semmel mehr zum Kaffee und haben uns so das Geld erspart."

„Ja, das hat viele Wochen gedauert", fügte Karlchen selbstgefällig hinzu.

Nun steckten sie die Decke, die sie über das Eichenlaub gelegt hatten, an den Seiten fest; die beiden großen Brüder zogen den Wagen, der kleine schob nach, und so ging es heimwärts.

Die Mädchen sahen dem kleinen Zug so lange nach, bis er ihren Blicken entschwand. Sie waren beide durch das kleine Erlebnis sichtlich bewegt, und Elli meinte: „Wenn ich doch meine Mutter auch so lieben könnte!"

Wie verlangte ihr Herz danach, es wurde ihr aber schwerer gemacht als den Kindern, die sich im hellen Glanz der Mutterliebe sonnen durften, die gern auf etwas verzichtete, um andern, besonders ihren Kindern, eine Freude zu machen.

Unter eifrigem Gespräch waren die Freundinnen bis an die Vorstadt gelangt. Sie trafen Annas Vater und traten mit ihm den Heimweg an.

Frau Brauns Gäste hatten sich verabschiedet. Nun saß sie ärgerlich und verstimmt in ihrem Sessel. Sie hatte es wohl gemerkt, wie den Gästen die gute Laune verdorben war und wie sie mit verdrießlichen Gesichtern abgezogen waren. Bemerkungen über das Ungeschick des jungen Mädchens waren genug gefallen. Das alles trug nicht dazu bei, Frau Braun gegen ihre Tochter gut zu stimmen. Dazu kam, daß nach Abzug der Gäste einige Rechnungen eingelaufen waren, die sogleich bezahlt werden sollten. Die Lieferanten würden sonst keine Waren mehr liefern. Auch die Köchin hatte heute den schon längst fälligen Lohn verlangt.

Frau Braun ging an ihren Silberschrank, suchte in den Kästen herum, die mit allerhand Schmuckgegenständen gefüllt waren, zog ein paar lange, goldene, altmodische Ohrringe hervor und eine zerbrochene goldene Kette, wickelte beides zusammen und sagte für sich: „Das wird vorderhand reichen; der Juwelier dürfte mir wohl für diese wertvollen Sachen mehr Geld auszahlen, als die Rechnungen und der Lohn für die Köchin betragen."

Jetzt wurde die Tür leise geöffnet, und Elli trat verlegen ein. „Bist du endlich da? Es wird Zeit, daß du kommst. Wenn man eine Tochter besitzt und gar keine Hilfe an ihr hat, ist das mehr als traurig." Und dann ging es los: Sie habe gehofft, Elli würde ihr Trost und Stütze sein, das wäre aber nicht so. Fremden Leuten liefe sie nach, bei ihnen zeige sie sich liebenswürdig, und wenn ihre Mutter einmal etwas von ihr wolle, dann gehe es immer schief.

Elli bat um Verzeihung, die Mutter hörte gar nicht hin. Sie jammerte und klagte weiter, wie es ihr so schlecht im Leben gehe, wie sie nirgends Glück habe, sondern lauter trübe Tage. Es sei ein elendes Leben; sie möchte wissen, ob es wohl noch Leute gebe, denen es wie ihr gehe.

„Ich war gestern mit Anna bei einer kranken Frau, der geht es sehr schlecht. Sie kann weder gehen noch stehen und ist doch glücklich dabei", wagte Elli schüchtern zu sagen.

„Geh mir mit der kranken Frau. Was gehen mich die Patienten des Doktors an. Du gehst nicht wieder mit. Was dir der Besuch für Nutzen gebracht hat, haben wir heute gesehen. Nun leg dich schlafen."

Als Elli in ihrem Zimmer war, wollte sie die Begegnung mit den Kindern, die wie ein Sonnenstrahl den trüben Tag erhellt hatten, in ihr Notizbuch eintragen. Wo war es? Sie fand es nicht. Wo hatte sie es zuletzt gehabt? Auf der Fahrt nach Eichstädt! Sie hatte es wohl nicht wieder eingesteckt, nachdem sie gestern die Bemerkung über den jungen Mann hineingeschrieben hatte. Wer mochte es gefunden haben! Dunkle Röte übergoß sie. Wie, wenn einer von den Jungen es an sich genommen hätte! Nein, die würden achtlos daran vorbeigegangen sein, besonders der Lange, der es von seiner Höhe herab gar nicht einmal sehen konnte. Sie nahm sich vor, künftig vorsichtiger zu sein und auch ihre Gedanken nicht gleich zu Papier zu bringen. Es wäre doch schrecklich, wenn die beiden es gefunden und gelesen hätten, was nur für die Augen ihrer besten Freundin bestimmt war.

Wer Frau Braun war, wissen wir. Es war Elise, das verwöhnte Kind, das mit dem Amerikaner in die weite Welt gezogen war. Sie hatte das erhoffte Glück nicht gefunden, suchte aber immer noch die Güter dieser Welt und rieb sich dabei in täglichen Sorgen auf. Sie hatte keine Ahnung, wer die kranke Tante im Häuschen war, sonst hätte sie vielleicht die Neugierde hingetrieben, zu sehen, was Elfriede auf ihrem Krankenbett glücklich machte. Die Kinder aber der andern Freundin waren heute in naher Berührung mit ihrer Tochter gewesen, und sie ahnte nicht, daß Lore in der gleichen Stadt mit ihr wohnte. Wie verschieden hatten sich die Lebenswege der drei Freundinnen gestaltet!

Die wunderliche Tante

Nach drei Jahren finden wir Frau Braun noch in derselben Wohnung. Ein Tag nach dem andern verging im alten Trott. Elise spielte nach außen hin die vornehme Dame, obwohl sie wußte, daß das eines Tages ein Ende haben würde, denn schon seit längerer Zeit griff sie das letzte Geld an, das, hätte sie die Zinsen in Einfachheit und Sparsamkeit verbraucht, auf Lebenszeit ein gesichertes Einkommen gewährt haben würde.

Sie wollte sich nicht einschränken, wollte in den Augen der Welt immer noch für die reiche Frau Braun gelten, die sie längst nicht mehr war.

Elli war ein schönes Mädchen geworden, und die Mutter hoffte, durch eine reiche Heirat der Tochter aus der Misere herauszukommen. Sie war sehr bemüht, die Tochter in Familien einzuführen, wo es Reichtum und heiratsfähige Söhne gab. Nur schade, daß Elli an solcher Geselligkeit so wenig Gefallen zu haben schien. Sie war von Natur fröhlich veranlagt, aber durch das Leben mit der unzufriedenen Mutter war sie für ihre Jahre viel zu ernst.

So war es auch heute wieder. Die Mutter wollte sie zu einem Vergnügen zwingen, das viel Geld kosten würde und ihr im Grunde keine Freude machte. Sie kam mit jungen Mädchen zusammen, die nur von Kleidern und Bällen und von jungen Männern sprachen. Das lag ihr einfach nicht.

Haushaltungssorgen drückten auch. Die alte Köchin hatte längst gekündigt, an ihre Stelle waren neue gekommen. Augenblicklich hatten sie ein junges, eben erst eingesegnetes Mädchen, das sich bei geschickter Anleitung zu einem guten Mädchen hätte heranbilden lassen. Da die Herrin aber nichts vom Haushalt verstand, war von Lina auch nichts zu erwarten.

Wie gern hätte Elli die Küche übernommen. Doch ein Versuch, der trübselig genug ausgefallen war, hatte ihr von der Mutter nur Vorwürfe eingebracht. So ließ sie die Dinge gehen, wie sie gingen, und die Mahnung Tante Elfriedens: „Übt Zucht an euch selbst", die anfangs wie eine laute Glocke an ihr Herz geschlagen, tönte immer schwächer und schwächer und drohte ganz zu verklingen. Wenn junge Mädchen nicht eine Hand über sich fühlen, die sie mit Weisheit und Liebe lenkt, wenn sie unter keinem guten Einfluß stehen, sondern immer nur die Schwächen derjenigen, die Gott ihnen als Vorbild gegeben hat, sehen, wenn sie nicht hinauf, sondern herab zur Mutter sehen, dann verkümmern die guten Anlagen allmählich und schlechte kommen herauf, die das Gute ganz zu ersticken drohen. Elli wollte gern das Rechte tun, fand aber nirgends einen klaren Wegweiser. Könnte sie noch wie sonst zu Doktors eilen, sich dort Rat zu holen! Könnte sie nur einmal noch mit Anna ins weiße Häuschen zur Tante!

Burgs wohnten schon lange nicht mehr im Haus. Der Doktor war einem Ruf ins Ausland gefolgt. Elli konnte nur dann und wann in einem Brief der Freundin ihr Herz ausschütten.

Heute war Elli besonders niedergeschlagen, und selbst der Himmel war grau. Schon den ganzen Tag regnete es. Elli stand jetzt am Fenster und schaute auf die

Straße. Konnte denn nicht einmal etwas Außergewöhnliches passieren, das das ewige Einerlei der Gedanken zerstreute.

Und es kam. Eine Droschke rasselte heran und hielt vor ihrem Haus. Der Kutscher stieg vom Bock, öffnete den Droschkenschlag und nahm aus dem Fahrzeug eigenartige Gegenstände. Da wurde erst ein altes Vogelbauer sichtbar, dann kamen verschiedene zinnerne Krüge und Kannen zum Vorschein und einige Kasten und Schachteln. Endlich erschien der Kopf einer alten Dame, der mit einem riesigen Hut versehen und von grauen Locken eingerahmt war.

„Kommt denn niemand", rief sie mit lauter Stimme. „Elise, so komm doch und hilf deiner alten Tante aus dem Wagen." Elli eilte zur Mutter. „Kennst du vielleicht die alte Dame, die dort unten mit Sack und Pack aussteigt?"

„O Elli! die Tante selbst", sagte Elise erschrocken. Sie rief Lina, schnell hinunter zu gehen und der alten Dame zu helfen. Doch bevor das kleine Ding sich die Küchenschürze abgebunden und die Haare glatt gemacht hatte, war Elli schon die Treppen hinabgesprungen und an die Haustür geeilt.

„Ein glänzender Empfang", sagte die alte Dame spöttisch. „Wer ist denn das, der da so ratlos an der Haustür steht. Zugegriffen, Mädchen! Siehst du nicht, daß der Kutscher mir meine schönen Sachen alle in den Schmutz stellt?" Elli nahm, was sie tragen konnte, und nun kam auch Lina, die kräftig zugriff.

„Nun, Elise", sagte der Besuch, als Frau Braun oben an der Treppe stand, sie zu bewillkommnen, „wohl immer noch die vornehme Dame, die weder Hand noch Fuß regt. Mein Kind, dir muß es noch ganz anders kommen, ehe du klug wirst."

Elise hatte eine schnippische Antwort bereit, doch bezwang sie sich und sagte: „Herzlich willkommen, Tante!"

„Ja, herzlich willkommen, wenn ich Geld bringe, das glaube ich schon. O die steilen Treppen, ich habe keine Luft mehr, schnell einen Stuhl.“

Elise führte die alte Dame durch die offene Tür in das beste Zimmer, wo sie ganz erschöpft in einen Lehnstuhl sank und ausrief: „Diese Reise ist mein Tod!“

„Aber du konntest mir ja schreiben“, sagte Elise schüchtern, „brauchtest ja nicht selbst zu kommen.“

„Oho, so sind wir nicht. Wenn ich Geld geben soll, so prüfe ich erst einmal alles.“

Elise mußte wohl oder übel über den Besuch der Tante dankbar sein. Sie kam, ihr zu helfen. Elise hatte sie, die Schwester der verstorbenen Mutter, Zeit ihres Lebens vernachlässigt. Seit sie aber in Erfahrung brachte, daß die alte Dame eine bedeutende Erbschaft gemacht hatte, versuchte sie wieder mit ihr anzuknüpfen. Die alte Dame, die diese Annäherung für Zuneigung gehalten hatte, war auf die Briefe freundlich und verwandtschaftlich eingegangen. Nun hatte Elise im letzten Brief um etwas Geld gebeten. Die Tante, die Elise von früher her zu gut kannte, hatte sich deshalb auf die Bahn gesetzt, um einmal nach dem Rechten zu sehen.

„Das ist also die Tochter. Ein hübsches Mädchen. Ist sie auch gut erzogen? Elise, he?“

Elise erwiderte, sie dächte wohl, und die alte Dame meinte, das würde sich ja zeigen. Einstweilen sollte Elli ihre Sachen versorgen. Es seien alte Seltenheiten, die sie sich für schweres Geld erstanden habe. Sie gäbe nichts für ihr Vergnügen aus, dies sei einmal ihre Liebhaberei. Es gäbe Leute genug, die sich nichts daraus machten, die den Besitz solcher Antiquitäten nicht so hoch schätzen als das Geld. Während dieser Rede gingen ihre Augen immer im Kreise herum, ob sie nicht etwas erspähten, was sie sich aneignen könne.

„Vornehm genug wohnst du“, meinte sie dann. „Für eine Witwe in deinen Verhältnissen genügte eine ganz kleine, bescheidene Wohnung." Wieder sah sie sie prüfend an, so daß Elise errötete.

„Nun, Kleine", sagte sie auf einmal in wohlwollendem Ton und wandte sich zu Elli, „besorge mir ein kräftiges Abendbrot. Ich bin abgespannt und hungrig von der Reise. Am liebsten wäre mir etwas Warmes, vielleicht etwas Gebratenes."

Elli eilte hinaus. Sie war froh, eine Weile den beobachtenden Blicken der Tante entgehen zu können, und beriet mit Lina, wie am besten ein gutes Abendbrot zu bewerkstelligen sei.

Lina hatte einen hellen Kopf. Sie wußte, daß sie doch nichts Ordentliches zustande bringen würde, und meinte, gegenüber sei ein guter Gasthof, wo man zu jeder Tageszeit Gebratenes bekomme. Sie wolle hinübergehen und es dort holen.

Elli war über diesen Ausweg sichtlich froh. Es währte nicht lange, so war der Tisch gedeckt, und das Fleisch wurde aufgetragen. Den prüfenden Blicken der alten Dame entging nichts. „Schon fertig? Das ist schnell gegangen", sagte sie. Elli wurde rot, denn nun erst fiel es ihr ein, daß die alte Dame glaubte, sie habe es selber zubereitet.

„Das schmeckt", bemerkte sie dann zufrieden, „es ist gut gebraten und vortrefflich zubereitet. Wo hast du kochen gelernt?" Elli stand ganz zerknirscht da. „Tante", fuhr sie auf einmal heraus, „ich habe es nicht selber gemacht, Lina hat es im Hotel geholt."

„Sieh, das ist ja nett. Wenn ich im Hotel essen will, dann miete ich mich dort gleich ein, wenn ich aber zu Verwandten komme, kann ich wohl erwarten, daß mir Hausmannskost vorgesetzt wird. Doch du hast mir die Wahrheit gesagt, das ist mir lieb. Mit wahrhaftigen Menschen geh' ich gern um, aus denen läßt sich etwas machen. Wie alt bist du?"

„Neunzehn Jahre."

„Ein Alter, von dem sich schon etwas erwarten läßt. Doch du siehst mir nicht aus, als ob bei dir viel zu erwarten wäre. Die Zeit wird's zeigen."

Elli war an diesem Abend ziemlich aufgeregt. Sie hörte den Sturm und Regen an ihr Fenster schlagen. Dazwischen tönte die laute Stimme der Tante, die sehr ärgerlich schien und einmal rief: „Gekündigt wird die Wohnung zu Michaelis auf jeden Fall, dabei bleibt es." Dann hörte sie wieder ihren Namen. Was mochte nur die Tante mit ihr vorhaben? Daß mit ihr eine Änderung der Lebensverhältnisse gekommen sei, ahnte sie. Unter der Vorahnung seltsamer Dinge, die sie erleben würde, legte sie sich schlafen.

Die Reise ins Bad

Am andern Morgen eröffnete ihr die Mutter, daß sie mit der Tante verreisen solle. Sie wolle sie während des Aufenthalts in einem Seebad als Gesellschafterin haben. Elli zweifelte, ob sie den Anforderungen der Tante genügen werde.

Die Mutter zuckte die Achseln und meinte, daß es nicht leicht sei, mit ihr auszukommen, aber es schade nichts, wenn sie einmal andere Verhältnisse kennenlerne.

Elli wußte nicht, ob sie sich freuen oder traurig sein sollte. Doch welches junge Mädchen liebt nicht die Veränderung? Was würde sie alles erleben!

Die Mutter machte in diesen Tagen einen stillen und gedrückten Eindruck. Die Tante tat, als habe sie zu befehlen und als ob ihr der Haushalt gehöre.

Und dann war es soweit. Ellis kleiner Koffer war gepackt. Sie überblickte noch einmal ihr kleines Reich, schloß ihr besonders liebe Gegenstände ein und sah dann, ob sich nicht unter ihren Büchern das eine oder das andere zum Mitnehmen oder zum Vorlesen für die Tante eignen würde. Da fiel ihr Blick auf das Neue Testament, und plötzlich war es ihr, als hörte sie Tante Elfriedens Stimme: „Vergeßt im Gewirr des Lebens euren Heiland nicht." Sie griff schnell nach dem Büchlein und steckte es zwischen die Kleider.

Der Abschied von der Mutter war kurz, doch schien es Elli, als ob sie herzlicher zu ihr sei als sonst. Lina verabschiedete sich mit den Worten: „Wenn Sie fortgehen, Fräulein Elli, bleibe ich auch nicht. Sie waren immer gut zu mir."

„Ich möchte dir's geraten haben, daß du noch da bist, wenn ich wiederkomme", sagte da die Tante. „Ich will das Geschenk, das ich dir mitbringen werde, nicht umsonst schleppen."

Lina, die mit diesen Worten eine nicht zu kleine Silbermünze in ihrer Hand fühlte, wurde so eifrig und dienstbeflissen, daß sie sogar vergaß, noch einmal in den Spiegel zu sehen, bevor sie auf die Straße ging, um die Sachen in die Droschke zu tragen.

So, nun ging's in die weite Welt. Elli bog noch einmal den Kopf zum Wagenfenster heraus. Da stand ihre Mutter am offenen Fenster und winkte ihr mit der Hand. Sie schien angegriffen zu sein.

Die sechsstündige Bahnfahrt verlief besser, als Elli gedacht hatte. Die Tante war gesprächig und munter. Wenn ihr alles nach Wunsch ging, war es nicht schwer, mit ihr auszukommen, bei der geringsten Kleinigkeit konnte sie sich aber auch aufregen. Widerspruch duldete sie nicht. So kam es, daß sie sich oft mit Menschen entzweite. Nach der Bahnfahrt wartete man im Gasthof des kleinen Städtchens auf den Postwagen, der die Gäste in das eine Stunde entfernte Seebad bringen sollte.

Es schien heute großer Andrang zu sein. August war ein beliebter Monat, und nach der langen Regenzeit erwartete man einen beständigen Hochsommer. Viele zogen es vor, das Dampfschiff zu benutzen. Man sah ganze Scharen von Reisenden an den Strand hinunterziehen, gefolgt von Dienstmännern oder Kofferträgern, die das umfangreiche Gepäck der Badegäste beförderten. Wer aber den bequemeren Landweg liebte, bediente sich des Postwagens. Die etwas starke Tante musterte kritisch die Wartenden.

„Elli, gib acht, daß wir einen guten Platz in der Mitte bekommen, ich mag mich nicht nach hinten quetschen lassen, und vorne zieht es."

Jetzt kam der alte, ehrwürdige Rumpelkasten angewackelt. Er schien mit seiner Ruhe noch ganz der alten Zeit anzugehören.

„Ah!" sagte die Tante, „das wird aber eng. Müssen denn heute auch alle Plätze besetzt sein!" Dabei hatte sie den gewünschten Mittelplatz erwischt.

„Je mehr, desto besser, Madamchen", lachte der Hauswirt, der mit der kurzen Pfeife im Mund den Wagen und seine Verladung beaufsichtigte. „Da kommt noch jemand angedampft", rief er, „nur langsam, es ist ja keine Eisenbahn!" Es schnaufte und keuchte heran. In Schweiß gebadet erschien eine etwas üppige Frau mit einem umfangreichen Korb am Arm. Sie nahm das Tuch, das ihr zum Winken gedient hatte, und wischte sich damit das Gesicht. Angstvoll sahen die Reisenden den Neuankömmling, der Miene machte einzusteigen. „Hier ist alles besetzt, kein Hering geht mehr hinein!" rief eine Stimme.

„Bitte, mich keinen Hering nennen zu wollen", schallte es zurück und schob und drängte dermaßen, daß wirklich noch an der Ecke eine Stelle frei wurde, auf die sie mit aller Wucht niederplatzte, daß der ganze Wagen wackelte.

„Es ist entschieden zu voll", rief die Tante, „das braucht man sich nicht gefallen zu lassen."

Der Hauswirt trat an den Wagen, überzählte die Häupter seiner Lieben und sagte: „Alles in Ordnung, zwölf

Plätze und zwölf Personen, das stimmt. Manchmal fallen die Reisenden schlanker aus, wie's gerade kommt. Seien Sie nur still, Madamchen, das schüttelt sich auf der Fahrt wie in einer Schachtel von selbst zurecht."

Elli hatte so etwas nie erlebt, aber die ganze Sache belustigte sie sehr, während die Tante mit einem außerordentlich mißmutigen Gesicht um sich schaute und die Reisenden musterte. Alle verhielten sich schweigend. Sie wackelten hin und her und nickten und dienerten einander zu, wie es in einer solchen Kutsche eben nicht anders ist. Wie einer saß, mußte er sitzen bleiben, und Elli betrachtete mitleidig ihr kleines Gegenüber, ein Mädchen von etwa zwölf Jahren, die sich schon seit einer Viertelstunde vergeblich bemüht hatte, zu ihrer Kleidertasche zu gelangen, auf die sich ein dicker Bauer gesetzt hatte.

Sie mochten eine halbe Stunde gefahren sein, da rief die Tante: „Es riecht nach Käse. Hat etwa jemand Käse bei sich?"

Alles schwieg; man sah sich zum Teil lächelnd, zum Teil erstaunt an, und die Tante konnte, obwohl sie jeden scharf fixierte, den Missetäter nicht finden.

„Ich muß aber noch einmal sagen, daß es ganz entsetzlich nach Käse riecht", rief die Tante empört, „und wenn das nicht nachläßt, komme ich um."

„Wir wollen doch ein Fenster öffnen", rief ein junger Mann und machte Anstrengung, seinen rechten Arm frei zu bekommen, um das hinter ihm befindliche Fenster zu öffnen.

„Das zieht", rief jemand mit verbundenem Gesicht. „Sehen Sie denn nicht, daß ich Zahnschmerzen habe?"

„Ich muß aber entschieden bitten, daß der, welcher Käse bei sich führt, den Wagen verläßt, ich halte es nicht mehr aus."

Da erhob sich der junge Mann. „Ich bitte mir gefälligst Platz zu machen", drängte an die Tür und bat den Kutscher zu halten. Dann setzte er sich zu ihm auf den

Bock und sagte: „So eine Wagenfahrt ist mir in meinem ganzen Leben noch nicht vorgekommen.“

„Das war also der Käseinhaber“, rief die Tante erstaunt, sich mit kölnischem Wasser besprengend, „dem hätte ich's am wenigsten zugetraut.“

„Darum war er auch so fix mit dem Fensteraufmachen bei der Hand“, sagte die zuletzt Eingestiegene und bückte sich, um den Deckel des Korbes fester zuzudrücken. „Na, es ist gut, daß er ausgestiegen ist, es ist doch ein bißchen mehr Platz geworden.“

„Und die Luft ist reiner“, sagte die Tante, die gerade ihr mit kölnischem Wasser getränktes Taschentuch vor der Nase hatte, sonst hätte sie bemerkt, daß es immer noch bedeutend nach Käse roch. Doch die Einbildung tut viel, und die Ruhe war somit wieder hergestellt.

Jetzt sah Elli rote Ziegeldächer auftauchen, in der Ferne blinkte Wasser, auf dem Segelboote schaukelten. Nun hielt der Postwagen, und die Fahrgäste begannen auszusteigen. Der junge Mann war vom Bock gesprungen und hatte sich vor die Wagentüre gestellt. Als nun die Dicke ihren Korb hervorholte und eben aussteigen wollte, griff er hilfreich mit den Worten zu: „Gestatten Ihre Korpulenz, daß ich Ihnen den Korb mit dem Käse abnehme.“

Die also Angeredete wurde dunkelrot. Mit „Hier sorgt jedes für das Seine“, stieg sie hurtig aus und war ebensoschnell um die nächste Ecke verschwunden.

Dann nahm der junge Mann höflich seinen Hut vor der erstaunten Tante ab. „Ich empfehle mich Ihnen, gnädige Frau; mein Name ist Körner, mein Beruf Arzt“, dann war auch er ihren Blicken entschwunden.

„Verkehrte Welt!“ brummte die bestürzte Tante, der nichts unerträglicher war, als wenn sie sich geirrt hatte.

Was war das aber für eine würzige Luft! Ein frischer Wind wehte von der See her. Ellis Munde entstieg ein lautes „O wie schön!“, als sich das Meer in seiner Weite, dunkelgrün schimmernd, ihren erstaunten Blicken darbot.

„Tantchen, wie danke ich dir, daß du mich mitgenommen hast!“ rief sie. „Und hier wollen wir einen ganzen Monat bleiben?“ –

„Natürlich, ich habe mir extra für diese Zeit eine Wohnung nach der Seeseite bestellt. Wir haben nur auf die Verwaltung zu gehen und uns die Adresse der Wohnung geben zu lassen.“

Sie schritten an einer Reihe niedlicher Häuser vorüber, die alle zum Schutz gegen Regen und Wind geschlossene Glasveranden hatten. Heute, bei schönem Wetter, waren sie fast alle geöffnet, und man konnte einen Blick in das behagliche Leben der Badegäste tun. Die Väter, der Berufspflichten ledig, hatten alle so lachende Gesichter, und mancher strenge Papa, der zu Hause eine strafende Miene aufsetzte, wenn der Junge ihn bei der Arbeit störte, knüpfte jetzt mit großer Geduld Drachenschwänze oder machte Angelhaken zurecht.

Bei den Reisenden, die teils den Dampfschiffen, teils dem Postwagen entstiegen waren, war noch wenig von dieser Ruhe zu spüren. Sie hasteten und eilten, um noch vor Nacht ihr Unterkommen zu finden. Ein merkwürdiger Gegensatz. Die, welche festen Grund und Boden unter sich hatten, ruhig und glücklich; die, welche noch nicht wußten wohin, hastig und unruhig. War's nicht im Leben genau so?

An all diesen unglücklichen Familien zogen Tante und Nichte vorüber. Elli spähte nach jungen Mädchen aus. Würde sie wohl eine finden, mit der sie sich näher anfreunden könnte, die ihr Anna ersetzen würde?

Nun standen sie in der Kurverwaltung. Nach einigem Suchen wurde der Tante gesagt, daß nach der Seeseite alles besetzt sei und man deshalb nach hintenheraus eine Wohnung reserviert habe. Die Tante war außer sich und konnte es nicht fassen, daß alles so verquer ging. Der

Beamte sagte ruhig, es sei doch jedenfalls besser als gar kein Unterkommen. Der Andrang sei in diesem Jahr so groß, daß sie froh sein müsse, überhaupt eine Wohnung bekommen zu haben. Wohl oder übel mußte die Tante das Quartier nehmen. Endlich standen sie vor dem Haus, in dem die Zimmer lagen; die Tante musterte es von oben bis unten.

„Eine hübsche Bude", meinte sie, „wird beim nächsten Sturm zusammenbrechen."

Elli, die müde und abgespannt war und sich nach Ruhe sehnte, schrak bei dieser Bemerkung zusammen; da trat eine Frau, die in der Haustür gestanden hatte, auf sie zu und sagte: „Madame, unser Haus ist wetterfest, das hat schon manchen Sturm erlebt. Kommen Sie nur herein; Sie sind doch die Gäste, für welche die obern Zimmer gemietet sind?"

„Obere Zimmer?" rief die Tante. „Ich habe doch ausdrücklich geschrieben, ich will unten wohnen. Ich kann die Treppen nicht steigen. Wofür gibt man denn sein Geld aus?"

„Für eine hübsche, bequeme Wohnung", sagte die Wirtin gelassen. „Man sieht auch das Meer von oben."

Kaum hatte die Tante das gehört, so stieg sie die Treppe ohne weitere Widerrede hinauf, so daß Elli kaum zu folgen vermochte. Sie betraten ein helles, freundliches Zimmer, das an jeder Seite eine Kammer hatte, die als Schlafgemach dienen sollte. Die Tante trat ans Fenster. „Nun", sagte sie spöttisch, „wo ist denn das Meer?"

„Kommen Sie nur mit in die Kammer, da können Sie's liegen sehen."

„Denken Sie, daß ich mich nachts ans Fenster setze, anstatt zu schlafen? Am Tage können Sie mir unmöglich zumuten, mich in dies Loch von einer Kammer zu setzen. Überdies werde ich hier entschieden nicht schlafen, die schräge Wand bedrückt mich."

„Aber ich darf hier wohnen“, rief Elli, die schon am Fenster saß und sich an dem Anblick des Meeres erfreute.

„Meinetwegen“, erwiderte die mißmutige Tante. „Wie ist die andere Kammer und wie sind vor allen Dingen die Betten?“ Sie sauste hinüber, befühlte die Betten und sagte: „Die Kammer ist größer und hat keine schräge Wand. Aber die Betten sind feucht. Es ist überhaupt in der Wohnung eine dumpfe, moderige Luft, ich möchte geheizt haben.“

Die Wirtin sah die Dame erstaunt an und sagte: „Im August?“

Die Tante überhörte die Bemerkung der Wirtin und wiederholte noch einmal mit Nachdruck ihre Forderung.

Die Wirtin ging brummend und meinte unten, das müsse ein sonderbares Frauenzimmer sein, vor der müsse man sich in acht nehmen.

Bald erschien die Tochter des Hauses mit Holz und Torf und heizte den Ofen, während die Tante in den Betten kramte und dem Mädchen Auftrag gab, ihr Gepäck von der Bahn zu holen. Elli wurde alle Augenblicke hinuntergeschickt, um dies und jenes zu erledigen; sie tat es mit freundlich-stillem Wesen und versöhnte dadurch die aufgebrachte Wirtin in etwas. Der Abend war höchst ungemütlich. Als die Betten durchwärmt waren, fing die Tante an, mit der Bettstelle in der Kammer herumzukutschieren. Es stand hier nicht recht und da nicht recht. Dann kamen die Koffer. Der Träger verlangte ihrer Meinung nach zuviel. Als sie sich eine Weile mit ihm herumgestritten und der Mann endlich etwas nachgelassen hatte, gab sie ihm zu seinem höchsten Erstaunen fünf Groschen mehr. Sie überraschte gern die Menschen. Hatte sie sie erst wütend gemacht, dann verpflichtete sie sie auf einmal zur Dankbarkeit, so daß die Leute gezwungen waren, ihre erregten Gesichter sofort in freundliche umzuwandeln. Dann gab es treffliche Mienenspiele, an denen sie sich freute.

Der Wirtin, die mit unfreundlicher Miene heraufkam, um noch etwaige Wünsche der Madame entgegenzunehmen, trat sie mit den Worten entgegen: „Es ist nun alles in Ordnung, und hier haben Sie etwas für Ihre besondere Mühe.“ Mit diesen Worten ließ sie ein blankes Silberstück in die Hand der erstaunten Frau gleiten, die alles andere eher erwartet hatte und nun vor lauter Freundlichkeit nicht wußte, was sie beginnen sollte.

Elli lag noch lange wach. Sie dachte an die Mutter, und da überkam sie ein Gefühl von Sehnsucht und Liebe, und sie nahm sich vor, später noch viel mehr für sie zu leben. Mit diesen Gedanken und unter dem Rauschen des Meeres schlief sie ein.

Die Kanne

Dasselbe Rauschen weckte sie am anderen Morgen. Sie rieb sich die Augen und horchte auf die einförmigen Töne. Dann sprang sie schnell aus dem Bett und lief beim Ankleiden immer einmal an das kleine Fenster, um einen Blick auf das Meer zu tun. Dann holte sie ihr Neues Testament aus dem Koffer. Sie wollte ja von nun an jeden Tag einen Abschnitt daraus lesen; sie hatte es Tante Elfriede damals versprochen, aber schon längst nicht mehr gehalten. Sie bat Gott, ihr den rechten Weg zu zeigen, und nachdem sie so den Tag in rechter Weise begonnen hatte, guckte sie in die Wohnstube, um nach der Tante zu sehen. Sie betrat leise das Zimmer und warf einen neugierigen Blick aus dem Fenster. Gegenüber lag ein hübsches Haus mit freundlichem, einladendem Aussehen, gleich dahinter die Kirche. Vielleicht war es das Pfarrhaus. Es schien schon volles Leben zu herrschen. Zwei Mädchen trugen Wäschekörbe herbei, eine Leine war schon gezogen. Jetzt näherte sich eine jüngere Frau mit den Worten: „Nun fix an die Arbeit!“ In kurzer Zeit hing die Wäsche in der frischen Morgenluft. Was mochte nur das blau- und weißgestreifte sein, was in dem einen Korbe lag? Die junge Frau schüttelte es auseinander und hing es auf. Es waren kleine Hosen, von verschiedener Größe. Eins, zwei, drei, Elli zählte weiter, vier, fünf, sechs, immer mehr, nun kam die zehnte dran, und das war die letzte! Jetzt gab es Jacken von demselben Stoff, wieder eine ganze Leine voll, und nun flatterten alle die kleinen Kleidungsstücke wie Fähnlein in der Luft. Der Wind blies hinein, das sah lustig aus. Elli mußte herzlich lachen bei der Aussicht auf all die Jungen, die das Haus bergen sollte.

Jetzt ging es ho! und hallo! und dazwischen ertönte die energische Stimme der Frau. Es flimmerte Elli blau und weiß vor den Augen; im ersten Augenblick glaubte sie, die Anzüge hätten Leben bekommen. Und so war es auch. In fünf Zebrakostümen steckten fünf kleine Gestalten von verschiedener Größe mit frischen roten Backen und blonden Haaren. Sie schauten mit den Augen keck in die Luft und schwangen die Haselruten so kühn und unternehmend, daß man glauben mußte, sie wollten den Waschplatz im Sturm erobern. Die junge Frau hob gebietend die Hand, zog mit dem Hacken eine tiefe Furche in den Sand und rief: „Wer sich untersteht, den Strich zu überschreiten!“ Damit machte sie eine nicht zu verkennende Gebärde, und die Jungen stürzten wie auf Verabredung auf den Brunnen zu. Der größte sprang nach dem etwas hoch über der Erde sich befindlichen Pumpschwengel. Kaum hatte er ihn erfaßt, kam ein anderer, entriß ihn ihm und begann mit aller Macht zu pumpen. In dem Wasser, das sich in das unter der Pumpe befindliche Faß ergoß, wurde nach Herzenslust geplätschert. Die Jungen spritzten einander naß und jubelten und schrieen, als müßte es so sein.

„Frau Pastorin“, hörte Elli eins der Mädchen rufen, „die Jungen sind schon wieder an der Pumpe.“

„Wartet, ich will euch!“ rief die also Angeredete. Sie verschwand im Haus. Nach etwa zwei Minuten wurde oben am Fenster ein männlicher Kopf sichtbar, und eine Stimme rief: „Wollt ihr im Augenblick –“

Der Satz war noch nicht ausgesprochen, da waren die Jungen schon wie vom Erdboden verschwunden. Wohin sie so plötzlich geraten waren, konnte Elli nicht entdecken. Es flimmerte ihr nur noch eine Sekunde blau und weiß vor den Augen, dann war alles still.

Sie stand noch unter dem Eindruck des eben Erlebten, als die Tante hinter ihr sagte: „Du stehst ja wie angenagelt da, Elli, siehst nichts und hörst nichts. Das Mädchen hat schon den Kaffee gebracht, und ich bin längst fertig.“

Elli erzählte der Tante von dem lustigen Gegenüber; die trat nun auch ans Fenster und musterte das Haus. Plötzlich rief sie: „Elli, siehst du dort im unteren Stock das offene Fenster?“

„Sieh einmal genau hin: dem Fenster gegenüber steht ein Schrank und auf dem Schrank prangt eine große alte zinnerne Kanne. Die muß ich haben.“ – Wir haben schon im ersten Kapitel mit der alten Kanne unserer Geschichte Bekanntschaft gemacht. Wie interessant wäre sie für Elli gewesen, hätte sie geahnt, daß ihre Mutter oft Kaffee aus ihr getrunken hatte. Nun war sie auf Karl Kunze vererbt, den jetzigen Pfarrer des Badeortes. Elli erschrak über die Äußerung der Tante. Nun würde sie nicht ruhen, bis das Erbstück in ihren Händen war. Welche Mißhelligkeiten zeichneten sich da ab.

Wie schön war's, am Ufer des Meeres zu sitzen und auf die Wellen zu schauen, die kamen und gingen, und sich von ihnen erzählen zu lassen von zukünftigen Tagen. Oder am Strand spazieren zu gehen und Muscheln und Steine zu sammeln.

Elli hatte viele Pflichten zu erfüllen. Sie mußte die alte Dame bei ihren ausgedehnten Spaziergängen begleiten oder ihr vorlesen. Die Tante war wohl gut zu Elli, aber sie jammerte oft über das Ungeschick des Mädchens und meinte, es müsse einmal gründlich in die Kur genommen werden. „Du bist noch jung", pflegte sie zu sagen, „aus dir kann noch bei Übung und gutem Willen etwas werden. Deine arme Mutter hat leider nichts in ihrer Jugend gelernt, darum versteht sie von nichts etwas und weiß auch nicht mit Geld umzugehen. Sei du ja sparsam, es können Zeiten kommen, wo du für trocken Brot dankbar bist." Solche Aussprüche der Tante erschreckten Elli, und die Zukunft, die sie sich so gerne hell und freundlich ausmalte, stand dann drückend vor ihren Augen.

Doch wenn sie traurig werden wollte, guckte sie in den Nachbargarten. Dort gab's immer viel Lustiges zu schauen. Den Pfarrer hatte sie schon am Sonntag in der Kirche gesehen. Die Tante war nicht mitgegangen, weil sie sagte, die Kirchenluft schade ihr, aber Elli war froh, daß sie allein hin konnte.

Oft hatte Elli Gelegenheit, Pastor Kunze als strafenden Vater kennenzulernen. Die Brunnenszene wiederholte sich fast alle Tage, nur mit dem Unterschied, daß der Aufenthalt der Blauweißen an der Pumpe länger oder kürzer war, je nachdem es von den Eltern bemerkt wurde. Die kleine, leichtsinnige Bande wollte wohl auch gehorchen, doch wenn die Versuchung lockte, waren alle guten Vorsätze vergessen, und es war nötig, bei den vor Jugendlust und Übermut sprudelnden Jungen die Zügel straff zu ziehen, sollte mal etwas aus ihnen werden.

Eines Tages, man mochte schon etwa vierzehn Tage da sein, stand Elli am Fenster und sah, wie die Jungen ein großes Faß an die Pumpe schoben, es voll pumpten und ein Schiff darauf schwimmen ließen. Aber wie gewöhnlich hatten sie sich bald entzweit. Da keine andere Waffe zur Hand war, bedienten sie sich zur Behauptung des Wassers. War denn heute niemand da, der die Buben zur

Ordnung rief? Sie waren schon alle fünf zum Auswringen naß, und immer wieder ging das Begießen von neuem los.

Da tönte auf einmal der Frau Pastorin klagende Stimme aus dem Hause: „Karl, Karl, wo bist du denn? Ich stecke mit den Händen im Brotteig." Keine Antwort erfolgte.

Und sieh: „Es ragt das Übermaß des Leibes weit über Menschliches hinaus." Eine hohe Gestalt wurde sichtbar; sie schritt mit gewaltigen Schritten durch den Garten, faßte mit kräftiger Hand die Buben beim Kragen, schüttelte sie der Reihe nach durch und sagte mit lauter Stimme: „Schämt euch! Marsch ins Haus." Dabei faßte er zwei der Buben mit der rechten, zwei mit der linken Hand; zappelnd und triefend liefen sie neben ihm her, während er selbst dem Hause zueilte, in dem er mit den Missetätern verschwand. Elli war sprachlos vor Staunen. Unter Hunderten hätte sie diesen Menschen wieder erkannt. Er kam ihr zwar nicht ganz so häßlich vor wie damals, er trug eine Brille und hatte ein sehr gelehrtes Aussehen, aber an der langen Gestalt und der etwas großen Nase erkannte sie ihren Reisegefährten, der damals so törichte Reden geführt hatte. Sie hätte ihn am wenigsten hier vermutet, viel eher auf jedem anderen Kontinent, um dort die Natur zu erforschen, für die er damals so geschwärmt hatte. Oder hatte er dies bereits getan und war nun, von irgendeiner Seefahrt zurück, hier gestrandet? Wie kam er aber in das Pfarrhaus? Jedenfalls gab ihr die Sache sehr viel zu denken, sie schaute den ganzen Nachmittag immer wieder verstohlen in den Pfarrgarten. Doch nichts Außergewöhnliches zeigte sich.

Gegen Abend mußte sie die Tante mal wieder ins Kurhaus begleiten. Da gab es ein Konzert und viele interessante Menschen. Die Tante hatte schon verschiedene Bekanntschaften gemacht, doch ausschließlich mit älteren Damen. Elli schloß sich schwer an, war auch zu schüchtern, die jungen Mädchen anzureden. Sie betrachtete sie nur sehnsüchtig aus der Ferne, wenn sie Arm in Arm

gingen und erzählten oder mit einem Buch in den Strandkörben saßen. Die Hoffnung, sich jemand anzuschließen, schien in weite Ferne gerückt. Sie dachte an Anna, und es überkam sie inmitten der Menschenmenge oft ein Gefühl des Alleinseins.

Sie saßen heute draußen vor der Kurhausterrasse. Eine alte Dame hatte sich zu ihnen gesellt, und während die Tante mit ihr über all ihre Leiden und Krankheiten sprach, blickte Elli um sich und stellte Betrachtungen über die Nachbarn an. Da sah sie ganz in ihrer Nähe zwei Herren sitzen. Sie erkannte beide sofort wieder. Der eine war der Lange aus dem Pfarrgarten, der andere der junge Doktor, den die Tante aus dem Postwagen geekelt hatte. Sie schienen befreundet miteinander zu sein, nannten sich „Otto“ und „Heinrich“ und tranken einander zu. Von der Unterhaltung, die später halblaut geführt wurde, konnte Elli nur einzelne Worte verstehen. „Anstellung als Schiffsarzt“, „nach Südamerika“ und dergleichen. Dann setzte die Musik wieder ein.

Als Elli später nach dem Tisch hinübersah, stand der Pastor mit seinen hoffnungsvollen Söhnen da. Der Lange stellte den Freund vor. „Pastor Kunze, mein Onkel, und dies sind meine fünf kleinen Vettern.“

„Onkel Karl“, wandte er sich dann an ihn, „wir wollen an den Strand gehen; für die Jungen ist es auch besser, dort können sie sich austoben.“

Sie mußten an Ellis Tisch vorüber. Als der Arzt die beiden Damen bemerkte, grüßte er außerordentlich höflich, doch wollte es Elli scheinen, als ob ein Zug feinen Spottes um seine Lippen spielte. Der Lange grüßte auch. Dann sah er den Freund fragend an, und der schien ihm im Weitergehen eifrig zu erzählen. Als sie schon ein gutes Stück entfernt waren, hörte Elli die beiden lachen; natürlich war von der Wagenfahrt die Rede gewesen; wie unangenehm!

Als dann die Tante abends zu Bett gegangen war, saß

Elli noch an ihrem Fenster und schaute auf das mondbeglänzte Meer. Es war ein warmer, köstlicher Abend. Da tönte auf einmal leise Musik durch die stille Nacht. Wo kam der Klang wohl her? Entschieden von der andern Seite. Sie schlich sich auf Zehenspitzen in die Wohnstube, damit die Tante nicht erwache, und sah zum Fenster hinaus. Der Pfarrgarten lag in tiefer Stille, aber aus seiner Laube kam die Zithermusik. Wer mochte dies Instrument so fein beherrschen? Nein, was dieses Haus alles barg, jeden Tag kam etwas Neues zum Vorschein! Zuletzt ertönte: „Aus der Jugendzeit, aus der Jugendzeit, klingt ein Lied mir immerdar, o wie liegt so weit, o wie liegt so weit, was mein einst war." –

Am andern Morgen sagte die Tante nach dem Kaffee: „Es wird nun Zeit, daß ich an die Zinnkanne denke. Jeden Tag habe ich sie mir durch das offene Fenster angesehen, der Form nach muß es ein ganz altes Stück sein. Geh doch hinüber, Elli, richte höfliche Empfehlungen von mir aus und bitte, daß man mir die alte Kanne zur freundlichen Ansicht herüberschickt; gefällt sie mir, so werde ich sie auch gut bezahlen."

Dabei blinzelte sie nach einer fest verschlossenen kleinen Kiste hinüber, die schon Ellis Neugierde erregt hatte. Das Wort „Vorsicht" stand darauf, daneben war ein großes Glas gemalt.

Elli war von dem Auftrag nicht entzückt. Sie sollte mit einem so schwierigen Anliegen, gerade jetzt, wo der junge Mann dort weilte, über den sie einmal so wütend gewesen war, in das Pastorat gehen! Nein, nie!

Sie wagte den schüchternen Einwand, daß die Kanne vielleicht ein altes Familienstück sei, das man doch nicht hergeben würde.

Die Tante ließ sich nicht beirren. „Tu, was ich dir gesagt habe." Elli wußte: Widerreden half nichts. Sie schwieg, aber der Auftrag lag wie ein Alpdruck auf ihr. Sie sah im Lauf des Tages öfters als sonst in den Pfarrgarten hinüber, um wenigstens zu sehen, ob der Lange nur einen vorübergehenden Besuch gemacht habe oder auf länger im Pfarrhaus wohne.

Erst gegen Abend tauchte seine Gestalt auf. Er war nicht allein, sein Freund ging mit ihm im Garten auf und ab. Sie standen oft still und sahen aus, als ob ihnen etwas Schweres bevorstände. Jetzt gingen sie ums Haus herum. Nach einigen Minuten sah man beide am Fenster stehen, an dem verhängnisvollen Fenster, durch das der Tante scharfe Augen die Kanne erspäht hatten. Elli zog sich zurück. Heute, das stand bei ihr fest, würden keine zehn Pferde sie in das gegenüberliegende Haus bringen. Die Tante sagte zum Glück nichts weiter über den Auftrag und ging schon bald zur Ruhe. Elli konnte noch nicht schlafen. Sie setzte sich an die Fensternische und hoffte, heute wieder musikalisch unterhalten zu werden. Da kamen schon die ersten leise Töne durch die Luft. Was war das für eine Melodie? Als sie den ersten Abend mit Anna zusammen war, hatten sie's gesungen, das Lied von Trennung und Wiedersehen. „Es ist bestimmt in Gottes Rat". Sie sang es im Herzen mit. Und nun kam die Pause und dann der andere Vers: „Wenn Menschen auseinandergehn, so sagen sie auf Wiedersehn – auf Wiedersehn!" – Die letzten Töne waren verklungen. Elli war neugierig, wer wohl die Zither so vollendet zu spielen verstand.

Da ertönten Schritte. Sie sah wieder die beiden Herren durch den Garten gehen; jetzt standen sie still und drückten sich die Hände. Dann umarmten sie sich schweigend. Als sie sich entfernten, war es Elli, als sagten sie zueinander: „Auf Wiedersehen!"

Elli, die bei den Klängen der Musik das Fenster geöffnet hatte, saß noch in Gedanken versunken da. Als der Tante scheltende Stimme ertönte: Was es zu bedeuten habe, das Fenster bei Nacht und Nebel aufzureißen, so daß es bei ihr ziehe, schloß Elli schnell das Fenster, und bald herrschte tiefe Ruhe ringsum. Am folgenden Tag knöpfte Elli seufzend die Handtasche zu. Jetzt sollte sie den unangenehmen Auftrag erledigen. Die Fenster im Pastorat waren weit geöffnet. Die alte, ehrwürdige Kanne stand gelassen auf ihrem Platz, nicht ahnend, daß ein Mädchenherz ihretwegen schneller als gewöhnlich schlug. Da hörte man plötzlich ein lautes Klirren, so als ob Teller und Tassen dutzendweise zur Erde polterten. Gleichzeitig ertönte ein fünfstimmiges Geschrei, dazwischen die klagende Stimme der Mutter und die scheltende des Hausherrn. Dann wurde hin- und hergelaufen, Scherben aufgelesen, und als Elli sich fragend zur Tante wandte, und den Hut wieder abnehmen wollte, stand die frohlockend da und sagte: „Das Unglück da drüben ist mein Glück, jetzt ist der günstigste Augenblick, geh gleich."

Elli bekam auf einmal Mut, sie wußte selbst nicht woher. Möglicherweise dachte sie, daß die Aufmerksamkeit jetzt anderweitig in Anspruch genommen sei und sich nicht so sehr auf sie und ihre Bitten richten würde.

Kurz darauf stand Elli im Hausflur des Pastorats. Niemand beachtete sie. Die Tür zum Eßzimmer, in dem das Unglück geschehen war, stand weit offen. Die Mädchen schafften immer noch Scherben fort, während die Hausfrau eine Menge abgebrochener Henkel in der Hand hatte und laut jammerte: „Warum muß ich nur fünf so wilde Jungen haben?" Aus der Studierstube drang unterdrücktes Schluchzen. Jetzt kam ein Mädchen mit dem Besen aus der Küche und bemerkte Elli.

„Sie wollen gewiß den Herrn Pastor sprechen; bitte, treten Sie hier ein", sagte sie und öffnete die Tür eines Zimmers. Schnell warf Elli einen Blick auf den Schrank, da trat auch schon der Pastor ein, gefolgt von Otto, der Hut und Stock in der Hand hatte. Elli ging mit dem Mut der Verzweiflung auf den Hausherrn zu und brachte das Anliegen der Tante vor.

„Kanne, alte Kanne?“ sagte der Pastor zerstreut und sah sich im Zimmer um.

Elli deutete stumm auf den Schrank.

„Ach, die alte Familienkanne! Otto, du bist länger als ich, reich doch einmal dem Fräulein die zinnerne Kanne herunter. Sie verzeihen, mein Fräulein, mein Neffe will mit dem nächsten Dampfschiff fort, ich will ihn begleiten. Wir sind durch ein kleines Malheur aufgehalten worden. Mit wem habe ich die Ehre? Otto, die Kanne! Das Fräulein wartet darauf!“

„Aber Onkel“, flüsterte der Lange, „die Kanne von der Urgroßmutter, das alte Erbstück –“

„Es wird schon seine Richtigkeit haben, gib sie doch herunter“, sagte der Pastor und eilte ins andere Zimmer, während Otto mit seinen langen Armen die Kanne herunterhob und sie Elli halb lächelnd, halb kopfschüttelnd einhändigte. Er sah sie dabei prüfend an und wollte eben etwas sagen, als der Pastor rief: „Otto, es ist die höchste Zeit!“ So zog er höflich seinen Hut und ließ das junge Mädchen allein zurück.

Elli hatte, was sie begehrte – aber daß sie mit ganz gutem Gewissen dastand, kann man nicht behaupten. Sie wartete noch ein Weilchen, ob vielleicht die Hausfrau käme, doch nichts regte sich. Mit der Beruhigung, daß ihr die Kanne auf Befehl des Hausherrn gegeben worden sei, machte sie sich davon, und nach einigen Minuten stand sie mit ihr vor der befriedigten Tante.

„Ein schönes Stück“, sagte sie, die Kanne liebkosend, „ich werde mich der liebenswürdigen Familie erkenntlich zeigen.“ Elli schwieg. Sie hielt den Besitz noch nicht für gesichert und ahnte, daß sie nicht so leichten Kaufs davonkommen würden. Am Nachmittag bemerkte sie denn auch, wie die Frau Pastorin, was sie nie getan hatte, die Blicke zu ihren Fenstern erhob. Und täuschte sich Elli nicht, sah die Dame ziemlich entrüstet aus.

„Tante“, sagte sie, „die Pastorin ist nicht zufrieden

mit der Freigebigkeit ihres Mannes, sie sieht so ärgerlich zu uns herauf und kommt gewiß, die Kanne zu holen."

„Das wird sie nicht", erwiderte die alte Dame, „denn soeben habe ich ihr eine Kiste mit dem Gegengeschenk und einen Dankesbrief hinübergeschickt."

Frau Pastorin war allerdings außer sich, als sie hörte, was sich zugetragen hatte, während sie auf den Trümmern ihres Porzellans Klagetöne ausgestoßen hatte.

„Wie konntest du das tun, Karl? Deine Zerstreutheit fängt an, mir Sorge zu machen. Was wird Gerda sagen, wenn sie das hört! Ein altes Erbstück von der Großmutter mir nichts an fremde Badegäste, die einen Hang nach alten Gegenständen haben, zu verschleudern; es ist unverantwortlich."

„Wenn du das Ding in Gebrauch genommen hättest, wie ich dir so oft schon gesagt habe, wäre es mir nie in den Sinn gekommen, es wegzugeben. Aber so steht es nutzlos Jahr für Jahr herum, während ich jeden Monat eine neue Kaffeekanne kaufen muß, weil die alte zerbrochen ist."

„Gestehe es doch, Karl! Wärest du mehr bei der Sache gewesen, du hättest die Kanne, die seit 1740 im Familienbesitz ist, nicht hergegeben –"

Es klopfte. Die Wirtstochter von gegenüber trat ein. „Eine Empfehlung von der Frau Merker, und sie erlaube sich, der Frau Pastor dies zu schicken." Das Mädchen lieferte den Brief und die Kiste ab und war verschwunden, bevor die erstaunte Frau ein Wort der Erwiderung sagen konnte. Da öffnete sie den Brief und las:

„Geehrte Frau Pastorin!

Der Herr des Hauses war so gütig, meinen Wunsch zu erfüllen. Ich erlaube mir, statt der Kanne etwas zu schicken, und ich hoffe, damit ihren Wert zu decken."

Die Kiste wurde geöffnet, und ein wertvolles Meißener Kaffeegeschirr kam zum Vorschein.

„Was ich mir seit Jahren gewünscht habe, aber nie zu erreichen hoffte!“ rief die Pastorin entzückt aus. „Und gerade heute, wo meine Tassen als Scherben auf dem Hof liegen! Sieh nur, Karl, ein ganzes Dutzend feiner Tassen, nebst Kaffeekanne, Zuckerdose und Sahnekännchen! Mein Lieblingswunsch ist erfüllt!“

„Und die Kanne?“ fragte ruhig der Pastor.

„Wir wollen es uns noch einmal in Ruhe überlegen, Karl. Die Dame wohnt gegenüber. Unser Mädchen hat das Fräulein mit der Kanne dort verschwinden sehen. Wir wollen ihr einen Besuch machen.“

Das alles war nicht nötig. Gegen Abend erschienen Tante und Elli persönlich. Mit größter Liebenswürdigkeit wurden sie empfangen. Die Damen sprachen lange hin und her, wenn man auch auf beiden Seiten fest entschlossen war, das Erworbene nicht wieder herauszugeben. Und zum Schluß schied man in herzlichem Einverständnis.

Dem Hausherrn tat es nun fast wieder leid um die Kanne. „Ich habe einmal keinen Sinn für alte Sachen“, sagte er sich, „und kann es nun nicht mehr ändern. Hätte Großmutter sie lieber Gerda vermacht!“

Damit beruhigte er sein Gewissen und vertiefte sich in seine Arbeit.

Doktor Körner

„Wenn ich nicht so Angst vor dem Wasser hätte, Elli, ich führe einmal mit dir über den Fluß. Möchte doch gern einmal drüben an den Dünen entlang spazieren gehen“, sagte die Tante einige Tage später.

Elli, die sich lange nach einem tüchtigen Spaziergang gesehnt hatte, bat die Überfahrt doch zu machen. Die Tante ließ sich endlich dazu überreden.

Es war ein stiller, warmer Tag, der Himmel grau und

mit Wolken verhangen. Diese Färbung teilte sich auch dem Meere mit. Grau und trübselig rollten die Wellen heran und brachen sich am Ufer. Tiefer Friede umgab sie, nur hie und da sah man einzelne Spaziergänger, die auch die Einsamkeit liebten. Hier war es still und menschenleer im Gegensatz zu dem andern Ufer, an dem es in den Nachmittagsstunden von Menschen wimmelte. Als sie in die Nähe eines von einem Esel gezogenen Sandfuhrwerks kamen, wurde die Tante heiter und gesprächig; sie erzählte Elli, wie sie in ihrer Jugendzeit auf Eseln geritten sei und großes Vergnügen dabei gehabt habe. Dann ging sie auf den alten Fuhrmann los und begann eine lange Unterhaltung mit ihm.

Jetzt hatte sich die Tante, des Stehens müde, gesetzt. Elli ging allein weiter, als sie durch laute Stimmen aus ihren Träumereien geweckt wurde. Sie blickte auf und sah zwei Herren kommen. War der eine nicht Doktor Burg und die beiden Damen, die in einiger Entfernung folgten – – –

Elli flog auf die Gruppe zu, und mit dem Ruf: „Anna, Anna, bist du es wirklich?" fiel sie der Freundin lachend um den Hals. Dann begrüßte sie Frau Burg, und der Doktor rief:

„Potztausend, das ist ja unsere Elli! Wo kommen Sie denn her, Kind?" Dabei streckte er ihr beide Hände entgegen. Der junge Herr verbeugte sich auch lächelnd, er erkannte das junge Mädchen wieder, das sein Gegenüber im Postwagen gewesen war. Herr Burg stellte ihn vor: Doktor Körner. Elli wurde etwas verlegen; sie kannte ihn ja schon.

Die Herren schritten in eifrigem Gespräch weiter, während Elli und Anna sich nicht genug erzählen konnten.

„So führt Gott die Menschen zusammen und wieder auseinander", sagte Anna ernst.

„Das ist so, mein Kind", erwiderte Frau Burg, „du mußt dich darin finden."

Elli sah, daß Anna etwas bedrückt war, doch mochte sie nicht weiter fragen.

Sie mußte berichten, mit wem sie hier sei, und als sie bei der Tante angelangt waren, stellte Elli die Damen einander vor. Die Herren waren weit voraus.

Frau Burg und die Tante waren bald über Elli und ihre häuslichen Verhältnisse in eifrigem Gespräch. Frau Burg erfuhr da manches, was sie noch nicht gewußt, und beide waren sich in dem Punkt einig, daß mit Elli irgend etwas geschehen müsse, um sie dem Einfluß der Mutter zu entziehen.

Nun, da die jungen Mädchen allein waren, erzählte Anna der Herzensfreundin, daß der Herr Körner längere Zeit bei Vater Assistenzarzt gewesen sei, daß sie sich hätten lieben lernen, daß aber der Vater nicht eher in eine Heirat willigen wolle, bis Doktor Körner eine eigene Praxis habe. Nun habe er eine Stellung als Schiffsarzt angenommen. Einmal habe ihn die Aussicht, fremde Länder zu sehen, gelockt, und dann hoffe er dort für seinen Beruf wertvolle Erfahrungen zu sammeln. Morgen gehe das Schiff in See.

Beide gingen eine Weile schweigend nebeneinander her. Später fragte Elli, ob Anna mal wieder im weißen Häuschen gewesen sei. Ja, Anna war kürzlich dort gewesen und erzählte, wie Tante Elfriede so lieb und nett gewesen sei. Wie sie auch nach Elli gefragt habe und danach, warum sie nicht wieder zu ihr gekommen sei.

„Ich darf ja nicht", wand Elli ein. „Aber ich will sie einmal wiedersehen", rief sie plötzlich, heftig erregt. „Ach, Anna, wenn ich dich noch hätte! Dir wird das Gutsein gar nicht schwer, du sagst und tust immer das Rechte, ich konnte von dir lernen. Seit du fort bist, ist es mit mir rückwärts gegangen."

Anna lehnte das Lob bescheiden ab. Sie habe, sagte sie, so prächtige Eltern, denen sie alles verdanke.

So konnte sie, die beizeiten gelernt hatte, sich dem

elterlichen Willen zu fügen, jetzt still und gehorsam tun, was der Vater verlangte.

Am Fluß traf man sich wieder. Doktor Körner war den Damen beim Einsteigen behilflich, die jungen Mädchen sprangen ins Boot und setzten sich zu den Eltern, aber die Tante prüfte noch das Fahrzeug von allen Seiten, ehe sie Miene machte einzusteigen. Doktor Körner streckte die Hand aus, ihr zu helfen. „Verehrte Frau", sagte er höflich, „heute müssen wir es wohl zusammen aushalten, eine andere Fahrgelegenheit gibt's nicht, und aussteigen kann ich diesmal nicht."

Die Tante zog ein etwas saures Gesicht, als sie den jungen Mann erkannte; sie fühlte wohl, daß sie ihm gegenüber etwas gutzumachen habe, da sie aber zu stolz war, dies einzugestehen, setzte sie eine griesgrämige Miene zur Schau.

Beim ersten Schwanken des Bootes schrie sie laut auf. „Das Boot ist überladen, es wird sinken. Wir kommen alle um."

Die Herren hatten alle Mühe, sie zu beschwichtigen, endlich gelang es dem jungen Doktor, sie allmählich von ihrer Angst abzulenken.

In einer Stunde ging das Dampfschiff ab, das Doktor Körner in einen größeren Hafen Norddeutschlands bringen sollte, von wo es dann weiter nach Südamerika ging.

Die Tante, die von Frau Burg aufgefordert wurde, mit zum Schiff zu gehen, erklärte entschieden, die Abendluft schade ihr. Elli könne bleiben, wenn sie wolle, doch zuvor müsse sie sie nach Hause begleiten.

Der höfliche junge Mann stand schon an ihrer Seite. „Verehrte Frau, ich werde mit Ihnen gehen, das Fräulein trennt sich nicht gern von der Freundin."

„Sie sind ein reizender junger Mann, kommen Sie", sagte sie, überwunden, schob ihren Arm unter den seinigen und ging eiligen Schrittes mit ihm von dannen. –

„Wie köstlich, Anna, daß ich einen Abend im Freien

zubringen darf, den ersten Abend, seit ich hier bin. Und mit dir!“ rief Elli.

Anna drückte der Freundin die Hand, und sie folgten den Eltern, die in der großen Veranda des Gasthofes, das dem Dampfschiffplatz gegenüberlag, Plätze belegten, um dort bis zur Abfahrt des Schiffes zu warten. Nach einigen Minuten kam Doktor Körner zurück. Jetzt nahm er den Platz neben Anna ein, ohne jedoch irgendwie vertraulich zu werden. Sie wußten beide, daß sie sich liebten, ehrten aber den Willen des Vaters.

Auch hier musizierte eine Kapelle. Es war gerade Pause gewesen, nun setzte sie wieder ein. Und sie spielte – wohl für die zahlreich abreisenden Gäste – dasselbe Lied, das Elli vor einigen Abenden so erregt hatte. Man lauschte den Abschiedsklängen.

„Wenn Menschen auseinandergehn, so sagen sie: Auf Wiedersehn.“

„Auf Wiedersehn“ – tönte es in allen Herzen, und Körner sagte leise zu Anna: „Auf Wiedersehn!“

Es läutete vom Schiff her. Der Doktor erhob sich, und mit den Worten: „Schnell, Kinder“ nahm er Doktor Körner unter den Arm und winkte Anna, an die andere Seite zu kommen.

„Und nun keine Rührszenen“, sagte der alte Herr. „Gott behüte Sie, mein lieber Körner, wenden Sie Ihre Zeit gut an, lernen Sie noch etwas Tüchtiges hinzu, und wenn Sie zurückkehren, wird sich alles Weitere finden.“ Hierauf umarmte er den jungen Mann, die Frau Burg schüttelte ihm beide Hände, er dankte für alles Gute, was er in ihrem Hause genossen hatte, gab auch Elli die Hand und zuletzt reichte er sie Anna. Er hielt sie lange und sah das junge Mädchen kurze Zeit an: „Gott behüte Sie. Auf Wiedersehn!“

„Auf Wiedersehen“, tönte ein helles Stimmchen, und ein kleines blondes Mägdelein winkte mit dem Händchen seinem Vater zu, der auf dem Schiff stand. Das Kind freute sich und rief immer wieder: „Auf Wiedersehen." Es empfand noch nichts von dem Weh, das die Herzen erfaßt, wenn man sich trennen muß.

Jetzt löst sich das Schiff langsam vom Ufer. Langsam verlor sich die Menge. Burgs schauten dem Schiff noch lange nach; dann gingen die beiden Mädchen auf die Mole, die weit ins Meer hineingebaut war. Sie wanderten auf dem schmalen Steindamm, zu beiden Seiten von den Meereswellen umrauscht, die eine mit Abschiedsweh im Herzen, die andere die Freundin tröstend, dabei sich ihrer gegenseitigen Liebe bewußt, eine der anderen vertrauend. Aus der Ferne tönte noch immer die Musik, es war, als könnte sie heute kein Ende finden mit dem: „Auf Wiedersehen!" Auch die Wellen schienen die gleiche Melodie zu rauschen.

Burgs wollten am nächsten Morgen in aller Frühe aufbrechen, um in einem Tag nach Hause zu kommen. Sie begleiteten Elli nach Hause und verabredeten, daß Elli sie im nächsten Jahr auf längere Zeit besuchen sollte. Anna mahnte die Freundin, den Besuch im weißen Häuschen nicht aufzuschieben, und mit dem Wort „Auf Wiedersehen!" schieden die beiden Freundinnen.

Elli ging leise nach oben. Die Tante schlief. Elli war noch zu erregt, um zu Bett gehen zu können. Was hatte sie alles erlebt! Wie wunderbar, daß die Tante, die sich sonst nur auf kleine Ausgänge beschränkte, heute auf den Einfall kam, in die Umgegend zu fahren. Sonst hätte sie Burgs nicht getroffen, das schöne Wiedersehen, die Stunden des Beisammenseins wären nicht gewesen. –

Wie mochte es nur Anna zumute sein mit einer so schönen Hoffnung im Herzen. Sie konnte sich keine Vorstellung davon machen. Auf einmal schob sich der lange Unbekannte in ihre Träume. Was wollte denn der hier? Ja so, der war der Freund von Doktor Körner. Sie schaute unwillkürlich in den Pfarrgarten. Dort waren die beiden vor einigen Tagen auf- und abgewandert, dort hatten sie Abschied genommen. Wo waren nun beide? Der eine auf dem weiten Meer und der andere? Wie kam es, daß sie befreundet waren? Sie waren gewiß Mediziner, hatten zusammen studiert. Zu Doktor Körner hatte sie von Anfang an, noch eh' sie von seiner Bekanntschaft mit Burgs wußte, herzliches Vertrauen gehabt, sie hätte sich ihm unbedingt anvertraut.

Auf vieles hätte sie Antwort haben mögen, in ihrem Kopf wirbelte es. Wie mochte es der Mutter daheim ergehen? Freute sie sich, wieder zu ihr zu kommen? Wie würde sich ihr Leben gestalten? So dachte und träumte Elli.

Der Fremde

Elli blieb noch längere Zeit im unklaren über die Freundschaft des Langen mit Doktor Körner. Was aber ist in den drei Jahren aus dem jungen Rost geworden?

Als wir ihn kennenlernten, glich er mit seinem zerfahrenen, zweifelnden Herzen einem leichten Rohr, das vom Winde hin- und hergetrieben wird. Er hatte allerdings von sich eine bessere Meinung. Er hielt sich für klug und gescheit, wollte alles mit seiner Vernunft erfassen und mit seinem Verstand ermessen. Die Mutter versuchte zwar, ihn eines Besseren zu belehren. Doch als er einmal unmutig geäußert hatte, „von Frauenhänden lasse ich mich nicht mehr leiten", war sie still geworden. Da kam der unfreiwillige Besuch im weißen Häuschen. Elfriede, die eine besondere Macht über die Herzen ihrer Mitmenschen hatte, fand die rechten Worte. Otto war seitdem anders geworden. Was in ihm vorging, konnte die Mutter nur ahnen. Es gärte in ihm, es war eine Zeit des Kampfes, das merkte sie wohl. Sie drängte sich nicht in sein Vertrauen, ließ ihn aber mehr denn je ihre mütterliche Liebe fühlen. Ohne davon zu sprechen, wiederholte Otto seine Besuche im weißen Häuschen. Jedesmal kam er innerlich gestärkt und gefestigt zurück.

Er achtete mehr als sonst auf das stille Sorgen der Mutter, auf ihre selbstlose Liebe, die für die Kinder alles gab, auf ihren fröhlichen Sinn, mit dem sie die Herzen der Ihren für die kleinen Freuden des Lebens empfänglich und dankbar machte.

Er sah mit Beschämung, wie seine jüngeren Geschwister mit Freuden Opfer brachten, während er all die Jahre selbstsüchtig nur an sich gedacht und oft Ansprüche gestellt hatte, die er in Anbetracht der beschränkten Verhältnisse nie hätte machen dürfen. Er wurde rücksichtsvoller und war mehr daheim. Die Mutter merkte an allem, daß Gottes Geist seine Arbeit begonnen hatte, und doch erwartete sie mit einem gewissen Bangen den Augenblick, da ihr Sohn sich zu einem bestimmten Beruf entscheiden sollte.

Eines Abends – die Geschwister waren zu Bett – setzte sich Otto zu ihr.

„Mutter", begann er, „Ostern rückt heran, es wird Zeit, daß ich mich zur Wahl eines Berufes entschließe."

Sie blickte auf. Nun würde es kommen, was sie so lange befürchtet hatte.

„Hat der Vater früher wohl den Wunsch geäußert, daß ich den gleichen Beruf ergreifen möchte, in dem er glücklich gewesen ist?"

„Ich will es lieber nicht sagen, um dich nicht zu etwas zu bestimmen, was gegen deine Neigung wäre."

„Es könnte nur dazu dienen, mich in meinem Entschluß zu festigen."

„Dann muß ich dir wohl sagen, daß es sein Lieblingswunsch war, sein Erstgeborener möchte Theologie studieren."

„Du hast es mir nie gesagt, Mutter."

„Weil dein Entschluß freiwillig sein sollte. Ein aufgezwungener Beruf kann fürs ganze Leben unglücklich machen."

Nach einer Weile fragte er, „Mütterchen, würdest du dich freuen, wenn ich zu Ostern Student der Theologie würde?"

Er las die Antwort aus ihrem strahlenden Blick. Aber doch hielt sie es für ihre Pflicht, zu sagen: „Meinetwegen sollst du es aber nicht tun."

„Ich will es aber."

„Hattest du nicht früher Neigung zum Studium der Medizin oder der Naturwissenschaften? Du kannst in jedem Beruf Gott dienen."

„Ich dachte es mir schön, die Welt zu erforschen mit allem, was darauf und darin ist. Aber Tante Elfriede hat mich darauf aufmerksam gemacht, daß die schönste aller Wissenschaften die ist, das Gold und Silber aus dem tiefen Schacht des Wortes Gottes zutage zu fördern, und seit ich angefangen habe, die Schrift zu erforschen, lerne ich verstehen, welche Schätze darin verborgen sind."

„Wie würde sich dein seliger Vater freuen, wenn er diesen Tag erlebt hätte. Sein Segen wird mit dir sein in Zeit und Ewigkeit."

So war Ottos Entschluß an jenem Abend zur Reife gelangt, und nun waren drei Jahre vergangen, und er hatte ihn nie bereut. In Kürze ging's ins erste Examen. Dann hoffte er der Mutter zu vergelten, was sie für ihn getan hatte.

Mühevoll waren die Studienjahre gewesen, es ging knapp her, und Otto mußte sich sehr einschränken.

Durch Zufall hatte er in der rheinischen Universitätsstadt ein Zimmer in einem Haus gemietet, das dem Großvater des jungen Doktor Körner gehörte. So wurde er mit ihm bekannt. Doktor Körner war – die Mutter verstarb kurz nach seiner Geburt – als kleines Kind zu den Großeltern gekommen. Da sein Vater sich sehr bald wieder verheiratete und sein Beruf ihn nach Übersee führte, hatten die Großeltern den Jungen behalten, um so mehr, als die zweite Frau an alles andere dachte, als mit dem Kind der ersten irgendwelche Pflichten auf sich zu nehmen. Was aus den Eltern geworden war, ob sein Vater überhaupt noch lebte, wußte der junge Mann nicht anzugeben. Seit vielen Jahren fehlte jegliche Nachricht. Er hatte bei den Großeltern alle Liebe und vermißte die Eltern nicht.

Als Otto seine Bekanntschaft machte, war Körner bereits Hilfsarzt in der Klinik des Doktor Burg, die einige Stunden von der Stadt entfernt lag, in der Otto studierte. Durch angestrengtes Studium war Körners Gesundheit angegriffen und er sah sich gezwungen, einige Monate auszuspannen. In dieser Zeit lernte Otto Heinrich Körner kennen. Und bald entwickelte sich zwischen den jungen Leuten eine Freundschaft, die um so fester war, als sie in ihren Ansichten übereinstimmten.

Nun waren kurz hintereinander Körners Großeltern gestorben, und der junge Mann stand ganz allein. Da nahm in ihm immer mehr der Wunsch Gestalt an, etwas über den Verbleib seiner Eltern zu erfahren. Aus dem Nachlaß seines Großvaters hatte er manches Unbekannte erfahren. Es mochte nichts Erfreuliches sein, es hatte aber seinen Entschluß beeinflußt, die Stellung als Schiffsarzt anzunehmen. Nur sein Freund Otto wußte darum. Der Freund hatte dem Freund vertraut, daß das Verlangen, seinen Vater aufzufinden, ihn in die Welt getrieben hätte.

Nun war Otto auf zwei Tage zu seinem Onkel, Pastor Kunze, gekommen, um seinen Freund noch einmal zu sehen. Bei dieser Gelegenheit war er Elli, die er vor einigen Jahren kurz im Zug getroffen hatte, wieder begegnet.

Er hatte das junge Mädchen, das die alles andere als schmeichelhafte Äußerung über ihn getan hatte, nicht vergessen. Im Gegenteil: Er hoffte immer noch, ihr das kleine Notizbuch, das er als ihr Eigentum achtete, zu gelegener Zeit zurückzugeben.

Und nun hatte er sie gesehen, gerade als er es am wenigsten vermutete. Und welch seltsame Lage! Er hatte ihr mit stummer Verbeugung ein altes Familienerbstück überreicht, innerlich empört über den Onkel. Das junge Mädchen schien ein reichliches Maß an Dreistigkeit zu besitzen, mir nichts dir nichts eine fremde Familie um alte Familienandenken anzugehen! Und doch hatte sie einen so hilflosen Eindruck gemacht, als sie die Kanne in Empfang nahm. Es war zu dumm, daß die Sache sich gerade in der Stunde seiner Abreise zutrug. Er wäre am liebsten noch dageblieben, um dieser Geschichte nachzugehen. Jedenfalls mußten Onkel und Tante mit der Familie bekannt sein, sonst hätte das junge Mädchen so etwas gar nicht verlangt. Aber der Onkel hatte auf dem Wege zum Dampfschiff jede Bekanntschaft mit dem jungen Mädchen abgestritten. Freilich, der Onkel war sehr zerstreut, er konnte, wenn er in Gedanken war, an seinen besten Freunden vorbeigehen. Hätte er nur die Tante gefragt! Was konnte es aber helfen. Ihm ging die Sache nichts weiter an. Aber Tante Gerda würde sich grämen, wenn sie es erführe.

Solche und ähnliche Gedanken hatten Otto auf der Fahrt zur Mutter beschäftigt, bei der er die Semesterferien verbringen wollte. Erst Mitte Oktober würde er in die Universitätsstadt zurückkehren.

Obwohl das Haus des alten Herrn Körner durch Verkauf in andere Hände übergegangen war, konnte Otto sein altes Zimmer behalten. Es war ihm um der Erinnerungen willen lieb, die ihn damit verbanden. Es lag im rechten Untergeschoß, und auch die anschließenden Räume waren an Studenten vermietet, mit denen er kaum in nähere Berührung kam.

Es war an einem Sonnabend im Spätherbst. Heftige

Stürme jagten das gelbe Laub von den Bäumen. Auf der Straße waren nur wenige Menschen, und das Laternenlicht flackerte trübe hin und her. Da ging ein Fremder, der seinem Aussehen und seiner Kleidung nach zu schließen in guten Verhältnissen zu leben schien, suchend durch die Straßen der Stadt. Er blieb an den Ecken stehen, um die Straßennamen zu entziffern, und atmete sichtlich auf, als er die richtige gefunden zu haben schien. Er sah nach den Hausnummern und stand vor einem mittelgroßen Hause still, angelockt durch das Zitherspiel, das, wenn die Windstöße eine Pause machten, hell und klar aus einem der unteren Zimmer drang. Der Fremde stieg die steinernen Stufen des Hauses hinan. Dabei stolperte er und fiel so unglücklich hin, daß sein einer Fuß anscheinend verstaucht war.

Mit großer Mühe richtete er sich auf und mit Hilfe seines Stockes gelangte er bis zu Ottos Tür. Er klopfte, und Otto, der schon das Geräusch im Haus vernommen hatte, öffnete dieselbe.

„Gestatten Sie einem Fremden, der einen kleinen Unfall gehabt hat, Ihre Gastfreundschaft ein Weilchen in Anspruch zu nehmen und auch Ihre Kräfte."

Mit diesen Worten lehnte er sich auf Ottos Schulter. Der bemerkte, daß der Fremde hinkte und führte ihn sorgsam zum Sofa. – Otto bat ihn, sich den Fuß ansehen zu dürfen, doch meinte der Fremde, wenn der junge Mann kein Mediziner sei, würde er lieber bitten, nach einem Arzt zu schicken, damit gleich das Rechte geschehe.

Otto schickte den dienstbaren Geist des Hauses zum nächsten Arzt, der bald schon erschien und eine Verrenkung des Fußes feststellte. Er legte einen Verband an, verschrieb regelmäßige Einreibungen und empfahl unbedingtes Ruhen.

Als er sich entfernt hatte, fragte der Fremde hastig, ob nicht ein Herr Körner, ehemaliger Gutsbesitzer, hier wohne. Otto antwortete, daß er allerdings in diesem Haus gewohnt habe. Er sei aber vor kurzem gestorben und das Haus verkauft worden.

Der Fremde sagte leise: „Zu spät", legte die Hände vors Gesicht und war eine Weile ganz still. Er schien nicht gewillt, Otto weitere Aufschlüsse zu geben. Nun kam der bestellte Wagen, und unter Ottos Hilfe wurde der Fremde in einem Hotelzimmer untergebracht. Otto war ihm noch beim Auskleiden behilflich, dabei fragte er den Fremden, ob er noch seine Angehörigen benachrichtigen solle.

„Die Meinen? Junger Freund, wenn ich Angehörige hätte, wäre ich heute bestimmt nicht hier. Doch lassen wir das. Lassen Sie mir bitte etwas Warmes zu trinken kommen. Dann möchte ich versuchen zu ruhen, ich bin sehr müde."

Otto besorgte das Gewünschte und beschloß, so lange zu bleiben, bis der Kranke zur Ruhe gekommen sei. Er setzte sich an den Tisch, stellte die Lampe so, daß das Licht den Kranken nicht traf, und ließ seine Gedanken frei laufen. Was konnte es mit dem Fremden für eine Bewandtnis haben? Warum hatte er nach dem alten Körner gefragt und war so erschrocken gewesen, als er von dessen Tod hörte? Ob er wohl mit der Familie verwandt war? Sollte er vielleicht? – Nein, das konnte wohl nicht sein – daß er von dem Vater Heinrichs Nachrichten hatte.

Der Fremde stöhnte von Zeit zu Zeit. Endlich wurde er ruhiger und schlief ein.

Am anderen Morgen klagte er über vermehrte Schmerzen im Fuß. Der Arzt mußte ihn neu verbinden und empfahl Schonung und Ruhe. Otto mußte ihm viel von seiner freien Zeit opfern und tat es gern. Einen kranken Fuß haben und doch dabei gesund sein, ist eine besonders harte Geduldsprobe für den, der gewohnt ist, tätig zu sein. Otto fühlte sich zu dem Fremden hingezogen. Es war ihm, als müsse der in irgendeinem Zusammenhang mit seinem Freund Heinrich stehen, doch verbot ihm sein Taktgefühl, darauf anzuspielen. Seine Zither, die während des Semesters oft unbeachtet liegen bleiben mußte, kam jetzt oft zur Geltung. Er mußte auf Bitten des Fremden oft musizieren.

Eines Abends, die letzten Töne eines Liedes waren verklungen, sah der Fremde Otto ernst an, als wollte er ihn prüfen, ob er ihm von seinen traurigen Erlebnissen erzählen könnte. Plötzlich fragte er:

„Sagen Sie, hatte der ehemalige Besitzer des Hauses einen Sohn?“

„So viel ich weiß, nicht“, antwortete Otto. „Nur eine Tochter, die Mutter meines Freundes.“

„Die Mutter Ihres Freundes“, rief der Fremde. „Haben Sie die Mutter gekannt?“

„Nein“, versetzte Otto, „sie ist wohl kurz nach der Geburt Heinrichs gestorben. Er ist von seinen Großeltern erzogen worden.“

„Und der Vater?“ fragte der Fremde hastig.

„Den Vater hat er gar nicht gesehen, nie gekannt. Der soll sich sehr bald wieder verheiratet haben und ins Ausland gegangen sein. Mein Freund ist von den Großeltern angenommen worden, und sie haben ihm ihre ganze Liebe angedeihen lassen. Ich glaube, er hat seinen Vater wenig vermißt.“

„So ist es, wenn Eltern ihre Pflichten vergessen; wie können sie Liebe ernten, wo sie keine säen. Sie sagten, der Enkel des Herrn Körner sei Ihr Freund. Erzählen Sie von ihm, es ist mir wichtig. Wo hält sich der junge Mann auf, was für einen Beruf übt er aus? Er ist wohl wesentlich älter als Sie?“

Otto bejahte das und dann erzählte er ohne Rückhalt, was er von seinem Freunde wußte, wie sie noch gar nicht so lange miteinander bekannt seien, wie stark die Freundschaft trotz der verschiedenen Lebensberufe sei, und wieviel Schmerz ihnen die jetzige Trennung bereitet habe.

„Wo weilt denn Ihr Freund?"

„Er ist Schiffsarzt auf einem großen Passagierdampfer, der die Südamerika-Route fährt. Einesteils wollte er seine Kenntnisse erweitern, andernteils hoffte er, so am ehesten eine Spur – Otto stockte – seines Vaters zu finden."

„Und der Vater geht nach Europa, um endlich seinen Sohn zu sehen", rief der Fremde aus. „Mein Gott, warum mußte es so kommen? Gerade, wo ich meinen Sohn zu begegnen hoffe, gehen unsere Wege weiter denn je auseinander. Das ist aber die gerechte Strafe für den Leichtsinn früherer Jahre, der mich meine Vaterpflichten vergessen ließ. Aber, mein junger Freund, Sie trauen es mir hoffentlich nicht zu, daß nur Lieblosigkeit und Kälte daran schuld waren. Nein, schwere Schicksalsschläge hatten mich getroffen. Ich werde Ihr junges Herz nicht damit belasten, aber glauben Sie mir: Die Liebe und Sehnsucht nach meinem Sohn ist ständig in mir gewesen. Seine mir unvergeßliche Mutter starb nach kaum einjähriger Ehe. Die Eltern, voll Schmerz über den Verlust der einzigen Tochter, wünschten den Kleinen um sich zu haben. Ich war damals nur auf einige Jahre in Geschäften des großen New Yorker Handelshauses, das meinem Vater gehörte, nach Deutschland gekommen und dachte nicht anders, als meinen Sohn dann wieder mit hinüber nehmen zu können. Da lernte ich ein junges Mädchen kennen, das der Verstorbenen äußerlich so ganz ähnelte. Das zog mich zu ihr und erweckte in mir den Wunsch, sie zu heiraten. Ohne lange zu prüfen, nur nach dem Äußern urteilend, band ich mich. Erst nachdem wir verlobt waren, erkannte ich, daß ihr Inneres nicht dem Äußeren entsprach. Sie war kalt und berechnend und brachte dem Kind der ersten Frau kein Herz entgegen. Die Großeltern, die den Kleinen über alles liebten, wollten ihn nicht fortgeben. Da sich bei meiner zweiten Frau keine große Neigung fand, ihn aufzuziehen, beharrten die Großeltern um so hartnäckiger auf ihrem Wunsch. Es war ein harter Kampf für mich. Meine Zeit in Deutschland war um. Die Frau, die auf ein glänzendes Los an meiner Seite hoffte, folgte mir. Der Junge blieb bei den Großeltern. Ich wußte ihn wenigstens von Liebe umgeben. Daß ich erst jetzt, nach vielen Jahren des Kampfes und der Not dazu komme, meinen Sohn aufzusuchen, ist nicht meine Schuld, Gott weiß es. Lassen Sie mich über alles Weitere schweigen."

Otto hatte mit wachsender Spannung zugehört. Als der Fremde schwieg, ergriff er seine Hand und sagte:

„Mein Herr, wenn Heinrich das geahnt hätte, würde er nicht abgereist sein. Doch können Sie ihn nicht hier erwarten?"

„Ich bin ein freier Mann. Drüben fesselt mich nichts. Hat mir Gott noch einige ruhige, ich will nicht sagen glückliche Jahre beschert, so will ich sie hier in Deutschland in der Nähe meines Sohnes verleben. Ich gehe mit dem Gedanken um, mir in einer schönen Gegend ein Heim zu schaffen, habe auch schon in einem Städtchen, das mir seiner Lage nach sonderlich gefiel, Unterhandlungen wegen eines leerstehenden Hauses angeknüpft. Doch es ist alles noch unsicher. Ich wollte erst über den Verbleib meines Sohnes hören und hätte, wäre er schon ansässig gewesen, mich bei der Wahl meines künftigen Wohnortes durch ihn bestimmen lassen. Nun, da ich ihn nicht gefunden habe, ist's gleich, wo ich meine letzten Tage beschließe", fügte er traurig hinzu.

„Aber Ihr Sohn wird wiederkehren, und mit ihm werden Sie glücklich sein", rief Otto. Und nun schilderte er in beredten Farben den Charakter seines Freundes, sagte ihm auch, wie er sich oft nach dem Vater gesehnt habe, obwohl er ihn nie gesehen hatte.

Bei dieser langen Unterredung kam man auch auf Ottos Familienverhältnisse zu sprechen. Mit Stolz und Freude erzählte Otto von den Eltern. Mit Wehmut von dem frühen Heimgang des Vaters, mit um so größerer Liebe von der Selbstlosigkeit und Liebe der Mutter, die die Kinder zur Genügsamkeit und Zufriedenheit erzog, sie aber dabei für die kleinen Freuden des Lebens empfänglich und dankbar machte. Die es verstand, das Leben zu schmücken, obwohl sie selbst viel Widerwärtigkeiten zu tragen hatte.

Der Fremde hörte interessiert zu. „Das ist eine Mutter nach dem Herzen Gottes. Kinder, die so beeinflußt werden, müssen wohl geraten."

Otto nickte. Er wußte es am besten, was für einen besonderen Wert die Gebete einer Mutter zu bedeuten hatten.

Von diesem Tag an war die Freundschaft zwischen dem Fremden und Otto besiegelt. Seit Otto wußte, daß der Unbekannte der Vater seines Freundes war, verehrte er ihn schon allein deswegen. Er mochte kaum an die Zeit denken, wo er die Stadt verlassen und der Verkehr mit ihm ein Ende haben würde.

Der Fuß heilte verhältnismäßig gut. Schon konnte der Fremde im Zimmer umhergehen, einen kurzen Gang ins Freie wagen. Otto meinte, wenn der Herr noch keinen festen Wohnsitz habe, solle er doch für die nächste Zeit hier bleiben. Doch der erwiderte, daß er nun doch entschlossen sei, den Kauf des Hauses in Seehausen abzuschließen. Er habe Nachricht, daß sich ein weiterer Käufer gemeldet habe, doch sei ihm das Vorkaufsrecht schon gegeben worden.

So schieden die beiden, die sich erst seit einigen Wochen kannten, als die besten Freunde.

Bald schon teilte der Fremde Otto mit, daß er den Besitz des bewußten Hauses angetreten habe, und gab ihm gleichzeitig seine vollständige Adresse an. Zu Ottos Freude lag das Haus in der gleichen Stadt, in der eine Schwester seiner Mutter, Tante Gerda, wohnte, die mit einem Doktor Willers verheiratet war. Doch wir haben unserer Erzählung vorgegriffen, gehen wir um einige Monate zurück.

Traurige Enthüllungen

„Elise“, sagte die Tante erregt zu Ellis Mutter, nachdem sie von der Reise zurückgekehrt war, „nun muß ein fester Entschluß gefaßt werden. Entweder oder! Du kannst nicht mehr in dieser Weise fortleben. Dein Vermögen ist aufgebraucht, und du hängst allein von meiner Hilfe ab. Auch mit Elli muß etwas geschehen, sie muß den Haushalt erlernen, damit sie wenigstens zu wirtschaften versteht. Du wirst zu mir ziehen, und wenn Elli einen einjährigen Lehrgang durchgemacht hat, kommt sie auch zu mir. Ich sehe, was sie gelernt hat, und ob ich ihr meinen Haushalt anvertrauen kann. Ich werde immer älter und kann auf die Dauer nicht allein bleiben. Elise, du mußt froh sein, wenn sich dir ein Heim bietet; was sollte aus dir werden, wenn ich nicht wäre?“

Elise schwieg. Die Tante hatte recht. Sie hatte nur so in den Tag gelebt. Von Jugend auf an Reichtum gewöhnt, kam es ihr gar nicht in den Sinn, daß es einmal anders werden könne. Nun, wo die Not vor der Tür war, stand sie ihr hilflos gegenüber. Sie mußte froh sein, daß es jemand gab, der für sie sorgte. Früher hätte sie es für unmöglich gehalten, mit der wunderlichen Tante zusammenzuleben. Nun stand ein bitteres Muß dahinter, und so ergab sie sich schweigend in das Unabänderliche.

Elli wunderte sich, wie ruhig die Mutter war. Es konnte doch nicht so leicht sein, die eigene Wirtschaft aufzugeben und sich in die Launen und Einfälle einer schrulligen Tante zu schicken. Sie ahnte wohl, daß die Verhältnisse der Mutter schlecht waren. Gesprochen hatte die Mutter nie darüber, weil ja überhaupt zwischen Mutter und Tochter kein rechtes Vertrauen, das sich allein auf gegenseitige Liebe gründen kann, vorhanden war. Die Tante reiste ab, nachdem sie bestimmt hatte, welche Sachen Elise mitbringen dürfe, und welche zum Verkauf gestellt werden sollten. Einzelne alte Gegenstände, die ihr besonders wertvoll schienen, hatte sie gleich in Beschlag gelegt.

„Über deine Angelegenheiten, Elli, schreibe ich noch. In vier Wochen bringst du deine Mutter. Inzwischen ist die Stelle gefunden, wo du dich im Haushalt ausbilden sollst.“

Das waren ihre letzten Worte.

Kaum war die Tante fort, so brach Elise in ein leidenschaftliches Weinen aus. Je mehr sie sich zur Ruhe gezwungen hatte, um so heftiger machte sich jetzt die Erregung geltend. Elli sah hilflos diesem ungewohnten, leidenschaftlichen Ausbruch der sonst so ruhigen Mutter zu. Endlich wagte sie zu sagen:

„Mutter, weine doch nicht so, ich bleibe bei dir.“

„Komm, mein Kind“, sagte plötzlich die Mutter und schloß sie fest in die Arme. „Ich habe unrecht an dir getan, an deinem Vater, an deinem – – –“ Hier erstickten die Tränen ihre Stimme, und Elli, die sich zum ersten Mal von der Mutter angesprochen fühlte, tröstete sie und versicherte ihr, sie wolle bei ihr bleiben, sie wisse mit der Tante umzugehen und wolle alles Unangenehme von der Mutter fernhalten. Sie brauche ja nicht in ein fremdes Haus, um die Wirtschaft zu lernen, sie wolle sich rechte Mühe geben und fleißig arbeiten.

Elise streichelte die Tochter. „Mein liebes Kind, ich freue mich, daß du deine unglückliche Mutter liebhast. Ich verdiene es nicht um dich. Für dich ist es besser, du gehst in einen geordneten Haushalt und lernst dort, was du bei deiner Mutter nicht lernen kannst. Elli, hätten meine Eltern mich nicht so ohne Zucht und Anleitung aufwachsen lassen, stände es besser um uns alle. Komm, du bist alt genug, ich will dir die Geschichte meines Lebens erzählen. Laß sie dir zur Warnung dienen. Dann wird vielleicht auch die Last für mich leichter, die ich Jahr für Jahr mit mir herumgetragen habe.“

Mit diesen Worten zog sie die Tochter zu sich aufs

Sofa und begann: „Ich war, wie du weißt, das einzige Kind sehr reicher Eltern, die mich von früh an verwöhnten, nie meinem eigenen Willen entgegentraten, mir im Gegenteil jeden Wunsch erfüllten, schien er noch so unerreichbar. So bildete sich bei mir die Selbstsucht in starkem Maße aus. Alles drehte sich um mich. Ich lernte nie an andere denken, für andere sorgen. Ich hatte zwei Freundinnen, von ihnen hätte ich manches lernen können, die wurden strenger erzogen. Ich bedauerte sie, und sie beneideten mich in kindlichem Unverstand; jetzt würde es vielleicht umgekehrt sein. Ich habe oft über dies alles nachgedacht, als du mit der Tante fort warst. In meinem Alleinsein haben die Bilder der Vergangenheit Leben bekommen; gern wüßte ich, was aus den Freundinnen geworden ist. Doch höre weiter."

„Mit neunzehn Jahren lernte ich einen intelligenten Mann kennen, dessen Äußeres mich fesselte. Die Art unserer Bekanntschaft war eigenartig. Meine Eltern gingen, seit ich erwachsen war, alle Jahre mit mir in die Residenz. Da stand ich eines Tages an einem Schaufenster im Anschauen eines Bildes versunken, als eben dieser Mann sich neben mich stellte und mich dauernd ansah. Das war mir unangenehm, und ich ging weiter. Da trat er höflich zu mir. Er bat mich, seine Unbescheidenheit zu verzeihen, mein Äußeres habe ihn so angezogen, da ich eine auffallende Ähnlichkeit mit seiner jüngst verstorbenen Gattin habe. Dann zog er den Hut und verschwand. In der folgenden Woche sah ich diesen Mann im Hause eines Onkels wieder. Er wurde mir als Herr Brown vorgestellt. Er näherte sich mir, und nach kurzer Zeit waren wir Verlobte. Er war sehr reich. Sein Vater hatte ein bedeutendes Handelshaus in New York, und der Sohn hielt sich damals einige Jahre in Deutschland auf, um neue Geschäftsverbindungen anzuknüpfen. Er hatte auch hier geheiratet, aber schon nach kaum einjähriger Ehe seine junge Frau verloren. Er glaubte in mir Ersatz für sein früh verlorenes Glück gefunden zu haben. Ich, die in ihm einen jungen, schönen, reichen Mann sah, der mich liebte und mich glücklich machen wollte, dachte wenig an das, was er bereits hinter sich hatte, und ließ es mir gar nicht in den Sinn kommen, daß mit meiner zukünftigen Stellung auch Pflichten verbunden sein könnten. Als er mich dann fragte, ob ich seinem anderthalbjährigen Knaben eine gute Mutter sein wolle, da erschrak ich und hatte nur die Antwort: ‚Wenn es sein muß.‘ Sehr erwünscht kam es mir, daß die Großeltern des Kindes sich nicht entschließen konnten, es herzugeben. Es gab harte Kämpfe mit den Großeltern, bis mein Mann endlich nachgab, weil die, die mit ihm um das Kind bitten sollte, still war und vielleicht in ihren Mienen zu lesen war: ‚Behaltet ihr nur das Kind, ich mache mir wenig daraus.‘ So blieb der Junge in Deutschland, doch war dein Vater fest entschlossen, ihn in späteren Jahren herüberkommen zu lassen."

„So hätte ich einen Bruder!" rief Elli erregt.

„Ich weiß nicht, wo er ist, und ob er noch lebt", sagte die Mutter. „Doch höre weiter.

In den ersten Jahren unserer Ehe lebten wir fürstlich. Wir entfalteten einen Aufwand, wie er in den reichsten New Yorker Häusern üblich war. Den Vorsitz zu führen verstand ich, aber Einnahmen und Ausgaben zu berechnen, Leute zu beaufsichtigen und anzustellen: davon hatte ich keine Ahnung. Unsere Dienerschaft wirtschaftete nach Willkür. Dein Vater hatte im Geschäft zu tun und kümmerte sich wenig um die häuslichen Angelegenheiten. Nur als die Ausgaben eine gewaltige Höhe erreichten und die Anforderungen, die ich machte, die Grenzen überstiegen, runzelte er die Stirn und bat mich, etwas weniger anspruchsvoll zu sein. Aber ein Edelstein oder wertvolle Spitzen und seidene Kleider, die andere schöner hatten als ich, konnten mich unglücklich machen. Ich hatte nicht eher Ruhe, als bis dein Vater mir ähnliches verschaffte. Und in diesem elenden Jagen nach den Gütern dieser Welt habe ich die schönsten Jahre meines Lebens zugebracht.

Da kündete mir dein Vater, dessen Hast und Unruhe mir schon länger aufgefallen waren, den Zusammenbruch verschiedener Häuser an und eröffnete mir gleichzeitig, daß auch wir bedeutende Summen verloren hätten und Einschränkungen notwendig wären. Ich hatte nur ein Achselzucken und verspürte wenig Lust, auf etwas zu verzichten. Im Gegenteil: ich bestand darauf, daß die Gesellschaften in derselben Weise fortgingen. Was solch ein Abend kostet, davon hast du keinen Begriff, wir könnten bequem ein ganzes Jahr davon leben. Eine Weile ging es so weiter. Ich bemerkte nicht oder wollte nicht sehen, wie dein Vater von Tag zu Tag bedrückter und mißmutiger wurde. Als gute Frau hätte ich an seinen Sorgen teilnehmen müssen, sie mit ihm tragen. Statt dessen vergeudete ich das Geld und stellte Anforderungen, die er zu gewähren nicht mehr imstande war.

Ich denke noch an den Tag, wo ich einen Schmuck wünschte, den ich für den folgenden Abend als durchaus notwendig hielt. Dein Vater bat mich, davon abzusehen. Ich bestand darauf, und er verließ das Zimmer mit den Worten: ‚Deinen Willen sollst du haben, und wenn's mein Ruin ist.'

Dein Vater hat ihm anvertraute Gelder zum Kauf des Schmuckes verwandt, in der Hoffnung, das Geld schon bald wieder ersetzen zu können. Doch unglückliche Unternehmungen zogen den Sturz seines Hauses nach sich, und – kaum kann ich das Wort über meine Lippen bringen – dein Vater wurde in Haft genommen. Und nun kommt das Schwerste. Ich habe mir vorgenommen, dir alles zu sagen, und wenn du mich verachten mußt, so ist das meine Strafe. Ich will nicht mehr in Lügen und Verstellungen leben."

Hätte die Mutter das erregte Gesicht Ellis gesehen, sie hätte kaum den Mut gehabt, fortzufahren.

„Als ich mich auf einmal vor dem Nichts sah und deinen Vater in den Augen der Welt erniedrigt, meinte ich diese Schmach nicht überstehen zu können. Nur fort, nur fort! rief es in mir. Während mir von allen Seiten geraten wurde, mich einzuschränken und zu warten, bis der Vater wieder in Freiheit, und dann ein neues Leben mit ihm zu beginnen, hatte ich längst meinen Plan gefaßt. Ich wollte mit dir in die Heimat zurück, in das Haus meiner Eltern, die beide noch lebten. Dort, wußte ich, würden die Eltern in alter Weise für mich sorgen. Ich schrieb deinem Vater einen Brief, der ihm kühl sagte, daß ich nach Deutschland zurückkehren wollte, um fortan meinen Weg allein zu gehen."

„So lebt mein Vater noch?"

„Ich habe nie wieder von ihm gehört. In den ersten Jahren wollte ich nichts mehr mit ihm zu tun haben, und jetzt, wo ich alles darum gäbe, das Geschehene ungeschehen zu machen, ist es zu spät. Ich habe freiwillig das Band gelöst, kann also nie erwarten, daß er mich wieder aufsucht."

„Sind denn die Großeltern schon lange tot?" fragte Elli.

„Meine Eltern starben in den ersten Jahren meiner Rückkehr kurz hintereinander. Sie waren unzufrieden mit meiner Handlungsweise und warfen mir oft meine Selbstsucht vor. Durch sie erfuhr ich, daß sie schon deinem Vater mit bedeutenden Summen hatten aushelfen müssen. So war auch ihr Vermögen zusammengeschrumpft, und wenn es auch noch zum Leben genügte, so mußten sie sich auf jede Weise einschränken. Das Haus, in dem ich meine Jugend verlebt hatte, war gleich nach meiner Hochzeit verkauft worden, die Eltern wohnten in Bremen, also weit entfernt von der Heimat. So hatte ich keine Gelegenheit, wieder nach Bergen zu kommen, so gern ich über das Schicksal meiner beiden Freundinnen etwas gehört hätte. Ich glaube, Lore hat sich mit einem Pastor verheiratet, der früher als Kandidat in ihrem Elternhaus lebte. Seinen Namen habe ich leider vergessen. Die andere Freundin, ein außerordentlich kräftiges, lebensfrisches, lustiges Mädchen, hat sich wohl auch verheiratet. Lebte ich in glücklichen Verhältnissen, dann würde ich alles daran setzen, den Aufenthalt der Freundinnen zu erfahren. So ist es besser, unerkannt zu bleiben."

Sie schwieg.

„Mutter, du sprachst vorhin von einem Jungen, den der Vater gehabt. Hast du denn nichts von dem gehört?"

„Wie sollte ich das? Ich weiß nur, daß er bei seinen Großeltern gut aufgehoben war. Die hatten ein großes Gut am Rhein, haben es dann verkauft und sind in irgendeine Stadt gezogen."

„Wie traurig aber, daß er ohne Elternliebe aufgewachsen ist. Hättet ihr ihn doch mitgenommen, dann hätte ich jetzt einen Bruder."

„Es ist gut, daß es nicht so war. Es ist ihm manches erspart worden. Du armes Kind hast ständig darunter gelitten. Ich beklage von ganzem Herzen, daß du eine solche Mutter hast."

„Mutter", rief Elli heftig, „wir beide wollen uns wenigstens liebhaben und zueinander halten. Ich will für dich leben, für dich sorgen und dir Freude machen, damit du ein wenig getröstet wirst über all das Unglück, das du mitgemacht hast."

„Das Unglück habe ich selbst verschuldet, ich sehe das seit einiger Zeit ganz klar. Nun weißt du alles, Elli, es tut mir leid, daß ich deine Jugend dadurch trüben muß. Aber einmal mußtest du es doch erfahren."

Elli fand in der Nacht wenig Schlaf. Bald dachte sie an den armen, unglücklichen Vater, dann an den Bruder. Was mochte aus den beiden geworden sein? Ob sie noch lebten? Dann bestand ja die Möglichkeit, daß sie einmal alle wieder zusammen sein könnten.

Der Umzug

Elli war zu Besuch im weißen Haus und saß bei Tante Elfriede im Krankenzimmer.

„Es ist mir schon etwas leichter, Tante, seit ich dir alles gesagt habe. Ich wußte, du könntest mich am besten trösten, darum bat ich Mutter, dich vor unserer Abreise noch einmal zu besuchen. Aber ist es nicht sehr traurig, was ich dir erzählt habe? Wir sind eine auseinandergerissene Familie. Wenn ich nun von Mutter fortgehe, dann wird sie sich bei der Tante unglücklich fühlen, und ich mich vielleicht auch in der Fremde."

„Denke, daß die jetzige Trennung zu deinem Besten sein wird, Elli, denke, daß du es aus Liebe zur Mutter tust. Der Zweck ist, dich zu einer tüchtigen Haushälterin heranzubilden, damit du einst gut zu wirtschaften verstehst. So kannst du deiner Mutter am besten nützen und ihr die künftigen Jahre ihres Lebens erleichtern und verschönern. Lerne vor allen Dingen selbstlos zu sein. Du wirst glücklicher und zufriedener sein, wenn du eher an andere denkst als an dich. Ist schon ein Platz ausersehen, wo du den Haushalt lernen sollst?"

„Die Tante schrieb, sie habe schon verschiedene Adressen, zwei gefielen ihr am besten. Unter diesen beiden könne ich wählen, Näheres weiß ich nicht."

„Gott gebe, daß es ein Haus ist, in dem du nicht nur etwas lernst, sondern auch für den Geist die rechte Nahrung findest."

„Wenn ich dich nur ab und zu besuchen könnte, und du mir immer ratend zur Seite stehen würdest."

„Es ist jemand bei dir, der dies viel besser tun kann. Vergiß nicht, Elli, den Heiland mit ins Leben zu nehmen, mit ihm wird es dir gelingen in allem, was du tust. Halt dich täglich an seinem Wort, das wird dir in allen Lebenslagen eine Antwort geben."

„Das ist mir doch in meinem Leben noch nicht vorgekommen", rief auf einmal eine frische Stimme ins Krankenzimmer, „daß jemand wie ein Dieb in der Nacht zur Tante Elfriede einschleicht, ohne daß Tante Auguste etwas merkt."

„Verzeih, liebe Tante", sagte Elli. „Ich wollte gern recht lange mit Tante Elfriede sprechen, und da niemand im Haus war, wagte ich, zu ihr hinaufzugehen."

„Ich habe mit Mine die ersten Äpfel abgenommen von einem jungen Bäumchen, das in diesem Jahr so viel getragen hat. Wir mußten die Zweige stützen."

„Dies junge Bäumchen trägt die meisten Früchte, Elli", sagte Tante Elfriede und nickte ihr zu.

„Komm mit", sagte Tante Auguste, „ich will's dir zeigen. Die Luft wird dir übrigens gut tun, du siehst reichlich blaß aus. Und nun fröhlich", sagte sie, faßte sie bei der Hand und sprang mit ihr die Stufen zum Garten hinunter. „Sieh den prächtig blauen Herbsthimmel und diese schönen, rotbackigen Äpfel. Das Herz lacht einem ja im Leibe dabei. Hier ist ein recht schöner, versuche ihn, Elli."

Elli biß kräftig hinein und fand ihn wundervoll. Sie durfte essen, so viel sie wollte, und Tante Auguste war so lustig und machte Spaß, daß Elli mit fröhlichen Augen zu Tante Elfriede zurückkam. „So ist's recht, Elli", sagte Elfriede lächelnd. „Tante Auguste trifft immer das Rechte. Laß mich dich noch einmal anschauen." Sie sah Elli lange und prüfend an. Sie wollte eine Bestätigung dessen finden, was ihr im Lauf von Ellis Erzählung fast zur Gewißheit geworden war.

Sie sprachen dann noch von Anna, und Tante Elfriede rühmte deren ganze Art, und daß sich Elli sie in allen Dingen zum Vorbild nehmen könne. „Eine solche Freundin", sagte sie, „ist Goldes wert, pflegt die Freundschaft gut."

Dann durfte Elli sich im Zimmer umsehen. Sie ging zum Vogelbauer und ließ sich von dem kleinen Sänger am Finger picken, dann sah sie sich die vielen Bücher an. Elfriedens Augen folgten jeder ihrer Bewegungen.

„Gestalt und anmutige Bewegungen ganz wie Elise, das Gesicht erinnert weniger an sie. Sollte ich mich doch täuschen?"

Sie rief Elli wieder zu sich. „Heute", meinte sie, „machen wir einen Freundschaftsbund miteinander, und du darfst dann nicht wieder eine so lange Pause zwischen deinen Besuchen machen. Wenn du nicht kommen kannst, mußt du mir schreiben. Und nun grüße deine Mutter recht schön, sage ihr, Tante Elfriede lasse herzlich bitten, sie einmal zu besuchen."

„Wenn Mutter das nur wollte! Bei dir würde sie den rechten Trost finden."

„Sie soll mir jeden Tag herzlich willkommen sein." Und nun schied Elli aus dem stillen weißen Häuschen.

Zu Hause lagen gleich zwei Briefe der Tante. Sie sprach in ihnen den Wunsch aus, die Übersiedlung nach Mohrdorf möchte so bald wie möglich geschehen. Für Elli schickte sie noch zwei Angebote mit. Ein Pastorenhaus war bereit, sie aufzunehmen, und ebenso nahm die Familie eines Arztes junge Mädchen zur Erlernung des Haushalts auf. Im Pfarrhaus sollte sie das einzige Mädchen sein und der Pastorin zur Hand gehen. Bei Doktors gab's keine Kinder, aber sechs junge Mädchen. Die Tante schrieb, die Doktorin hätte sich's, da ihre Ehe kinderlos sei, zur Aufgabe gemacht, junge Mädchen im Haushalt zu erziehen. Elli schwankte lange. Zu Kindern wäre sie gern gegangen, denn sie hatte sie sehr lieb, aber zu den vielen jungen Mädchen zog es sie auch. Sie hatte sich in der Familie des Doktors Burg so glücklich gefühlt, es war ihr, als müsse es bei dieser Doktorsfamilie wieder ebenso werden.

Wir kurzsichtigen Menschen wählen und prüfen, Gott der Herr ist's aber, der die unsichtbaren Fäden unseres Geschickes in seinen Händen hält, und da Elli ihm ihre

Wege befohlen hatte, so lenkte er ihr Herz, daß sie sich für das Haus des Doktors Willers entschied.

Ihre Mutter und sie hatten noch zu ordnen und zu tun. Da türmten sich die Schwierigkeiten, da beide doch recht unpraktisch veranlagt waren. Aber Lina hatte einen anschlägigen Kopf und praktische Begabung. Die Tante hatte Freude an dem jungen Mädchen gefunden und sie bestimmt, in ihre Dienste zu treten.

„Ich tu's nur aus Liebe zu Ihnen, Fräulein Elli, denn – bei der Tante werde ich's wohl nicht immer gut haben. Na, meine Großmutter war auch eine komische Frau, da hab ich mich schon an Wunderlichkeiten gewöhnen müssen."

So zog Lina mit. –

Den Gruß und die Bitte von Tante Elfriede hatte Elli der Mutter ausgerichtet. Hätte sie, wie die Tante es gesagt hatte, deren Namen genannt, so wäre die Mutter dadurch gewiß stutzig geworden. Aber Elli, die nichts von den Zusammenhängen ahnte, grüßte von der kranken Tante und brachte deren Bitte vor.

Die Mutter war nicht abgeneigt, sie einmal aufzusuchen, doch meinte sie, augenblicklich sei nicht daran zu denken. –

Es war ein naßkalter Oktobertag, als Frau Braun mit Elli die Hauptstadt verließ, um ihr Heim bei der Tante aufzuschlagen. Sie hatten eine Stunde mit der Bahn zu fahren, dann folgte eine zweistündige Postfahrt nach dem einsam gelegenen Flecken Mohrdorf, in dem die Tante schon eine Reihe von Jahren den ersten Stock eines am Markt gelegenen Hauses bewohnte. Sie gehörte durchaus zu den Honoratioren des Ortes, einesteils, weil sie für reich galt und ihre Wohltätigkeit der Stadt zugute kam, und andernteils, weil sie sich durch ihr ganzes Auftreten Ansehen und Respekt zu verschaffen wußte. Doch wurde in dem kleinen Ort auch viel über die Wunderlichkeiten der alten Dame erzählt, und der häufige Wechsel des Hauspersonals trug nicht wenig dazu bei.

Elli war neugierig auf das Heim der Tante. Sie stellte es sich bei den Eigenarten der Tante wunderlich genug vor, und sie wurde nicht enttäuscht.

Als sie die Treppe erstiegen hatten, erblickten sie als erstes eine große, ausgestopfte Eule, die finster und mißmutig von einem Schrank heruntersah und nicht gerade ein freundliches Willkommen bot. Dann ging es durch die Tür in einen frostigen Saal, dessen hochbeinige, steife Möbel gelbseidene Bezüge hatten. In großen, alten Blumengläsern gab es geschmacklose Sträuße von künstlichen Blumen, als Schutz gegen den Staub mit weißem Flor umhüllt. Diese Umhüllungen schien die Tante zu leiben, denn es gab noch andere viel merkwürdigere Gegenstände im Saal, die durch diese Verschleierungen ein geheimnisvolles Ansehen gewannen. Wer hoffte, nun werde ein gemütliches Wohnzimmer folgen, täuschte sich. Alle Zimmer der Tante glichen eher Speichern als Wohnräumen. So war auch die zweite Stube von oben bis unten vollgestopft. Was nicht in die Schränke ging, war oben aufgebaut. Elli, an die geschmackvolle Einrichtung von daheim gewöhnt, grauste es bei dem Gedanken, daß die Mutter hier leben sollte. Doch die Tante hatte ja von einem leeren Zimmer gesprochen, das sie der Mutter zur Benützung überlassen wolle. Das tröstete sie.

Zu ihrem Schrecken aber begann die Tante: „Elise, wir müssen nun sehen, wie wir deine Sachen irgendwo reinklemmen. Ein ganzes Zimmer kann ich dir nicht zur alleinigen Benützung überlassen, ich habe zu viel Kostbarkeiten, die Platz brauchen.“ Elise antwortete nichts darauf.

„Du mußt überhaupt dankbar sein“, sagte die Tante gereizt, „daß ich dich bei mir aufnehme und für Elli das teure Kostgeld bezahle. Was sollte aus euch werden! Nun setz dich, du wirst müde von der Reise sein.“ Eben wollte Elise der Aufforderung Folge leisten und sich aufs Sofa setzen, da sprang ein großer Kater knurrend fort,

und die Tante rief unwillig: „Nur nicht gerade, wo mein Mignon liegt, es gibt Platz genug.“

Elli hatte sich zur Tür hinausgeschlichen, sie wollte sehen, was Lina machte.

„Fräulein“, rief sie, „närrisch hab' ich's mir bei der Frau Tante gedacht, aber so drollig doch nicht. In der Küche ist alles zugebaut, ich kann nicht einmal bis zum Herd. Das wird aber anders, ganz anders, Fräulein Elli. Lassen Sie mich nur ein paar Tage dableiben. Aufzuräumen versteh ich, das soll mir niemand nachsagen.“

„Was geht denn hier vor?“ rief die Tante, die eben in der offenen Küchentür erschien. „Ich glaube gar, das kleine Ding vergreift sich an meinen Sachen.“

„Ich gebe den Körben und Kisten nur andere Plätze, Frau Merker“, sagte Lina gewandt. „Sehen Sie, wenn Sie allein sind, geht's ja, aber wenn so viel Leute in der Küche wirtschaften, ist es besser, ich stelle die Sachen beiseite, daß sie nicht Schaden leiden.“

Die Tante brummte etwas und verschwand. Lina räumte und packte unverdrossen. Sie war dabei so geschickt, daß Elli für die Zukunft Mut faßte.

Am Abend führte die Tante Elise und Elli in ihr Schlafzimmer, wo dann auch außer den Betten so unendlich viel Möbel und Sachen aufeinander standen, daß mehrere Zimmer damit hätten möbliert werden können. Außerdem schien das Zimmer eine Art Vorratskammer zu sein. Es roch nach geräuchertem Speck, und Elli entdeckte an einem großen Haken in einer Ecke des Zimmers einen Schinken und verschiedene Würste. Auf den Schränken gab es alte Gefäße aus Porzellan und Majolika, zinnene Geräte, Körbe und Körbchen, Vogelbauer, Schachteln und anderes mehr. Auf einem Tisch aber in der dritten Ecke des Zimmers stand weiter nichts als ein umfangreiches, unbestimmtes Etwas mit dichtem schwarzem Flor umhüllt. Elli sah immer wieder hin, doch wagte sie nicht, einmal nachzusehen, was sich hier verbarg. Sie war froh, nicht allein schlafen zu müssen, in diesem Gemisch von Wunderlichkeiten und Geheimnissen.

„Mutter“, sagte sie ein wenig ängstlich, „ich hatte es mir doch etwas gemütlicher bei der Tante gedacht. Ich hoffte, du würdest ein eigenes Zimmer bekommen.“

„Wenn ich nur überhaupt meine Sachen hier unterbringe“, sagte die Mutter. „Es kann ja kein Apfel mehr zur Erde fallen, geschweige denn ein Möbelstück eingeklemmt werden.“

„Vielleicht tut sich morgen noch irgendwo ein leerer Raum auf.“

„Das ist hier undenkbar“, sagte die Mutter resigniert. „Nun Gute Nacht, Elli, ich bin müde.“

„Mutter", begann Elli zaghaft, „ich habe der kranken Tante versprochen, jeden Abend vor dem Einschlafen in Gottes Wort zu lesen. Darf ich es laut tun?"

Die Mutter nickte. Elli nahm ihr Neues Testament heraus und las die Losung des Tages, Psalm 84: „Wie lieblich sind deine Wohnungen, Herr Zebaoth! Meine Seele verlangt und sehnt sich nach den Vorhöfen des Herrn." Und weiter bis zum Schluß: „Gott der Herr ist Sonne und Schild, der Herr gibt Gnade und Ehre, er wird kein Gutes mangeln lassen den Frommen. Herr Zebaoth, wohl dem Menschen, der sich auf dich verläßt."

„Das war doch schön, Mutter, wenn es uns hier in unserer neuen Behausung nicht gefällt, wollen wir immer an die lieblichen Wohnungen des Herrn Zebaoth denken. Die kranke Tante sagt: ‚Gottes Wort vermag uns in allen Lagen des Lebens zu trösten.'"

„Da hat die kranke Tante recht. Was du mir eben vorgelesen hast, hat mich sehr getröstet. Doch nun leg dich schlafen, Elli, es ist schon spät."

Mit dem glücklichen Gefühl, endlich den Zugang zum Herzen der Mutter gefunden zu haben, legte sich Elli und dankte Gott, der ihr den Mut geschenkt, der Mutter aus der Bibel vorzulesen.

Sie mochte wohl eine Stunde geschlafen haben, da erwachte sie von einem argen Lärm. Es raschelte, huschte und sprang, besonders toll ging es in der Schinkenecke her. Der Mond schien hell und beleuchtete die schwarze Gazepuppe. Und sieh, wie ein weißes Gespenst lugte es durch die schwarze Gaze hindurch. Elli sah es ganz deutlich. Es war etwas Weißes mit glänzenden Augen und dazu das Lärmen und Wirtschaften in der Stube! Dazwischen der regelmäßige Atem der Mutter.

Ob Elli sie wecken sollte? Aber die arme Mutter war so müde gewesen. Sie wollte doch alle Selbstsucht ablegen und sich beherrschen! Wenn sie nur gewußt hätte, was die Geräusche zu bedeuten hatten. Die schwarze

Gazepuppe stand unbeweglich, die ausgestopften Vögel im Glasschrank sahen im bleichen Mondlicht schreckenerregend aus, aber sie saßen wenigstens hinter Glas und konnten nicht heraus. Jene große graue Vase, die ein grinsendes Gesicht zeigte, war von Stein und hatte auch kein Leben. Aber dort in der Schinkenecke ging es lustig zu, sollten etwa Mäuse einen Hochzeitsschmaus halten? Plötzlich sah Elli ein Mäuschen durch das Zimmer huschen. War diese Entdeckung auch nicht angenehm, so war sie doch wenigstens insofern beruhigend, als das Geräusch wenigstens eine natürliche Ursache hatte. Sie zog ihr Deckbett ganz über den Kopf, so daß sie von der wenig anziehenden Mondlandschaft nichts sah und hörte. Sie zog Vergleiche zwischen dem weißen Häuschen und der Wohnung der Tante und dachte darüber nach, wie doch jedes Heim den Geist und das Gepräge seiner Bewohner zeigte. Wie lieblich und zart war alles, was Tante Elfriede umgab. Und hier schienen wunderliche und verschrobene Einfälle Gestalt bekommen zu haben. Man wurde beständig geängstigt und aufgeregt. Ob das wohl daher kam, weil der Tante der innere Friede fehlte?

Wie war es doch bei der Mutter gewesen? Da sollte alles reich und vornehm sein und nach außen glänzen! Aber die Mutter dachte jetzt anders darüber. Wie würde nun aber ihr Heim aussehen, falls sie je eines besitzen sollte? „Wie lieblich sind deine Wohnungen, Herr Zebaoth", klang es in ihr. Auf Tante Elfriedens Heim ließ sich das Wort anwenden, und wäre es nicht schön, wenn jedes Heim auf Erden daran erinnerte? Solcher Art waren Ellis Nachtgedanken. Nun ließ sie die Mäuse toben und den Mond das häßliche Zimmer bescheinen, ihr Herz freute sich der lieblichen Wohnungen des Herrn Zebaoth, und so schlief sie ein.

Am andern Morgen war sie fröhlich und guter Dinge. Sie erzählte ihrer Mutter von den Schrecknissen der

Nacht, und wie der am Abend gelesene Psalm ihr alle Furcht genommen hatte. Dann lüftete sie den schwarzen Schleier, um zu sehen, was darunter verborgen war. Sie entdeckte zwei ausgestopfte Hunde, einen weißen und einen schwarzen Spitz, gewiß frühere Lieblinge der Tante. Sorgfältig breitete sie die Hülle darüber, und sagte lachend: „Wartet, ihr sollt mir nicht wieder die Nachtruhe nehmen."

Im Laufe des Tages zeigte ihnen die Tante die andern Räume der Wohnung. Es gab nicht mehr viel zu sehen, nur noch einige Kämmerchen, genau so vollgepfropft wie alles hier. Elli sah die Mutter an, die Hoffnung, sich hier ein gemütliches Heim zu schaffen, schwand immer mehr. Jetzt holte die Tante noch einen Schlüssel und mit den Worten:

„Hier ist noch ein kleiner Raum, wo du deine Sachen unterbringen kannst", schloß sie die Tür auf. Vor den erstaunten Blicken der beiden zeigte sich ein hübsches, leeres, zweifenstriges Zimmer, das freundlich tapeziert, einen höchst wohnlichen Eindruck machte.

„Hier kannst du dich einrichten, wie du willst, Elise", dabei sah sie die Mutter mit einem Blick an, der Elli recht bekannt war. Wenn sie die Menschen aufs äußerste verstimmt hatte, dann auf einmal wußte sie sie durch eine gute Tat zur Dankbarkeit zu verpflichten, die man am wenigsten bei ihr vermutet hätte. Elli umarmte jubelnd die Mutter.

„Mutter, dein eigenes Zimmer, siehst du, nun geh ich noch einmal so gern fort, wenn ich dich so gut untergebracht weiß."

Elise fühlte zum erstenmal Dankbarkeit und Zufriedenheit mit ihrer Lage.

Elli kommt in die Wirtschaftslehre

Ein offener Landauer rollte im flotten Tempo über die Landstraße. Ein älterer und noch rüstiger Mann führte die Zügel und lenkte die Pferde mit so sicherer Hand, als sei er lebenslang Kutscher gewesen. Ihm zur Seite saß ein junges Mädchen, ihn schüchtern von Zeit zu Zeit musternd, als wollte sie nach dem äußeren Ansehen die Art seines Wesens feststellen.

Seine Hausgenossen rühmten Doktor Willers als wohlwollend und gütig. Ging ihm etwas gegen den Strich, dann konnte er aufbrausen und ungeduldig werden, aber ebenso schnell war er auch versöhnt und beschwichtigt. Doktor Willers gehörte nicht zu den Haustyrannen. Aber seine Gattin war dafür bekannt, strenge Zucht zu halten.

Von Zeit zu Zeit wandte der Doktor sein gutes Gesicht dem jungen Mädchen zu und tat immer dieselben Fragen: „Sitzen Sie denn bequem, liebes Kind?" – „Haben Sie auch Platz?" Jedesmal, wenn Elli die Fragen mit einem schüchternen „Ja" beantwortet hatte, zog er die Zügel straffer, und es ging in schnellem Trab weiter.

Ellis Gedanken gingen zu ihrer Mutter, mit der sie in den acht Tagen bei der Tante so gut zusammengelebt hatte. Es war, als ob alle mütterliche Liebe, die ihr zeitlebens so bescheiden zugeteilt worden war, sich nun in Strömen über sie ergösse. Die Mutter war anders geworden. Sie war weicher, liebevoller, mitteilsamer. Gerade jetzt wäre Elli gern in ihrer Nähe geblieben. Doch ein Jahr würde schnell vergehen. Sie wollte es gut nutzen, um dann ihrer Mutter eine wirkliche Stütze sein zu können. Vorderhand mußte sie dankbar sein, die Mutter bei der Tante untergebracht zu wissen. Das eigene Zimmer war wirklich recht hübsch und wohnlich geworden, dort konnte sie Zuflucht finden, wenn es ihr im Durcheinander der Tante zu bunt werden sollte.

Aber traurig war und blieb Mutters Lage doch. Seit

Elli alles wußte, tauchte immer wieder der Gedanke in ihr auf: wie, wenn der Vater noch lebte? Arm, elend und verlassen? Ja, wenn sie älter wäre! Dann würde sie nicht ruhen, bis sie ihn gefunden und wieder gutgemacht hätte, was an ihm versäumt worden war. Dann erfaßte sie eine Sehnsucht und ein Verlangen nach dem unbekannten Vater, den sie längst tot geglaubt hatte.

Und der Bruder? Würde sie ihm wohl einmal begegnen? Sie waren sich einander ja ganz fremd, und seine Großeltern würden es ihm sicher erzählt haben, wie selbstsüchtig seine zweite Mutter gewesen war. Er würde also kaum Verlangen haben, sie kennenzulernen.

So gingen Ellis Gedanken spazieren, während die Pferde munter drauf los trabten. „Nun sind wir bald zu Hause", sagte der Doktor mit einem Seitenblick auf Elli. „Heimweh werden Sie nicht gleich bekommen, bei uns herrscht ein lustiges Leben. Fünf junge Mädchen springen bei uns herum, Sie sind die sechste. Aber", fuhr er nach einer Pause fort, „meine Frau ist streng. Auf der Hut müssen Sie sein, liebes Kind. Aber Sie können auch etwas Tüchtiges bei uns lernen."

Nach einer Weile räusperte er sich: „Ich möchte Ihnen zweierlei empfehlen, oder vielmehr: Ich möchte Sie vor einer Sache warnen und eine andere anraten, bevor Sie unser Haus betreten. Wissen Sie, ich habe nun schon Erfahrung mit den jungen Mädchen. Da gibt es etwas, das meiner Frau auf den Tod zuwider ist: Träumen Sie nicht! Ein träumerisches Wesen kann sie auf die Palme bringen. Ich will nicht sagen, daß ich das von Ihnen glaube, ich wollte Sie nur gewarnt haben."

Elli erschrak. Es war gerade ihr Fehler, daß sie oft über das Träumen die Wirklichkeit vergaß. Sie wollte aber ihr Möglichstes tun, um stets ihre Gedanken beieinander zu haben. Nun hätte sie gern noch gewußt, was er ihr raten wollte. Doch er schwieg, als wolle er den Eindruck der letzten Worte bei Elli wirken lassen.

Nach einer Weile begann er wieder. „Nun kommt das, was ich Ihnen empfehlen möchte. Packen Sie, sobald Sie können, Ihren Strickstrumpf aus und stricken Sie eifrig. Ein in rechter Weise gehandhabtes Strickzeug ist das einzige, womit Sie das Herz meiner Frau im Sturm erobern."

Elli lief es kalt über den Rücken. Strickstrumpf auspacken! Wie konnte sie das, wenn gar keiner eingepackt war. Bei der Mutter war das Stricken verpönt gewesen, sie selbst konnte es wohl notdürftig, aber zu einer Fertigkeit hatte sie es nie darin gebracht. Und nun stand das gerade hier so hoch im Kurs. Der gute Doktor hatte Elli durch seine wohlmeinenden Ratschläge sehr beunruhigt.

Er zeigte ihr nun den Turm der Stadt, in der sein Haus lag. Dann wandte er sich an den hinter ihm sitzenden Kutscher, ihm Anordnungen wegen der morgigen Ausfahrten zu geben. Nun wurden Häuser sichtbar, und Ellis Aufmerksamkeit war ganz von dem Neuen in Anspruch genommen. Die Gegend bot ein freundliches, buntes Bild. Mit Nadel- und Laubholz bedeckte Hügel, fruchtbare Täler, üppige Wiesen wechselten miteinander ab. Ein kleiner Fluß wand sich durch die freundliche Landschaft. Jetzt kamen sie an Obstgärten vorbei, an vielen Bäumen standen lange Leitern, sie wurden wohl gerade erst abgeerntet.

„Das ist unsere Obstplantage", sagte der Doktor und zeigte auf einen großen Garten, in dem mehrere junge Mädchen mit Obstsammeln beschäftigt waren. Von der nahen Kirche klangen die Abendglocken. So hielt Elli ihren Einzug in Seehausen.

Sie fuhren die Straße entlang und um ein stattliches Haus herum, das sich am Ende des Obstgartens erhob. Von vorn machte es einen feinen Eindruck, ein eisernes Gitter umschloß einen schön angelegten Blumengarten, der augenblicklich eine Georginenpracht und Mannigfaltigkeit zeigte, wie Elli sie noch gar nicht gesehen hatte.

Gerade als der Wagen vorfuhr, kamen die jungen Mädchen mit vollen Körben an. Mit den Worten: „Da ist die Neue", verschwanden sie mit ihrer Bürde in den unteren Räumen des Hauses.

Eine etwas korpulente Dame, vielleicht Mitte der Fünfziger, erschien an der Haustür.

Als sie Elli willkommen hieß, hatte sie etwas Wohlwollendes in ihrem Blick; aber ihre ganze Erscheinung flößte Achtung ein. Elli fühlte sofort, daß Frau Willers eine Persönlichkeit war, der sie sich unbedingt unterzuordnen habe.

Sie trug jetzt dem Mädchen auf, die Koffer nach oben zu tragen, und sagte Elli, daß in einer Viertelstunde Abendbrot gegessen würde. Dabei maß sie das Mädchen von oben bis unten. Dann klatschte sie in die Hände und rief: „Emilie und Klara, deckt den Tisch, es ist höchste Zeit."

Elli hätte gern noch gesehen, wer auf den Ruf hin herbeikommen würde, doch eine Handbewegung nach oben machte Elli unmißverständlich klar, daß sie ohne Aufschub zu gehen habe. Sie folgte dem Mädchen, das oben die Tür zu einem großen geräumigen Zimmer öffnete, die Koffer niedersetzte und mit den Worten verschwand: „Hier ist Ihre Stube, nun können Sie auspacken."

Elli schaute sich um. Das helle große Zimmer enthielt sechs Betten, dort standen Waschtische, einige Schränke und Stühle, das war alles. Hier sollte sie mit den fünf unbekannten Mädchen schlafen, mit denen sie sich hoffentlich gut vertragen würde. Ob es wohl auch ein Wohnzimmer für sie gab? Vielleicht führte die Tür rechts in einen solchen Raum. Sie klinkte leise auf, schloß jedoch sofort wieder und wurde ganz rot. Sie hatte allerdings in ein Wohnzimmer geblickt, aber es war nicht leer gewesen. Am Fenster hatte eine ältere blasse Dame gestanden, die sich beim Knarren der Tür umgesehen hatte. Ob sie bemerkt worden war, wußte sie nicht, jedenfalls war es von Elli unbescheiden gewesen, in einem fremden Hause so ohne weiteres Umschau zu halten.

Kaum hatte sie sich gewaschen und ihr Haar in Ordnung gebracht, da tönte lautes Schellen durch das Haus. Gleichzeitig wurde ihre Tür aufgerissen, zwei Mädchenköpfe wurden sichtbar, und eine Stimme rief: „Kommen Sie zum Essen!“ Sofort wurde die Tür wieder zugeworfen. Das fand Elli nun weniger nett. Sie folgte schüchtern die Treppe herunter. Unten sah sie die Doktorin mit den jungen Mädchen sprechen: „Habe ich euch deshalb hinaufgeschickt, um die Neue durch euer häßliches Wesen zu schrecken? Denkt euch mal an ihre Stelle! Wie war euch zumute, als ihr den ersten Abend hier ward? Immer hübsch an andere denken und durch freundliches Wesen einander helfen!“

„Komm, Elli, du wirst hier bald heimisch werden“, sagte sie dann. Sie nahm sie freundlich bei der Hand und ging mit ihr ins Eßzimmer. Elli fühlte, daß die Frau des Hauses Liebe zu geben imstande war, und das gewann ihr am ersten Abend das Herz des jungen Mädchens.

Mit stummer Verwunderung bemerkte Elli, wie geschickt und anmutig die jungen Mädchen die ihnen obliegenden Geschäfte besorgten. Wie würde sie mit ihrer Tollpatschigkeit und Unkenntnis da hineinpassen? Eine von den fünfen schien indes auch noch neu zu sein, sie stand auch etwas abseits und verhielt sich beobachtend. Frau Willers sagte dann bei der Vorstellung, daß die andere erst gestern gekommen sei, und als man sich eben zu Tisch setzen wollte, öffnete sich die Tür und jene blasse Dame, die Elli oben flüchtig gesehen hatte, trat ein. Sie setzte sich schweigend zur Seite des Hausherrn. Die jungen Mädchen nannten sie Tante Berta, und Elli merkte bald, daß sie eine Schwester der Doktorin war. Sie hatte etwas sehr Gutes und Mildes an sich, so daß man wohl Vertrauen zu ihr haben konnte.

„Nun kommt der gemütliche Teil des Tages“, sagte

die Doktorin vergnügt, als die jungen Mädchen abgedeckt hatten. Sie klopfte in die Hände und rief: „Schnell die Strickzeuge!"

Wie der Wind waren die jungen Mädchen zur Tür hinaus und kamen bald mit ihren teils zierlichen, teils umfangreichen Strickkörben zurück. Sie setzten sich um den Sofatisch und begannen eifrig mit der Arbeit.

„Mein Kind, hole deine Sachen", sagte die Doktorin mit Nachdruck, als sie Elli ratlos und verlegen dastehen sah.

„Ich habe nichts derartiges mitgebracht", sagte Elli offen und ehrlich. „Wir haben zu Hause wenig gestrickt."

„Das ist ja sehr merkwürdig", sagte die Doktorin erstaunt. „Aber du trägst doch Strümpfe, wer hat denn die gestrickt, wenn ich fragen darf?"

„Mama kaufte sie gleich fertig."

Die Doktorin schüttelte den Kopf und sagte wieder: „Das ist ja sehr merkwürdig. Nun, hier wird gestrickt", setzte sie bestimmt hinzu. „Da du kein eigenes Strickzeug hast, kannst du für mich stricken. Ich wollte eben ein halbes Dutzend Socken beginnen, die werde ich dir überlassen, damit du in Übung kommst." Mit diesen Worten schritt sie auf einen großen Korb mit vielen Wollknäueln zu, suchte einen dunkelgrauen aus, reichte ihn Elli samt den dazu passenden Stricknadeln und sagte: „Nimm zwanzig Maschen auf jede Nadel, das wird genügen, im übrigen richte dich nach diesem Meßstrumpf. Ich habe für kleine und große Neffen zu sorgen, es ist mir lieb, wenn du mir hilfst."

Mit diesen Worten setzte sie sich aufs Sofa neben ihren Mann, der gemütlich mit einer Pfeife in der andern Ecke saß und schon lange nach Elli hinübergeblinzelt hatte. Er hörte auch jetzt nicht auf, sie zu beobachten. In ihren verzweifelten Mienen bemerkte er, daß sie gar nichts mit den Dingen anzufangen wußte. Die arme Elli war in einer schrecklichen Lage. Die Doktorin schien nichts davon zu merken, bis der gutmütige Doktor, der Mitleid empfand, leise zu seiner Frau sagte: „Gerda, sie kann ja gar nichts damit anfangen, aber beschäme sie nicht vor den andern."

„Elli, komm her", rief die Doktorin, „du scheinst mir das Aufschlagen vergessen zu haben."

„Ich habe es nie gekonnt", sagte Elli mit entwaffnender Offenheit.

Frau Willers sah sie überrascht an, schien aber durch das offene Bekenntnis angenehm berührt, das dem jungen Mädchen in Gegenwart der andern sicher große Überwindung gekostet hatte. Frau Willers würde, hätte Elli Ausflüchte gemacht, eine lange Strafrede gehalten haben, es war für sie ein hartes Ding, einem jungen Mädchen den Haushalt zu lehren, das nichts vom Stricken verstand. Aber Ellis Wahrheitsliebe hatte sie milde gestimmt, und mit Geduld und dem ihr eigenen Geschick zeigte sie dem jungen Mädchen, wie sie es zu machen habe. Nach einigen mißglückten Versuchen hatte Elli den Bogen raus.

Der Doktor las nun vor, wie er gewöhnlich zu tun pflegte. Meist war es etwas Lehrreiches aus der Geschichte oder der Literatur; die jungen Mädchen sollten neben der häuslichen Arbeit das Wissenschaftliche nicht vernachlässigen.

Tante Berta, der jüngeren Schwester der Doktorin, oblag es, die jungen Mädchen in Musik und Sprache zu fördern.

Die Doktorin war ein ungemein reger Geist, dabei praktisch veranlagt. Da ihre Ehe kinderlos geblieben war, hatte sie beschlossen, ihr Können an junge Mädchen weiterzugeben. Sie hatte schon gute Erfolge erzielt, viele junge Hausfrauen wußten ihr Dank, daß sie sie so trefflich angeleitet hatte. Frau Willers hatte auch ein Herz für die Jugend, nahm auf jeden Rücksicht und behandelte ihn entsprechend seinen Anlagen und Fähigkeiten. Mit Scharfblick wußte sie die jungen Mädchen richtig zu beurteilen und richtig zu nehmen. Die hingen mit Liebe und Verehrung an ihr, wenn gleich ihr strenges Wesen öfters gefürchtet war.

Der Doktor machte durch seine Milde und Freundlichkeit vieles wieder gut. Er fühlte sich behaglich in dem erweiterten Familienkreis. Das Leben gewann durch das jugendliche Element an Frische und Lebendigkeit. Es tat dem alten Herrn wohl, wenn die jungen Mädchen als Töchter des Hauses für seine Bequemlichkeit sorgten. Er hatte viel Humor und war übertrieben pünktlich; etwas, was seinem Schönheitssinn widerstrebte, duldete er nicht in seiner Umgebung.

Als die jungen Mädchen schlafen gegangen waren, konnte die Doktorin sich noch immer nicht über die unerhörte Tatsache beruhigen, daß ein Mädchen von neunzehn Jahren noch nichts mit einem Strickstrumpf anzufangen wußte.

Der Doktor begnügte sich damit, zu sagen, daß das Mädchen keinen üblen Eindruck mache, auch habe ihm das offene Bekenntnis, das ihr sichtlich Kampf gekostet habe, gefallen.

„Das hat mich auch für sie eingenommen. Aber was für eine Erziehung muß das Mädchen gehabt haben!"

„Weißt du nichts über die näheren Verhältnisse?"

„Die Tante, eine Frau Merker, schrieb mir, daß ihre verwitwete Nichte, eine Frau Braun, schwer vom Schicksal geschlagen und leider nicht imstande sei, ihre Tochter zu erziehen, und daß sie, die Tante, sie deshalb in ein Haus zu geben wünsche, wo sie den Haushalt erlernen könnte."

Hätte Gerda Willers, Lores Schwester, gewußt, wer die Mutter Ellis war, so würde sie sich wohl kaum über Ellis Unerfahrenheit gewundert haben.

Die jungen Mädchen waren nun in ihrem Schlafzimmer unter sich.

„Wir nennen uns selbstverständlich alle du", sagte Emilie, die das Oberhaupt der sechs zu sein schien. Wenigstens führte sie stets das Wort, und die andern erkannten schweigend ihre Herrschaft an. Sie war ein kräftiges, nicht eben hübsches Mädchen und hatte eine derbe Art. Ihr grobes Wesen war dem Doktor nicht angenehm, während die Frau sie wegen ihrer Anstelligkeit gern hatte. Klara, ein hochaufgeschossenes blasses Mädchen, war von etwas empfindlicher und mißtrauischer Natur, was sie bei ihren Kameradinnen unbeliebt machte. Adelheid, ein kleiner beweglicher Quirl mit klugen Augen, war sehr neugierig, und mußte immer alles wissen. Wilhelmine war etwas unbeweglich und sehr gutmütig. Agnes, die Zuletztgekommene, schien ein richtiges Stadtpüppchen zu sein, die viel mit ihrer eigenen Person zu tun hatte und sich noch gar nicht darein zu finden schien, daß sie hier mit ihren zarten Händen alles angreifen mußte.

Als sie alle im Bett waren und das Licht gelöscht war, begann Emilie: „Kinder, wißt ihr auch, daß morgen Heringe eingelegt werden?"

„Da kommen die neuen dran", rief Klara.

„Die neuen Heringe?" fragte Agnes mit ihrer feinen Stimme.

„Nein, die neuen Mädchen."

„Ich kann keinen Hering anfassen", rief Agnes entsetzt.

„Wird dir wenig helfen, du mußt", sagte Emilie.

„Das wird einen Spaß geben", kicherte Adelheid.

„Pfui, Adelheid, wie kannst du dich darüber freuen", tönte Wilhelminens gutmütige Stimme dazwischen. Es klopfte an die Tür.

„Tante Berta klopft, wir sollen schlafen."

„O Tante Berta ist gut, sie läßt uns schon noch ein Weilchen plaudern." –

Elli konnte lange nicht einschlafen. Sie hatte heute so viele neue Eindrücke gehabt, daß der Schlaf fürs erste noch nicht kommen mochte. Wie schwer war der Anfang gewesen, wie beschämt sah sie auf den ersten Abend zurück. Aber nun war es überwunden, Frau Williers sollte noch ihre Freude an ihr haben, sie wollte eine eifrige Strickerin werden. Für wen mochten aber wohl die großen Strümpfe bestimmt sein, die ihr anzufertigen übertragen worden waren? Sie konnte sich kaum denken, daß jemand so große Füße haben könne, außer –

„Elli", unterbrach Adelheid ihre Gedankengänge, „wo bist du eigentlich her?"

„Meine Mutter wohnt jetzt in Mohrdorf."

„In dem kleinen Nest", rief sie, „das muß langweilig sein."

„Hast du noch Geschwister?"

„Nein", war die Antwort.

„Was ist dein Vater?"

„Der war Kaufmann."

„Da ist er also tot?"

Bevor Elli antworten konnte, ertönte ein kräftiges Klopfen an der äußeren Tür. „Ich bitte mir Ruhe aus", sagte eine Stimme und mit den Flüsterworten: „Die Doktorin höchst persönlich" waren die jungen Mädchen plötzlich verstummt.

Morgens war um sechs Uhr Wecken. Punkt halb sieben mußten alle sauber und schmuck am Kaffeetisch sitzen. Elli, die bisher kein geregeltes Aufstehen gekannt hatte, kam es schwer an, auf Befehl aufstehen zu müssen.

Es war ein frischer nebliger Herbstmorgen, die Fenster waren angelaufen und im Eßzimmer war es kühl. Adelheid und Wilhelmine, die in dieser Woche den Kaffeedienst hatten, erschienen jetzt mit dem heißen Getränk, das seine gute Wirkung nicht verfehlte. Es ging gesprächig und heiter zu. Elli zog unwillkürlich Vergleiche zwischen hier und zu Hause. Dort war sie aufgestanden, wenn sie Lust hatte. Sie hatte den Kaffee fast immer allein getrunken, während die Mutter, die noch viel später als sie erschien, auch ihr Frühstück allein einnahm. Wie viel besser schmeckte es in Gemeinschaft, wie viel schöner war überhaupt eine geregelte Tageseinteilung.

Nach dem Kaffee begannen die Tagesarbeiten. Während die andern im Garten beschäftigt waren, nahm die Doktorin Agnes und Elli mit in die Küche. Sie mußten Pflaumen auskernen und beim Einkochen helfen.

„Ich soll mir die Arbeiten eigentlich nur etwas ansehen", bemerkte Agnes, als Frau Doktorin hinausgegangen war. „Ich habe es überhaupt gar nicht nötig, etwas zu tun. Meine Eltern sind reich."

Elli seufzte. So hatte ja ihre Mutter früher auch gesprochen und wie litt sie nun darunter, in der Jugend nichts Gescheites getan zu haben.

„Warum stöhnst du? Du bist wohl sehr arm?"

„Ja", sagte Elli, „wir sind sehr arm."

„Du siehst aber trotzdem apart aus, ich werde mich an dich anschließen."

Die Doktorin trat wieder ein. Die Mädchen waren mit der aufgegebenen Arbeit fertig.

Sie winkte Agnes an einen Tisch, auf dem eine ansehnliche Schüssel Heringe stand.

„Gib einmal das Brett von der Wand her."

Agnes holte es.

„Nun nimm einen von den Heringen –"

„Den" – entsetzte sich Agnes, „nein, das kann ich nicht. Heringe habe ich noch nie mit bloßen Händen angefaßt."

Frau Willers sagte ruhig und bestimmt, daß sie zimperliches Wesen nicht dulde, und Agnes mußte wohl oder übel mit dem salzigen Etwas in Berührung treten. Sie faßte den Gesellen mit zwei Fingern an, ließ ihn dann aufs Brett fallen, hielt die Finger vor die Nase und wandte sich widerwillig ab.

Die Doktorin tat, als bemerke sie nichts. „Aufgepaßt",

sagte sie, „du machst es genau wie ich und greifst herzhaft zu."

Agnes wagte keinen Widerstand mehr. Ergeben griff sie den Feind und begann damit, ihn nach der Anweisung der Hausfrau die Haut abzuziehen.

„Siehst du, es geht ja", sagte die Chefin ermutigend. „Spare deinen Kummer, mein Kind, und sei froh, wenn du keine andere Ursache hierzu hast. Das nächste Mal kommt Elli dran. Heute ist es dein Geschäft."

Nun überließ sie Agnes ihrem Schicksal und wandte sich an Elli, die mit dem Kochen des Obstes beschäftigt war. Auch hatte Elli wieder am Herd zu tun. Sie sollte die Suppe bereiten und hatte den Auftrag, eine gewisse Menge Nudeln in die kochende Fleischbrühe zu schütten. Sie stand wartend am Herd, doch da die Fleischbrühe noch immer nicht kochen wollte, kamen die Gedanken auf sie zu und bald stand sie träumend am Herd. Jetzt kochte etwas. Schnell schüttete sie die Nudeln in den Topf, aber im selben Augenblick ertönte die Doktorin: „Elli, Elli, du träumst ja. Ist es zu glauben? Du schüttest die Nudeln in den Essig, den ich für die Pflaumen aufgestellt hatte und verdirbst mir beides."

Mit diesen Worten fischte sie mit einem großen Durchschlag die Nudeln geschickt heraus, ließ sie ablaufen, goß Wasser darüber und rettete, was zu retten war.

Elli stand zerknirscht dabei und bat um Verzeihung. Die Doktorin aber sagte ärgerlich: „Es betrübt mich, die Entdeckung machen zu müssen, daß du träumst. Gedankenlose junge Mädchen sind mir ein Greuel. Ich werde dir sobald nichts wieder übertragen. Wo hast du nur deine Gedanken gehabt?"

Elli wurde glühend rot und schwieg.

„Woran hast du gedacht?" fragte die unerbittliche Doktorin noch einmal. „Ich habe allen Grund, danach zu fragen."

„Ich dachte", stotterte Elli, „für wen wohl – die großen Strümpfe bestimmt wären, die ich stricken muß."

„Und deswegen läßt du mir die Suppe verderben", rief die Doktorin ärgerlich. „Wenn das aber deine zerstreuten Gedanken sammeln kann: sie sind für meinen ältesten Neffen bestimmt, den du ja doch nicht kennst."

Elli war betrübt darüber, daß ihre guten Vorsätze gleich am ersten Tage so Schiffbruch erlitten hatten. Das Träumen sollte nun gewiß ein Ende nehmen. Hier war es nicht angebracht, das merkte sie. Hier wurde strenge Ordnung und Zucht geübt. Draußen saßen die vier anderen Mädchen im warmen Sonnenschein auf einer Bank vor dem Küchenfenster, mit Obstschälen beschäftigt. Adelheid hatte sich so gesetzt, daß sie immer einen Blick in die Küche werfen konnte, um die Neulinge zu beobachten. So hatte sie den Vorfall mit den Heringen beobachtet und berichtete den andern alle Einzelheiten.

„Agnes ist schon in Tränen", sagte sie. „Mit Elli wird's auch etwas geben, der erste Morgen in der Küche ist immer verhängnisvoll. – Jetzt weint Elli auch, sie hat am Herd etwas Dummes gemacht, ich kann aber nicht dahinterkommen, was es ist."

„Deine Neugierde ist häßlich", sagte Emilie. „Kümmere dich doch um deine Angelegenheiten und schäle nicht so dick, sonst setzt es bei dir auch noch etwas ab, wenn die Doktorin kommt."

Bei Tisch schmeckte der Doktor immer an den Nudeln herum und sagte endlich: „Gerda, die Nudeln haben einen etwas säuerlichen Geschmack, wieso das?"

„Es ist etwas damit passiert", sagte die Doktorin ruhig. „Jemand hat seine Gedanken nicht bei der Sache gehabt."

Der Doktor sah an Ellis Erröten, daß sie die Schuldige sei. Er hob lächelnd den Finger und sagte nur bedeutungsvoll: „Ei, ei, träumen wir auch?"

Das war für Elli die härteste Strafe, gerade deshalb, weil er sie gestern so freundlich gewarnt hatte.

Nach Tisch hatten die jungen Mädchen eine freie

Stunde. Sie konnten diese Zeit nach Belieben verwenden mit Briefe schreiben, Lesen oder Plaudern. Heute wollten sie in den Garten, die vier riefen Elli und Agnes, sie zu begleiten.

Da trat die Doktorin dazwischen. „Elli und Agnes bleiben heute bei mir", sagte sie. Die beiden jungen Mädchen erschraken und glaubten, eine weitere Strafpredigt für das zu erhalten, was sie am Morgen versiebt hatten. Die Doktorin nahm sie mit in ihr Zimmer.

„Nun wollen wir wieder gute Freunde sein", sagte sie und setzte sich mit den beiden ans Fenster. Sie verstand es, mit Menschen umzugehen.

„Meine liebe Agnes", sagte sie dann, „halte dich nie für zu vornehm oder zu gut für irgendeine Arbeit, welcher Art sie auch sci. Die Arbeit erniedrigt keinen Menschen, wohl aber die Unlust und der Widerwille dagegen. Daß du die dir übertragene Arbeit zu meiner Zufriedenheit ausgeführt und dich selbst überwunden hast, gereicht dir viel mehr zur Ehre, als wenn du deine zarten Hände geschont hättest. Es geht uns im Leben nicht immer nach Wunsch, töricht ist es, sich auf den Reichtum der Eltern zu verlassen."

Elli nickte zustimmend.

„Und du, Elli, nimm deine Gedanken hübsch zusammen", sagte die Doktorin heiter. „Du mußt jedes Ding, das dir übertragen wird, es sei klein oder groß, mit Treue und Sorgsamkeit ausführen. Unser Heiland will, daß wir treu sind, und du willst doch nach seinen Worten handeln?"

Nachdem die Doktorin sich noch etwas mit den jungen Mädchen unterhalten hatte, schickte sie sie mit den Worten in den Garten: „Nun tummelt euch noch, bis die Pflicht ruft."

Elli und Agnes, denen die Strenge der Hausfrau am Morgen Furcht eingeflößt hatte, sahen nun mit Liebe und Verehrung zu ihr auf. Lehre und Ermahnung ist der Jugend nötig, wo es aber dabei an Liebe fehlt, verbittert es nur und bleibt erfolglos. Wird aber Liebe mit Strenge verbunden, so erweckt das Gegenliebe und Vertrauen, und nur dann ist solch ein Einfluß gesegnet.

Elli fühlte, daß der Geist des Hauses der gleiche war wie im weißen Häuschen. Sie wußte sich geborgen, eine Luft umgab sie, die ihr innerlich und äußerlich wohltat.

Die jungen Mädchen und ihre Fehler

„Der erste Schnee!“ rief Klara erfreut. Die Mädchen saßen am Fenster des Eßzimmers. Sie füllten ihre Freistunden mit Weihnachtsarbeiten aus und plauderten dabei.

„Wenn der erste Schnee fällt, geht's heute abend zu Tante Berta, da gibt's Bratäpfel“, sagte Emilie.

Sie ließen die Arbeiten ruhen und sahen den Schneeflocken zu, die lustig durch die Luft wirbelten. Zu Tante Berta gingen die jungen Mädchen gern. Es war so heimlich in ihrem Zimmer, sie selbst war so hilfsbereit und gut. Sie war eine unpraktische Natur und würde sich allein nicht durchs Leben gefunden haben. Ungleichere Schwestern wie Gerda und Berta konnte es kaum geben. Es war doch fein von Gerda, daß sie der heimatlosen Schwester nach dem Tode der Eltern ihr Haus anbot. Berta ihrerseits suchte sich dadurch dankbar zu zeigen, daß sie den jungen Mädchen Musikunterricht gab, Sprachen und Literatur mit ihnen trieb. Die Stunden, die sie nach dem Kaffee gemeinsam mit Tante Berta verbrachten, gehörten zu den schönsten des Tages. Sie erinnerten an die Schulzeit und waren doch anders. Es gab keine Schulangst bei Tante Berta. Mit stets gleicher Geduld und Langmut verbesserte sie, wenn falsch gelesen wurde, schwieg, wenn Aufgaben nicht zur Zufriedenheit ausgefallen waren. Kurz, immer und in allen Lagen blieb Tante Berta freundlich und gut. Es war, als wollte sie durch das Übermaß ihrer Güte die Strenge der Schwester ausgleichen. Und doch würden sich die jungen Mädchen unter ihrer milden und unsichern Hand nicht halb so wohl gefühlt haben, als unter Gerdas sicherer Führung.

Der Doktor neckte die Tante gern, doch das trug sie mit liebenswürdigem Gleichmut. Nichts konnte sie in Harnisch bringen, sie blieb still und friedlich. Es war gut, daß andere für sie sorgten und ihr die Mühen und Unruhen des Lebens abnahmen. Hätte das Leben sie rauher angefaßt, dann wäre sie vielleicht verkümmert und hätte die Last nicht tragen können. Wer weiß, ob sie dann glücklich geworden wäre und andere glücklich zu machen verstanden hätte?

Nach der Literaturstunde – Tante Berta hatte aus der Jungfrau von Orleans vorgetragen – lud sie die jungen Mädchen zum Abend ein. Elli und Agnes wurden zum Teemachen bestellt, und sie selbst wanderte mit der bekannten schwarzen Ledertasche in die Stadt, um Gebäck für den Abend einzukaufen. Doktors hatten für denselben Abend eine Einladung in der Stadt angenommen, zwei der jungen Mädchen durften sie normalerweise immer begleiten. Heute zogen es alle vor, zu Tante Berta zu gehen.

Im Ofen zischten und summten die Äpfel, und die diensttuenden jungen Mädchen eilten hin und her, bald die Äpfel wendend, bald auftragend, was Tante Berta spendiert hatte. Elli fühlte sich richtig wohl, sie bewegte sich mit einer Gewandtheit und Schnelligkeit, die man früher nicht an ihr gekannt hatte. Auch das Träumerische hatte sich mehr und mehr verloren. Kurz, Elli fühlte festen Grund unter sich. Die strenge Hand der Doktorin wäre schon in der Jugend nötig gewesen, aber Elli war bestrebt, mit neunzehn Jahren noch nachzuholen, was sie in früheren Jahren versäumt hatte. Es ging in den verflossenen zwei Monaten nicht immer alles glatt, sie hatte manchen Rüffel einstecken müssen; aber es hatte genutzt.

Mit der Mutter stand sie in regelmäßigem Briefwechsel. Die bemühte sich, nicht zu klagen, aber Elli las oft zwischen den Zeilen, wie schwer sie es bei der Tante hatte, und wie unerträglich ihr die Wunderlichkeiten der alten Dame das Leben meist machten.

„Ich habe zwar meine eigenen vier Wände“, schrieb sie einmal, „doch wird im Winter aus Sparsamkeitsrücksichten nicht darin geheizt, und ich sitze Tag für Tag mit der Tante und ihrem Kater in dem vollgepfropften Warenlager der Wohnstube. Gehen wir einmal aus, so kommen wir mit allerhand wertlosem Gerümpel schwer beladen zurück, das unterzubringen große Mühe kostet. Schon fängt die Tante an, diesen und jenen Gegenstand in mein Zimmer zu stellen, und es wird nicht lange dauern, so wird auch mein kleiner Zufluchtsort ein Stapelplatz ihrer Kuriositäten sein.

Elli, lerne beizeiten, Dich im Leben nützlich zu machen, es ist hart, wenn man im Alter nicht auf eigenen Füßen stehen kann.“

Solche und ähnliche Briefe der Mutter festigten in Elli den Wunsch, etwas Tüchtiges zu lernen. Sie tröstete die Mutter, daß es nach Ablauf eines Jahres besser werden sollte. Dabei erfaßte sie ein Grauen, wenn sie sich später an die Häuslichkeit der Tante gefesselt sah. Aber vielleicht würde es ihr gelingen, die Mohrdorfer Behausung ein klein wenig behaglicher zu machen. Das stachelte sie an, fleißig zu sein, zu lernen und sich selbst in Zucht zu nehmen.

Anders war es mit Agnes, die, von Haus aus verweichlicht, sich schwer an die streng geregelte Tätigkeit gewöhnen konnte. Sie hing mit leidenschaftlicher Liebe an Tante Berta. Die Doktorin sah das höchst ungern, da sie gerade hier Bertas Einfluß als unerwünscht ansah. Zum Glück kamen die jungen Mädchen nicht zuviel mit Berta zusammen.

Der heutige Abend bildete eine Ausnahme. Und weil eine Einladung bei Tante Berta etwas Besonderes war, wurde sie von den jungen Mädchen hochgeschätzt. Sie lobten das gute Teegebäck und aßen in Mengen von den leckeren lockenden Bratäpfeln, die zum Schluß aufgetragen wurden. Berta, die sonst keine Neuigkeitskrämerin war, verkündete heute den jungen Mädchen, daß sie ihnen etwas Reizvolles mitzuteilen habe. Sie sei beim Gang in die Stadt an dem „Landhaus Elise" vorübergegangen, das seit dem Tod des Besitzers verschlossen gewesen sei. Da haben alle Fenster aufgestanden, es sei geputzt und gescheuert worden darin, und zufällig habe sie gehört, daß ein reicher Herr es angekauft habe und demnächst einziehen würde.

Diese Villa, die schönste des Städtchens, war für die jungen Mädchen schon lange Gegenstand der Anteilnahme gewesen. Sie war nicht groß, aber sehr geschmackvoll gebaut und von einem Garten umgeben, der durch seine reizenden Anlagen stets das Entzücken der Vorübergehenden wachrief. Die jungen Mädchen hatten immer bedauert, die Besitzung so verödet und verlassen zu sehen. Sie hatten sich oft ausgemalt, wie schön es sein müsse, dort zu wohnen. Heute hörten sie nun endlich, daß das Landhaus verkauft worden sei, und ergingen sich in Vermutungen, wer wohl dort einziehen werde.

„Klaras und Wilhelmines Woche ist es, Besorgungen zu machen", rief Adelheid. „Wie schade, daß ich nicht zuerst in die Stadt komme, ich würde euch die besten Nachrichten bringen."

„Du wärst neugierig genug", meinte Emilie, „alles auszuspionieren."

„So etwas muß geklärt werden", sagte Adelheid beharrlich, „ich bitte die Chefin, mich morgen in die Stadt zu lassen."

Tante Berta, die befürchtete, schon zuviel gesagt zu haben, schlug vor, den Mädchen ihre Alben zu zeigen und von ihrer Jugend zu erzählen. Während die jungen Mädchen in den Büchern blätterten und sich über die vergilbten Blätter, über die altmodischen Handschriften und Verse wunderten, erzählte Tante Berta, wie sie daheim zu sechs Schwestern aufgewachsen seien, wie auch die Großmutter im Hause gelebt und das ganze Hauswesen geleitet habe. Daß sie aber nicht der Liebling der Großmutter gewesen sei, weil sie Musik und Wissenschaften höher geschätzt habe als die Arbeit im Haushalt. Aber die Doktorin sei der Großmutter Stolz gewesen, die habe sich nach dem Vorbild der Großmutter gerichtet und sei deshalb eine so vortreffliche Frau geworden. Während die jungen Mädchen begierig auf Bertas Erzählung lauschten, sah sich Elli ein kleines Album an. Und immer wieder griffen die Hände nach einem vergilbten Blatt. Ein zierliches Vergißmeinnicht war von kunstfertiger Hand darauf gemalt und mit kleinen steifen Schriftzügen, wie sie nur ihre Mutter hatte, standen die Worte geschrieben: „Gleich einem rosigen Bach, der sanft durch Rosengesträuche die Ufer rieselnd benetzt, so soll im Schoße des Glücks, o Freundin, dein Leben verstreichen, von keinem Unfall getrübt.“ Darunter „Else Wilken“, der Mädchenname ihrer Mutter, und hier stand „Bergen“, der Name des Städtchens.

„Nun, Elli, was vertiefst du dich denn so in den Stammbuchvers“, sagte Tante Berta und nahm ihr das Blatt aus der Hand. „Else Wilken war eine Jugendfreundin von uns Schwestern, besonders die meiner Schwester Lore. Sie ist in Amerika verheiratet und hat nie wieder etwas von sich hören lassen. Sie war sehr reich, diese Else, und das einzige Kind ihrer Eltern. Ihr Gatte soll ein reicher Handelsherr in New York sein. Sie wird in ihrer Umgebung wohl kaum noch an das stille Städtchen und das einfache Pfarrhaus zurückdenken.“

Elli war erregt. Sie wollte schon sagen: „Es ist meine Mutter“, aber eine gewisse Scheu hielt sie davon ab, hier darüber zu sprechen. Dann wollte sie auch den lästigen Fragen der jungen Mädchen entgehen.

Sie hing den ganzen Abend ihren Gedanken nach, und als die jungen Mädchen ihre Photoalben holten, denn bei Tante Berta konnten sie sich alle Freiheiten gestatten, zog sie still ihren Strickstrumpf vor und begann zu arbeiten. Wie klapperten die Nadeln und wie schnell und gewandt bewegten sich die Finger. Ein fertiger Strumpf lag schon neben ihr, und der zweite war bald soweit. Mit großer Gewissenhaftigkeit hatte sie in zwei Monaten das Strikken gelernt. Das war eine Errungenschaft, auf die sie stolz war. Wer die Strümpfe anziehen würde, konnte ihr eigentlich gleich sein. Warum mußte sie aber immer daran denken, und wie kam es, daß der älteste Neffe der Doktorin dann immer die Gestalt und das Aussehen jenes Unbekannten hatte, der ihr damals die Kanne überreicht hatte? –

„Elli, leg das Strickzeug weg. Bei Tante Berta wird nicht gestrickt", mit diesen Worten rückte Emilie näher und legte das Album so, daß Elli mit hineinsehen mußte. Sie wandte das Blatt und rief: „Fünf Jungen in gestreiften Anzügen! Sieh doch, Elli!"

„Die Jungen kenne ich", jubelte Elli erstaunt. „Das sind Pastor Kunzes fünf, hier der Ernst, der Karl, der Bernhard, Fritz und der kleine Philipp. Ich kenne sie vom Seebad her."

Nun mußte Elli erzählen, wie sie Tante Bertas Neffen kennengelernt hatte. Welche Entdeckung war aber für sie selbst dieser Zusammenhang zwischen den beiden Familien! Tante Berta erzählte, wie auch sie zeitweise versucht habe, im Haus ihres Bruders zu leben, doch die Jungen hätten das unmöglich gemacht. Die beständigen Aufregungen seien für ihre Nerven zuviel gewesen. Ihre urwüchsige Schwägerin passe wohl dahin, habe aber ein schweres Werk. Ihr Bruder sei sehr mit Amtsgeschäften überhäuft, so daß er wenig Zeit für seine Familie habe.

Der Abend verging unter diesen aufregenden Entdeckungen. Am andern Morgen waren die jungen Mädchen voll durch ihre streng geregelte Tätigkeit in Anspruch genommen, doch wollte die Arbeit bei Elli gar nicht von der Hand gehen. Die Gedanken waren immer woanders als dort, wo sie sein sollten. Frau Willers Scharfblick hatte schon beim Morgenkaffee gemerkt, daß Elli träumte. Ohne es zu bemerken, wurde sie heute besonders scharf beobachtet.

Jedes junge Mädchen hatte ihre gewissen Ämter, Ellis Amt war es in dieser Woche, die Lampen zu richten. Mitten in der Arbeit fiel ihr plötzlich ein, daß sie vergessen hatte, das Bett zu machen. Sie ließ alles im Stich und lief hinauf.

Schnell begann sie, das Bett zu richten. Doch, die Hände waren nicht sauber. Sie ging an den Waschtisch; es war keine Seife da. Sie mußte ein Stück aus der Kommode holen. Wo war der Schlüssel? Auch nicht am rechten Ort. Sie hatte ihn gewiß im gestrigen Kleid. Sie ging an den Kleiderschrank und suchte in der Tasche des Kleides. Ja, dies hatte sie angehabt, als sie wegen der Kanne zu Kunzes ging. Sie stand sinnend still. Kunzes waren nahe Verwandte von Doktor Willers? Merkwürdig! Wenn sie doch alle einmal zu Besuch kämen, das wäre lustig. Was würden die Jungen für erstaunte Gesichter machen, sie hier zu treffen. Jetzt hatte sie den Schlüssel. Ob die Doktorin die fünf Jungen wohl besser in Zaum und Zügel halten konnte als die Mutter? Sie ließ den Kleiderschrank in reiner Gedankenlosigkeit weit offen und ging an die Kommode. Was wollte sie doch noch? Da stand ein zierliches Muschelkästchen, das hatte sie sich selbst geklebt. Die Muscheln hatte sie an dem Nachmittage gesucht, wo sie ihre Anna so unverhofft getroffen hatte. Wie mochte es nur Anna gehen, sie hatte lange nichts von ihr gehört. Und was wohl Doktor Körner machte?

Die Doktorin, die Ellis plötzliches Fortlaufen wohl gemerkt hatte, war ihr nach kurzer Zeit gefolgt. Sie hatte schon auf der Treppe gestanden und still zugesehen, als Elli am offenen Kleiderschrank träumte. Jetzt stand sie in der Tür, Elli beobachtend. Die nahm ein Kästchen nach dem andern aus dem Schrank. Bei jedem gab's eine andere Erinnerung, das Badeleben war doch sehr schön gewesen, dazu die lustigen Jungen – – –

Ein Windstoß ließ sie auffahren. Es schneite wieder, und der Schnee kam zum Fenster herein. Sie wollte es schließen und sah in den schneebedeckten Garten. Wie mochte es wohl in Kunzes Garten aussehen? Was würden die wilden Jungen treiben? Vielleicht machten sie einen Schneemann, so lang – so lang wie der Vetter?

Wie der Vetter! Richtig, der lange Vetter gehörte auch zur Familie. Und war er Kunzes Vetter, dann war er doch auch Doktors Vetter. Und die Strümpfe, die sie strickte, waren – welch eine Entdeckung! waren am Ende für den langen Vetter!

„Mein Kind, was machst du denn hier?" sagte da eine ernste Stimme. Elli sah in jähem Schrecken in das unzufriedene Gesicht der Doktorin. Die nahm sie schweigend bei der Hand, zeigte auf das halbfertige Bett, auf den offenen Schrank, ging mit ihr zur Tür hinaus, ließ sie den weitgeöffneten Kleiderschrank sehen, ging dann mit ihr die Treppe hinunter, wo die im Stich gelassenen Lampen standen.

„Zu sagen brauche ich wohl weiter nichts, die Tatsachen reden für sich. Elli, Elli, so etwas noch nach zweimonatigem Aufenthalt in meinem Hause!" Mit diesen Worten verließ die Doktorin die verdattert dastehende Elli. Die versuchte so schnell wie möglich, die halbbegonnenen Arbeiten fertigzumachen und wollte nun die Doktorin um Verzeihung bitten. Im Eßzimmer traf sie Adelheid in Tränen. Die hatte Staub gewischt und dabei an der halboffenen Tür gehorcht, gerade als die Doktorin sich bei ihrem Mann über Ellis Gedankenlosigkeit beklagte. Der Doktor hatte sich plötzlich umgedreht und laut gerufen: „Und doch ist mir Elli mit ihrer Träumerei zehnmal lieber als Adelheid mit ihrer abscheulichen Neugierde!"

Der Doktor tadelte die jungen Mädchen selten, das überließ er seiner Frau. Um so mehr wirkten diese kurzen, kräftigen Worte bei Adelheid, die sich eingebildet hatte, zu den besonders Bevorzugten zu gehören. Die gute Doktorin war dann in die Küche gegangen, nicht ahnend, daß dort neuer Verdruß auf sie wartete. Wilhelmine hatte die Milch überlaufen, Agnes eine Schüssel mit gekochtem Obst hinfallen lassen und war eben dabei, die Scherben aus dem auf der Erde liegenden Kompott zu sammeln. Und Klara ging schon den ganzen Tag mit saurer Miene umher, denn sie glaubte sich von den andern übergangen. Einige leise Worte, die Emmy und Wilhelmine miteinander gewechselt, hatten sie in dem Verdacht gestärkt, daß man etwas gegen sie habe.

Überall hatte die Doktorin zu strafen, zu ermahnen. Heute mußten die Zügel straffer gezogen werden, und das verstand sie aus dem Effeff. Mit strenger Entschlossenheit ging sie ans Werk. Gab's auch zu Mittag heiße Gesichter und gerötete Augen, so ging doch sonst alles wie am Schnürchen. Elli, die in dieser Woche das Amt des Tischdeckens ausübte, hatte nichts vergessen. Adelheid, die sonst gesprächige, war auffallend schweigsam und blickte zuweilen nach dem Doktor hin, dessen Worte sie tief getroffen hatten. Tante Berta saß still an ihrem Platz, nichts ahnend von den Widerwärtigkeiten, mit denen man in den unteren Räumen gekämpft hatte.

„Euer gestriger Besuch bei Tante Berta scheint schlechte Folgen gehabt zu haben. Ihr habt alle sechs nicht eure Schuldigkeit getan", sagte die Chefin zu Elli, die ihr nach Tisch gefolgt war, um sie wegen ihrer Gedankenlosigkeit um Verzeihung zu bitten. Elli erzählte ihr offen und bescheiden, daß sie durch den gestrigen Besuch bei Tante Berta die Entdeckung gemacht habe, daß ihre Mutter mit der Familie der Doktorin befreundet gewesen sei. Dies und anderes habe sie so verwirrt, daß sie heute morgen immer daran habe denken müssen. Als dann Elli den Mädchennamen ihrer Mutter nannte, war die Doktorin aufs höchste betroffen.

„Elise Wilkens Tochter bist du, das einzige Kind der reichen amerikanischen Kaufmannsfrau?"

„Reich sind wir nicht mehr", sagte Elli, „sondern sehr arm, wir hängen ganz von der Güte einer alten Tante ab."

„Das ist die Tante, die dich hierher geschickt hat?" fragte die Doktorin. „Hätte ich das geahnt!" Sie schaute Elli lange an. „Ähnlichkeit hast du mit der Mutter, weniger im Gesicht als in der Statur und Sprache." Sie zog sie zu sich heran. „Wenn das meine Schwester Lore wüßte! Sie war eine Freundin deiner Mutter. Wir haben manche vergnügte Stunde zusammen verlebt."

Elli mußte nun von ihren Lebensschicksalen erzählen. Sie sprach von der Mutter in schonendster Weise. Da Frau Willers von vorneherein annahm, daß Ellis Vater längst tot sei, Elli selbst dies auch für viel wahrscheinlicher hielt als das Gegenteil, so konnte sie den Punkt, der ihr am schmerzlichsten war, unberührt lassen. Hätte Gerda früher gewußt, daß Elli eine Tochter Elises war, hätte sie sich über manches weniger gewundert. Wie konnte Elise, die zu Hause nichts angerührt hatte, die nur zur Selbstsucht und Bequemlichkeit erzogen worden war, eine Tochter richtig anleiten? Frau Willers gelobte sich aber im stillen, aus Elli ein brauchbares, tüchtiges Mädchen zu machen. Gerda war eine treue Seele. Sie hing sehr an den Jugenderinnerungen. Sie zog die alte Zeit mit ihrem einfachen Sinn, mit ihren gesunden Ansichten der heutigen vor und war eifrig bemüht, die Erziehungsweise der lebenserfahrenen Großmutter weiterzugeben. Ihr war es nun eine doppelte Pflicht, Elli in ihre besondere Obhut zu nehmen. Die fühlte von dem Tage an, daß sie, wenn auch nicht äußerlich bevorzugt, so doch von Frau Willers mit besonderer Liebe behandelt wurde.

Der Mutter hatte sie von ihrer Entdeckung geschrieben. Wenn die auch sehr erfreut darüber war und Elli bat, sich besonders nach ihrer Freundin Lore und deren Aufenthalt zu erkundigen, so war sie doch durch das dauernde Zusammensein mit der eigenwilligen, jetzt auch kränkelnden Tante so bedrückt, daß die Freude nicht richtig zur Geltung kommen konnte.

Eines Tages kam für Elli ein Brief aus Mohrdorf, aber die Handschrift war groß und ungefügt. Elli öffnete den Brief und las:

„Liebes Fräulein!

Es soll mich herzlich freuen, wenn Ihnen die paar Zeilchen bei guter Gesundheit antreffen. Bei uns ist es anders, denn Frau Tante liegen schon zwei Tage im Bett. Aber ich bin ganz froh, daß sie nicht mehr so herumgrassieren kann, es kommt mehr Ruhe in die Wirtschaft. Ich schaffe nun heimlich viel Gerümpel fort und das ausgestopfte Viehzeug, besonders die drohende Eule, die mir jeden Morgen Furcht einflößt, habe ich alle zusammen in die kleine Kammer gestellt. Und wenn die Tante böse wird, sage ich ihr, daß das unser zoologischer Garten sein soll. Sie läßt sich in Gutem manches abgewöhnen. So koche ich auch mit Zufriedenheit alle Tage gute Bissen, was besonders Frau Mutter gut gebrauchen kann. Aber sie ist vor gewöhnlich ohne Appetit, was mir auch betrübt macht. Aber es wird schon alles besser werden, wenn Fräulein Elli aus Seehausen zurück ist. Schöner wäre es, wir drei könnten alleine sein. Denn immer mit der Tante zusammen! (Das letzte ist mit einem Stoßseufzer geschrieben.) Und so grüßt Sie Lina Schulze."

Der Brief war nicht dazu angetan, Elli ein heiteres Bild von daheim zu entwerfen. Hätte sie einen Blick dahin tun können, so hätte sie gesehen, daß die Mutter allerdings ein gequältes Dasein führte. Von der Tante abhängig, mußte sie nun lernen, anderen zu dienen und mit wenig auszukommen. Als die Tante anfing zu kränkeln, wurde sie reizbar und oft ungerecht. Elise, die anfangs gern davongelaufen wäre, mußte nun erst recht aushalten. Das erwies sich als sehr heilsam. Elise achtete aufmerken auf ihre eigene Schuld, lernte in Gottes Wort nach Rat und Trost suchen. Sie mußte im Alter ihren Eigenwillen aufstecken. Wieviel schwerer war das nun, wo er so fest eingewurzelt war. Und allmählich wurde ihr die Not zum Segen.

Der Einbruch

Die Frühlingssonne sandte ihre ersten warmen Strahlen. Die Amsel ließ sich hören und hier und da streckte ein Blümlein sein Köpfchen aus der Erde, als wollte es fragen: darf ich kommen? Die Schneeglöckchen aber standen schon in Reih und Glied. Sie hatten volles Recht, dazusein, denn sie waren bestellt, den Frühling einzuläuten.

In des Doktors Garten regten sich fleißige Hände. Das Erdreich wurde umgegraben, Beete abgesteckt, in den nächsten Tagen sollten die jungen Mädchen unter Gerdas Anleitung säen und pflanzen. Heute war Sonntag, da gab's außer dem Notwendigsten keine Arbeit.

Am Morgen waren alle in der Kirche gewesen, und jetzt gingen die jungen Mädchen plaudernd durch den Garten.

„Mich soll wundern, was da noch herauskommt", lachte Emilie. „Jeder hat etwas anderes gesehen, und wenn wir alles zusammenstellen, müssen die Bewohner vom Landhaus Elise ganz wunderbare Menschen sein."

„Ich bleibe dabei, ich habe zwei reizende Kinder gesehen", rief Wilhelmine. „Sie waren adrett gekleidet und sahen niedlich aus mit ihren blonden Locken und den frischen Gesichtern."

„Demnach müßten junge Leute dort wohnen", warf Elli ein.

„Am Fenster stand eine ältliche Frau", rief Klara.

„Entschieden die Kinderwärterin."

„Oder die Großmama."

„Nichts von allem", lächelte Adelheid. „Ich fragte die Kinder, wie sie hießen und wer ihre Eltern seien. Da erzählten sie mir, ihr Papa sei Maler. Er habe die Zimmer im Landhaus neu gemalt und habe mit dem Herrn drin zu sprechen. Da Sonntag sei und ein so schöner Frühlingstag, habe er sie mitgenommen, damit sie sich den Garten ansehen sollten. Mehr habe ich nicht erfahren können."

„Unsere Köchin sagt, in der Stadt erzähle man sich, die Herrschaft lebe bis jetzt ganz zurückgezogen. Man habe im Winter nie jemand aus- oder eingehen sehen. Nur eine alte, schweigsame Dienerin besorge die nötigen Einkäufe. Nun, im Sommer wird schon alles ans Licht kommen; wer zuerst das Richtige entdeckt, bekommt eine Belohnung."

Mit diesen Worten waren die jungen Mädchen um das Haus herumgegangen, als am Gartentor heftig geklingelt wurde.

„Die Kinderwärterin! Die Großmutter, nein, die Wirtschafterin aus dem Landhaus", flüsterten die jungen Mädchen einander zu. Elli, die schnell die Gartentür geöffnet hatte und nach dem Begehr der Frau gefragt, stürzte an den andern vorbei mit den Worten: „Denkt euch dies Glück! Der Doktor wird in dem Landhaus gebraucht, nun werden wir alles erfahren."

Sie eilte ins Haus und rief: „Herr Doktor, Sie sollen ins Landhaus Elise kommen, es ist jemand krank."

Der Doktor, der eben sein Mittagsschläfchen hielt,

fuhr in die Höhe. Jetzt erst merkte Elli, daß sie wider alles Gebot gehandelt habe, und entschuldigte stotternd ihr schnelles Hereinbrechen.

„Immer in Gedanken. Gedankenlos macht rücksichtslos."

Elli ging betreten zu ihren Kameradinnen. Wie konnte sie auch so gedankenlos sein, ihn im Mittagsschlaf zu stören. Da kam er wirklich schon, er glaube gewiß, der Fall sei eilig. Jetzt erst erinnerte sich Elli daran, daß die Frau gesagt, der Herr Doktor möchte gelegentlich einmal kommen. Ja, wenn nicht ein so geheimnisvoller Zauber um das Landhaus gelegen hätte!

Während des Abendessens pflegte der Doktor gern zu erzählen, heute war er ernst und schweigsam. Tante Berta, die von den Vorkommnissen unten wenig hörte, fragte ihn, ob er krank sei.

„Der Mittagsschlaf fehlt mir", sagte er verdrießlich. Elli, die gerade hinter ihm stand, um ihm den Tee zu reichen, bat halblaut um Verzeihung.

„Keine Verletzung der Hausordnung mehr", sagte er und drohte lächelnd mit dem Finger. Eine Bitte um Verzeihung konnte ihn aber sofort besänftigen. Er wurde freundlich und gesprächig und erzählte, daß er zum erstenmal im Landhaus Elise gewesen sei. „Ein hübsches Haus", fuhr er fort, „und ein prächtiger Garten."

Die jungen Mädchen hörten mit Essen auf und sahen alle sechs mit Spannung den Doktor an.

„Was haben Sie denn, Adelheid", sagte da der Doktor. „Sie sehen aus, als sollte sich etwas Fürchterliches ereignen."

Adelheid wurde rot und zog den nach vorn gebeugten Oberkörper schnell zurück.

Der Doktor, innerlich über die Neugierde der jungen Mädchen belustigt, schwieg eine ganze Weile, bis endlich die Doktorin meinte:

„Nun, Doktor, da rede doch nur gerade heraus. Was

ist's denn mit dem geheimnisvollen Haus? Von wem ist es bewohnt, und wie heißt der Besitzer?"

„Ei, ei, meine Frau ist auch von Wißbegierde geplagt. Der Besitzer hat einen ganz wunderbaren Namen, er ist kaum auszusprechen. Er kommt selten hierzulande vor. Ich habe mir ihn aber trotzdem gut gemerkt, und glaube ihn auch richtig aussprechen zu können."

„Nun?" fragte die Doktorin gespannt.

„Der Mann heißt – Müller."

Die ganze Tischgesellschaft lachte und der Doktor am herzlichsten. Dann fuhr er fort:

„Familie hat er keine, darum war bisher nichts von der Familie zu sehen. Also, ein alter Junggeselle oder vielleicht auch Witwer namens Müller – seine Familienverhältnisse hat er mir nicht erzählt – bewohnt mit einer älteren Wirtschafterin die Villa. Der Mann scheint Vermögen zu haben, es war alles gut und gediegen eingerichtet. Der Garten verspricht unter der Leitung eines Gärtners noch schöner zu werden als früher."

„Was fehlt ihm denn?" forschte die Doktorin.

„Er hatte Schmerzen an einem Fuß, den er sich im Herbst verrenkt hatte. Doch ist das nicht so schlimm. Ich habe ihm eine Einreibung gegeben und werde in einigen Tagen einmal wieder nachsehen. Der Mann hat mir übrigens gefallen, er scheint viel von der Welt gesehen zu haben und will nun hier seinen Lebensabend beschließen."

„Warum gerade hier? Es wundert mich, daß er sich unser unbedeutendes Städtchen ausersehen hat."

„Er hat auf der Durchreise das Haus gesehen und sagte mir, die hübsche Lage und der Name des Hauses habe ihn angezogen. So, nun bitte keine Fragen mehr! Ich weiß durchaus nichts Weiteres und denke, das soeben Erzählte wird meine verehrten Zuhörerinnen vollständig befriedigen."

Ob es ganz befriedigte? Die Mädchen hätten jedenfalls lieber gesehen, wenn etwas mehr Märchenhaftes an der Sache gewesen wäre. Es war ihnen gar nicht recht, daß der Zauber gebrochen war und ein Mann wie alle Männer mit einem ganz gewöhnlichen Namen das schöne Haus mit dem prächtigen Garten bewohnte.

Eines Tages aber, im Mai, kam Adelheid eilig zu ihren Kameradinnen und verkündete unter lautem Staunen, daß sie auf ihrem Gang ins Städtchen einen Mohren gesehen habe, einen leibhaftig schwarzen Menschen. Auch ein Papagei habe sich auf einer Messingstange in der Veranda geschaukelt. Sie sollten nur kommen und es sehen, sie habe sich nicht getäuscht. Und als die Doktorin kam und sie statt bei der Arbeit beim Schwatzen fand, klopfte sie in die Hände und rief: „Was ist mir das! Zwei gehören in die Küche, zwei habe ich im Garten angestellt, zwei haben die Zimmer in Ordnung zu bringen, und jetzt finde ich alle sechs zusammen, schwatzend, als ob Feierabend wäre!"

Die jungen Mädchen waren wie weggeweht. Wenn sie auch nicht mehr zusammen schwatzten, so war gewiß keine, die nicht bei der Arbeit an Herrn Müller, an seinen Mohren oder an den Papagei auf der Messingstange dachte.

Im Garten des Landhauses blühte und duftete es, die Vögel sangen um die Wette und flogen lustig von Baum zu Baum. Alle Vorübergehenden blieben stehen und freuten sich an der Pracht. Aber niemand ahnte, daß drinnen ein einsamer Mann wohnte, der alle seine Herrlichkeiten willig dahingeben würde, wenn er nur Kunde von seiner Familie hätte. Während es bei ihm traurig zuging, herrschte bei Doktors fröhliches Leben. Wo sechs junge Mädchen hausen, da kann kein Trübsinn aufkommen. Tränen gab es freilich auch. Aber sie fallen bei jungen Mädchen nicht so ins Gewicht, hinter den Wolken bricht die Sonne immer wieder durch. Unter der festen Leitung der Hausfrau entfalteten sich nicht nur die wirtschaftlichen Fähigkeiten der jungen Mädchen, auch das innere Leben gedieh unter Gerdas gutem Einfluß. Ihr natürliches, urwüchsiges Wesen ließ bei den Pflegetöchtern eine Frische und Natürlichkeit aufkommen, die mehr anzieht als ein gemachtes Wesen. Die verschieden veranlagten Mädchen rieben sich oft aneinander. Doch lernten sie, so sich aneinander zu fügen und ihre Fehler in Liebe zu tragen. Daß sie das lernten, war gut.

Unter den blühenden Bäumen im Doktorsgarten wanderte ein junges Mädchen, das heute nicht viel von dieser Liebe zu spüren schien. Mit verdrießlichem, mißmutigem Gesicht ging sie einher. Dann blieb sie stehen. In diesem Augenblick legte sich eine Hand auf ihre Schulter.

„Klara, du hast kein Sonnenscheingesicht, du paßt besser in den Keller, wo die saure Sahne steht, als unter Gottes blauen Himmel. Was ist dir denn zugestoßen?“

Nun begannen die Klagen. Kein Mensch habe sie lieb. Die andern Mädchen flüsterten und kicherten immer zusammen, sobald sie käme, verschwänden sie. Sie fühle sich einsam und verlassen und wisse recht gut, daß man sich über sie lustig mache.

„Weißt du“, sagte da die Doktorin ernst, „daß du einen großen Fehler hast? Du bist mißtrauisch. Mißtrauen ist ein böser Wurm, der allen Frohsinn zernagt und alle Freude nimmt. Ein mißtrauischer Mensch sieht überall Lüge und Verrat und wird nie seines Lebens froh. Bitte Gott, daß er dich von diesem Schaden heile und dir die rechte Liebe ins Herz gebe. Dazu gehört das Vertrauen. Hast du Liebe, so hast du Vertrauen, und hast du beides, dann wird die Stirn glatt und die sauren Mienen verziehen sich.“ Dabei nahm sie Klaras Kopf in beide Hände und sah sie freundlich an. „So, nun geh und schaff dir Sonnenschein an, deine Kameradinnen sind nicht so schlimm, wie du denkst.“

Damit ging Frau Willers. Klara aber grollte: „Das sind sie doch, ich werde mich heute gar nicht um sie kümmern und morgen erst recht nicht.“

Ja morgen! Kein Mensch wußte es hier, daß Klara

morgen Geburtstag hatte; sie wollte ganz für sich sein, niemand brauchte ihr Glück zu wünschen, denn lieb hatte sie doch niemand.

Und doch wußten sie's. Elli hatte es herausbekommen, und die Mädchen hatten in der Stille beratschlagt, wie sie Klara eine Freude machen könnten. Daher das Flüstern, das Geheimtun. Nachdem man die Erlaubnis der Doktorin hatte, wurde beschlossen, abends, wenn alle schlafen gegangen waren, einen Kuchen zu backen. Dabei kam ihnen zustatten, daß Klara aus Gesundheitsgründen immer eine halbe Stunde vor den andern zu Bett ging.

Morgens war wegen des Geburtstags ein Gang in die Stadt notwendig geworden. Das hatte den ersten Verdruß mit Klara gegeben. Warum sie nur allein bleiben müsse und die andern fünf die Bevorzugten seien? Als die Doktorin sagte, eine müsse dableiben, fügte sie sich mit grollendem Herzen. So war sie in einer wenig festlichen Stimmung, während die andern kaum den Abend erwarten konnten. Klara ging schon um acht, Kopfweh vorschützend, zu Bett. Das paßte ja prima. Sie gingen nun in die Küche, banden sich Schürzen um und waren eifrig und geschäftig beim Zuckerreiben, Zitronenschälen und Mandelwiegen. Dann wurde der Teig gerührt und in die große Kuchenform getan. Nachdem der Ofen immer wieder geprüft worden, hatte man endlich die Form hineingeschoben. Nun saßen die fünf am Herd und plauderten in nächtlicher Stille. Doktors waren schon schlafen gegangen, auch die Dienstboten waren bereits fort. Alles war ruhig im Haus. Die fünf aber malten sich aus, wie erstaunt wohl Klara sein würde, wenn sie sie morgen mit Blumen und Gesang begrüßten.

„Jetzt bräunt sich der Kuchen", sagte die sachverständige Emilie. „Wir wollen den Teller bereitstellen, damit wir ihn aus der Form stürzen können, sobald er gut ist."

„Den Teller habe ich im Eßzimmer stehen lassen", rief Elli, „ich will ihn schnell holen."

„Aber leise", warnte Wilhelmine, „daß die Chefin nicht wach wird."

Elli stieg die untere Treppe mit einem Licht in der Hand hinauf und wollte eben die Tür zum Eßzimmer aufklinken, als sie ein höchst verdächtiges Geräusch aus dem Zimmer kommen hörte. Mit schweren, gewichtigen Männertritten ging es einher. Elli durchrieselte es eiskalt vor Schreck. Doch hatte sie die Geistesgegenwart, kurz entschlossen den Schlüssel umzudrehen und war so sicher, daß der Dieb, der jedenfalls eingebrochen war, an ihr nicht zum Mörder werden konnte. Sie flog zu Doktors Schlafstube und mit dem Schrei: „Diebe im Haus!" riß sie sie auf, um weiter zu rennen und die Schreckenskunde dem vierblättrigen Kleeblatt, das soeben in stolzer Freude den wohlgeratenen Kuchen aus dem Ofen brachte, zu verkünden. Die jungen Mädchen, erst starr vor Schrecken, griffen hastig nach Verteidigungsgeräten. Elli rannte zu den Dienstleuten, die, durch das Läuten der Doktorin aufgeweckt, sich fragend im Bett aufrichteten. „Lotte und Mine, schnell, es sind Diebe im Haus!"

Ein lautes Kreischen war die Antwort. Als Elli in die Küche zurückkam, standen die vier kampfbereit. Emilie war mit einem eisernen Feuerhaken bewaffnet, Wilhelmine mit der Kohlenschaufel, die schmächtige Agnes mit dem geschliffenen Bratenmesser, während Adelheid die dazu passende zweizinkige Gabel im Arm führte. Elli ergriff in Ermangelung einer andern Waffe den größten hölzernen Kochlöffel, und so zogen die Bäckerinnen in die oberen Räume, wo soeben der Doktor im Schlafrock und die Chefin im Morgenkleid auftauchten. Elli deutete stumm auf das Eßzimmer. Wirklich, da hörte man wieder schwere Tritte. Jetzt klapperte eine Tasse – „Mein Geschirrschrank", wimmerte Frau Doktorin, „mein bestes Porzellan. Und alles Silberzeug im Eßschrank, o das Unglück!"

„Ich werde schießen", sagte der Doktor ruhig. Mit

diesen Worten zog er einen Revolver, den er unter dem Schlafrock verborgen hatte, hervor.

„Um Gottes willen, Doktor, richte kein Unglück an", jammerte die sonst so tapfere Frau. „Lieber will ich alles verlieren."

Ein lauter Schrei des Entsetzens aus allen Kehlen, denn jetzt wurde heftig am Türdrücker geklinkt, und eine männliche Stimme ließ sich vernehmen. Was sie sagte, konnte kein Mensch hören. Jetzt kam Johann mit der Laterne über den Hof, denn der Doktor hatte nach ihm geklingelt.

„Johann, es sind Diebe im Haus, wie kommen wir ihnen am besten bei", sagte der Doktor, Johann beim Arm nehmend.

„Nun, von vorne, Herr Doktor. Im Eßzimmer ist Licht, und die Verandatür scheint aufzustehen."

„Gut, da gehen wir ums Haus herum und fassen sie von der Seite."

„Um Gottes willen, Mann, stürz dich nicht ins Unglück", rief die Doktorin entsetzt, „wir wissen ja gar nicht, wie viele es sind."

Jetzt erschienen Lotte und Mine in verzweifeltem Zustand. Zitternd und bebend kamen sie herbei, jede mit einem handfesten Rutenbesen über die Schulter. Gleichzeitig wurde Tante Berta und Klara sichtbar, einen Eimer Wasser zwischen sich tragend.

„Wo ist das Feuer?" riefen sie zitternd.

„Feuer ist nirgends. Diebe sind eingebrochen", rief Emilie. „Wir haben es nur Elli, die sofort das Eßzimmer verschloß, zu verdanken, daß wir nicht alle ermordet daliegen."

„O mein Gott, Diebe", jammerte Tante Berta und rang die Hände. „Das ist ja noch schrecklicher als Feuer."

Jetzt kam der Doktor mit Johann aus dem Garten zurück.

„Die Verandatür ist geschlossen. Wir sahen den Schatten eines baumlangen Mannes und da wir nicht wissen, ob es noch mehr sind, so müssen wir uns erst ausrüsten, bevor wir den Angriff wagen."

Ein tüchtiges Rütteln und Klopfen an der Tür ließ abermals alle aufschrecken, doch ertönten jetzt deutlich die Worte:

„Tante Gerda, Onkel Fritz, schließt doch die Tür auf und laßt den armen Wanderer endlich ein."

Emilie, die der Tür zunächst stand und die Worte deutlich hörte, während die andern wieder scheu zusammenfuhren, drehte den Schlüssel um. Die Türklinke bewegte sich wieder, und mit den Worten:

„Ist hier Empörung?" erschien ein Mann, ein Licht in der Hand haltend und die seltsame Gruppe mit höchstem Erstaunen musternd. Er war baumlang, trug einen grauen Sommerüberzieher und sah einem Spitzbuben durchaus nicht ähnlich.

„Otto, du bist's?" sagte die Doktorin in maßlosem Erstaunen.

„Wie bist du hereingekommen?"

„Nicht wie ein Dieb durchs Fenster, sondern wie andere ehrliche Leute durch die offene Verandatür."

Die Doktorin sah die jungen Mädchen strafend an.

„Wer hat das Amt des Zuschließens?"

Adelheid zeigte mit dem Bratenmesser auf Elli, die vor Schreck ganz bleich geworden war und den breiten Kochlöffel schützend vors Gesicht hielt. Ottos kluge Augen richteten sich forschend auf das junge Mädchen, während der Doktor sagte:

„Ei, ei, die Elli, schon wieder die Leute umsonst aus dem Schlaf geweckt und das ganze Haus in Aufregung gebracht! Doch jetzt möchte ich entschieden um Ruhe bitten. Ich ersuche die verehrten Insassen des Hauses, in ihren verschiedenen Gemächern zu verschwinden."

Otto erklärte jedoch lachend, er müsse erst vor der ganzen Versammlung beichten, wie er dazu komme, so bei Nacht und Nebel in das Haus seiner Verwandten einzubrechen. Er habe mit einem früheren Zug eintreffen wollen, unterwegs aber einen Freund getroffen, der schuld sei, daß er den späteren Zug habe benutzen müssen. Er habe die ehrliche Absicht gehabt, an der Hausklingel zu schellen. Da habe er die weitgeöffneten Verandatüren erblickt und natürlich diese bequemere Art, ins Haus zu kommen, vorgezogen. Eben habe er sich beim Onkel melden wollen, da sei ihm der Weg ins Haus durch das Schließen der Tür versperrt worden. Nun sei ihm erst durch das Rufen und Schreien der weiblichen Stimmen und durch die Bewegung im Hause klar geworden, um was es sich handelte, und er habe vergebens versucht, durch Rufen und Klopfen die Hausbewohner zu beruhigen.

„Durch deinen Anblick ist es bereits geschehen", sagte die Doktorin lachend. „Ich wußte nicht, daß du noch Studentenstreiche machst, obwohl du keiner mehr bist. Doch komm. Ihr Mädchen, macht, daß ihr zu Bett kommt."

Schnell war die Gesellschaft davon. Otto sagte lachend zur Tante: „Eine wunderliche Garde, Tantchen. Mit den sechsen hätte ich es aufnehmen wollen, trotz der fürchterlichen Waffen."

Die jungen Mädchen waren in die Küche geeilt und Klara, die über all das ihren Mißmut vergessen hatte, zürnte diesmal nicht, als die übrigen sie baten, hinaufzugehen, sie wollten sich nur der „Waffen" entledigen. Es war ein Glück, daß der Kuchen schon aus dem Ofen gewesen war. Sonst hätte man ihn nur noch als Brennmaterial gebrauchen können.

Agnes sagte begeistert: „Welch ein netter Mann! Für den könnte ich schwärmen."

„Das laß nicht die Doktorin hören", sagte Adelheid. „Die ist sehr gegen das Schwärmen. Schwärmerei, sagt sie, sei etwas Ungesundes und Krankhaftes, das weggeschnitten werden müsse. Sprich das Wort nicht in ihrer Gegenwart aus, mir ist's einmal schlecht ergangen."

Elli, die schon im Bett lag, fand es unbegreiflich, daß man für diesen langen Kerl, der immer wieder ihre Wege durchkreuzte, schwärmen konnte. Daß er nun als Gast hier weilte und sie beide unter einem Dach wohnten, wollte ihr fast unmöglich scheinen. Aber nun hatte sie die Gelegenheit, ihn kennenzulernen. Er war ihr wichtig, weil er ein Freund Doktor Körners war.

Am andern Morgen weckte Emilie schon zeitiger. So leise wie möglich kleideten sich die Mädchen an, holten ein Tischchen mit einem weißen Tuch, setzten den Kuchen, einen prächtigen Blumenstrauß und ihre kleinen Geschenke darauf und stellten einen Blumenspruch so hin, daß Klara die Worte gleich sehen mußte. Nun traten sie hinter einen Bettschirm, den die Doktorin ihnen zu diesem Zweck gegeben hatte, und begannen mit leiser

Stimme zu singen: „Lobe den Herren, den mächtigen König der Ehren."

Als das Lied beendet war, hörten sie nur einige Geräusche. Klara hatte sich schnell angekleidet, und als die Mädchen hinter dem Schirm hervorkamen, breitete sie die Arme nach ihnen aus und rief unter Weinen und Lachen: „Vergebt mir mein mürrisches, böses Wesen, es soll nie wieder vorkommen." Und nun dankte sie allen für die Freude, und ihr Gesicht hatte dabei einen so sonnig verklärten Ausdruck, daß man es beinahe hübsch nennen konnte.

Elli deutete auf den Spruch und Klara nickte verständnisvoll. Da stand es mit goldenen Buchstaben: „Seid niemand nichts schuldig, denn daß ihr euch untereinander liebhabt."

„Den wollen wir uns ins Herz schreiben", sagte Elli. Elli dachte an Tante Elfriede. Welche Freude würde es ihr gemacht haben, dieser kleinen Feier beizuwohnen.

Die Doktorin empfing Klara mit mütterlicher Umarmung. Sie strich ihr liebevoll das Haar und meinte, so nett habe Klara noch nie ausgesehen. Die meinte, daß man so schnell nicht wieder ein mürrisches Gesicht bei ihr sehen sollte.

„Vergiß nicht, täglich Gott um Hilfe zu bitten, mein liebes Kind. Aus uns selber können wir nichts."

Elli hatte das auch erfahren. Und gerade in dem täglichen Kampf mit dem alten Menschen erfuhr sie's immer wieder, daß man aus eigener Kraft nichts vermag. Vergaß sie einmal, Gott um Hilfe zu bitten, dann kamen die alten Schwachheiten und Fehler wieder und überrumpelten sie. Gestern hatte sie das Köpfchen voller Geburtstagsgedanken wegen Klara, daß sie darüber ihre Pflicht, die Verandatür zu schließen, versäumt hatte. Was hatte diese Vergeßlichkeit nicht wieder alles zur Folge gehabt!

Der Doktor war heute morgen sehr gut gelaunt. Der nächtliche Vorfall war zu belustigend gewesen, und als er die Gestalten alle der Reihe nach durchnahm, von der verehrten Gattin im Morgenrock, bis zu Lotte und Mine mit den jammervollen Gesichtern und den Besen im Arm, lachten alle herzlich, und die Heiterkeit war allgemein.

Nun hörte man laute Schritte im Hausflur. „Unser Räuber scheint zu kommen", sagte der Doktor lachend. Fröhlich trat Otto ins Zimmer, er grüßte nach allen Seiten hin und nahm neben der Tante Platz. Der Doktor neckte ihn weidlich, während die Doktorin mütterlich besorgt um ihn war.

Nachdem er die Neckereien des Onkels eine Weile gutmütig aufgenommen hatte, ließ er seine klugen Augen prüfend über die Versammlung gleiten und sagte dann plötzlich:

„Wem habe ich denn eigentlich meine Beförderung zum Räuber und Mörder zu verdanken?"

Niemand antwortete, aber unwillkürlich richteten sich alle Blicke auf Elli, die etwas verwirrt dasaß.

Während der junge Mann dem Fräulein eine stumme Verbeugung machte, ergriff der Doktor das Wort und sagte, Elli habe sich ganz geschickt benommen. Daß sie sofort das Eßzimmer verschlossen habe, zeuge von Geistesgegenwart. Er wolle einmal den Menschen sehen, der keinen Lärm mache, wenn er in mitternächtlicher Stunde unberufene Männertritte vernehme. Es gebe genug gottlose Menschen –"

„– unter denen ich der vornehmste bin", ergänzte Otto, Elli scharf prüfend.

Elli errötete, denn jäh schoß ihr in den Sinn, was sie längst vergessen hatte. Sie hatte diesen Mann nicht nur einen gottlosen Menschen genannt, sondern das auch der Freundin schriftlich gegeben, und dieses Zeugnis konnte möglicherweise in die Hände dessen gelangt sein, der es am wenigsten sehen sollte. Gerda hatte Ottos Hand ergriffen: „Otto, du bist recht kräftig geworden, seit ich dich zuletzt gesehen habe. Überhaupt", sie betrachtete ihn musternd, „hast du dich sehr zu deinem Vorteil verändert.“

„Meinst du“, sagte Otto belustigt. „Eigentlich gelte ich immer für häßlich.“ Er warf Elli abermals einen Seitenblick zu und sah, wie sie aufs neue errötete.

Die Tante widersprach. Es half aber nichts. Otto sagte, dagegen ließe sich nichts machen, das habe er schwarz auf weiß. Er lenkte dann geschickt das Gespräch auf etwas anderes, schaute aber wieder unbemerkt Elli an, ihre Verlegenheit sagte ihm deutlich, daß sie es war und keine andere, die das Büchlein verloren hatte. Ihr dagegen wurde es unheimlich bei dem Gedanken, daß er es womöglich gefunden hatte. Aber fragen konnte sie unmöglich danach. Sie mußte in der peinlichen Ungewißheit bleiben.

Aus Ottos Reden ergab sich, daß er mehrere Wochen bleiben wollte. Er schien eine Prüfung gemacht zu haben. Elli glaubte, er sei angehender Arzt, während Agnes behauptete, er müsse Theologe sein. Das stritt Elli als unwahrscheinlich ab.

Als die jungen Mädchen allein waren, sprachen Agnes und Adelheid ihr Entzücken darüber aus, daß der Neffe längere Zeit bleiben würde. Emmy und Wilhelmine äußerten ihre Gefühle weniger. Daß es ihnen nicht unangenehm war, sah man an ihren befriedigt dreinschauenden Gesichtern. Klara war heute ganz mit ihren Geburtstagsbriefen beschäftigt, nur Elli überkam ein banges Gefühl. Hätte sie aber jemand gefragt, ob der Lange reisen oder bleiben solle, sie würde sich wider ihren Willen für das letztere entschieden haben.

Was kümmerten ihn aber schon die sechs Zöglinge oder Lehrlinge seiner Tante! Er wollte ausruhen hier, und dann die Freundschaft mit einem älteren Herrn, der sich hier niedergelassen hatte, pflegen.

Bei Tische erwähnte er das und erzählte, daß er den Besitzer des Landhauses Elise am Nachmittag aufsuchen und täglich einige Stunden bei ihm zubringen werde.

„Du kennst den Besitzer der Villa?“ fragte der Doktor erstaunt, und die jungen Mädchen, denen er die merkwürdigste Persönlichkeit auf der Welt war, obwohl sie ihn nie gesehen hatten, sahen Otto mit unverhohlenem Interesse an. Es regte sich ein Gefühl von Neid gegen diesen Bevorzugten, der von Herrn Müller sprach als von einem alten Bekannten. Wie wünschten sie, an seiner Stelle sein zu können und im Landhaus freien Zutritt zu haben! Aber einen Vorteil hatten sie doch dabei. Sie würden von dem geheimnisvollen Hause mehr hören. Daß Ottos Besuch dadurch noch anziehender wurde, läßt sich denken. –

Otto hatte sich bei den Verwandten häuslich niedergelassen, ohne daß er viel mit den jungen Mädchen in Berührung kam. Sie sahen ihn nur bei den Mahlzeiten, da er viel arbeitete, den Doktor auf seinen Fahrten begleitete und oft im Hause Elisens war.

Eines Morgens – Elli war im Eßzimmer mit Abwischen beschäftigt, die andern Mädchen hatten teils oben, teils in der Küche zu tun, der Doktor war ausgefahren und die Doktorin weilte im Garten – wurde die Tür eilig geöffnet. Otto erschien mit einer Pfeife im Mund, um sich auf die Veranda zu setzen. Er sagte: „Verzeihung“, als er Elli erblickte, und trat auf die Veranda. Statt sich dort zu setzen, legte er die Pfeife behutsam auf die Seite, legte das Buch auf den Tisch und näherte sich Elli mit lustigem Gesicht:

„Mein verehrtes Fräulein, wir sind uns eigentlich ganz fremd, haben noch nie miteinander gesprochen und doch haben wir uns schon in seltsamen Lagen zusammengefunden. Sie haben mich bei meinem Eintritt in dies Haus als Dieb verschrieen, und ich hätte die größte Lust, Ihnen dies Wort zurückzugeben, denn Sie haben einen Raub an einem Familienerbstück begangen, den Tante Gerda Ihnen nie verzeihen wird.“

„Sie händigten es mir aber doch freiwillig aus!“

„Höchst unfreiwillig. Hätte ich eine Minute länger Zeit gehabt, würde ich Verwahrung eingelegt haben. Überhaupt kam mir der Befehl des Onkels so unerwartet. Daß Sie sie sich angeeignet haben, erfuhr ich erst später.“

„Meine Tante hat eine unglückliche Neigung für solche Sachen. Es war für mich höchst peinlich, damals die Bitte auszusprechen.“

„Es knüpften sich sehr viele Jugenderinnerungen daran, besonders für meine Mutter“, sagte der junge Mann. „Onkel Karl scheint weniger an solchen Dingen zu hängen, aber ich meine, die Kanne hätte der Familie erhalten bleiben müssen. Ich würde ein altes Familienerbstück hoch in Ehren gehalten haben.“

„Nach dem Tod meiner Tante“, sagte Elli verlegen, „geht die Kanne wahrscheinlich auf mich über. Ich verpflichte mich, sie der Familie wieder zuzustellen. Und“, fügte sie mutig hinzu, „da ich aus Ihrer Hand die Kanne empfangen habe, so werde ich, sobald ich darüber frei verfügen kann, sie Ihnen persönlich wieder einhändigen.“

„Was für Familien- und Erbschaftsangelegenheiten werden hier verhandelt?“ sagte die Doktorin, die eben die Veranda betrat und ein höchst erstauntes Gesicht machte, ihren Neffen mit einem der jungen Mädchen in Unterhaltung zu finden.

Otto erzählte lachend die Kannengeschichte, und Gerda, die schon davon gehört hatte und außer sich darüber gewesen war, wollte es kaum glauben, daß Elli damit zu tun gehabt hatte. Als Elli mit einem Auftrag der Doktorin hinausging, erkundigte sich Otto nach dem Namen des jungen Mädchens und nach ihrer Familie. Elli beschäftigte ihn mehr, als er es sich zugestehen wollte. Die Tante, die das merkte, sagte ernst: „Die ist nichts für dich. Da sind unglückliche Familienverhältnisse.“

„Tantchen“, sagte Otto lachend, „brauchst dich nicht zu beunruhigen. Ich denke vorderhand noch nicht daran, mir die Töchter des Landes anzusehen. Ich muß", und sein Gesicht nahm einen ernsten Ausdruck an, „tüchtig arbeiten, um mich auf mein künftiges Amt vorzubereiten." Damit nahm er sein Buch und sagte: „Also Tante, ich halte es einstweilen mit den Büchern und lasse deine Garde unangefochten."

„Das möchte ich mir auch ausgebeten haben. Es gibt ohnedies genug bei ihnen aufzupassen."

Er verschwand mit Buch und Pfeife und setzte sich in die dicht bewachsene Laube. Gerda ging in die Küche, um die jungen Köchinnen, die bedenklich viel schwatzten, durch ihr Erscheinen zur Räson zu bringen.

Elli und der Fremde

Auf der Veranda des Landhauses saßen zwei Herren in eifrigem Gespräch. Die Freundschaft, die im Herbst leicht geknüpft worden war, wurde nun fortgesetzt und vertieft. Herr Müller erzählte dem jungen Freund, wie er in seiner Jugend mit Glücksgütern gesegnet gewesen, aber dann in Armut und Not gekommen war. Wie er da gelernt hatte, ums tägliche Brot zu arbeiten, und wie er durch angestrengte Tätigkeit und durch Segen von oben abermals zu Wohlstand gekommen war und jetzt den Reichtum als von Gott verliehen ansehe und treu damit hauszuhalten suche.

Otto reichte ihm dankbar die Hand. Er wußte, woher die Zuschüsse in seine magere Studentenkasse den Winter über gekommen waren. Doch der Fremde wollte von keinem Dank wissen. Er brach ab und erzählte von seinem langjährigen Aufenthalt in Südamerika, nachdem er New York verlassen. Otto mußte dann von seinem Freund berichten, von dem Herr Müller nicht genug hören konnte. In nächster Zeit sollte Heinrich von seiner Reise zurückkehren. Otto hatte ihm im Auftrag des Vaters schreiben müssen, lang und ausführlich. Doch es war bisher keine Antwort gekommen. So wußte man nicht, welchen Eindruck die wichtige Nachricht, daß sein Vater noch lebt, auf Körner gemacht hatte.

„Mein Leben wird sich, wenn mein Sohn zurückgekehrt sein wird, freundlicher gestalten", sagte Müller ernst. „Ich hoffe, er wird sich in meiner Nähe niederlassen."

„Wohl kaum", entgegnete Otto. „Hier im Städtchen hat man in der Person meines Onkels einen tüchtigen, altbewährten Arzt, für einen zweiten reicht der Patientenkreis nicht."

Müller sah den jungen Mann fragend an.

„Er wird es Ihnen wohl selbst sagen wollen", fuhr er fort, „mit wem er sich so gut wie verlobt hat."

„Ich werde also einsam bleiben."

„Sie werden zwei Kinder haben statt eines, einen Sohn und eine Tochter."

„Sie haben recht, einen Sohn und eine Tochter", setzte er gedankenvoll hinzu. Er schwieg eine Weile. Dann sagte er in bittendem Ton: „Junger Freund, spielen Sie mir eines Ihrer Lieder."

Otto holte seine Zither, die er stets mitbringen mußte, und griff in die Saiten.

Herr Müller schritt, die Hände auf dem Rücken, langsam durch den Garten. Er war, ohne daß er es merkte, bis ans eiserne Tor gekommen, das den Garten von der Straße trennte. Da stand ein junges Mädchen, ganz in Träumen versunken, ein Paket im Arm.

Ihre rehbraunen Augen sahen schüchtern und neugierig zugleich in das Eldorado. Als der alte Herr aus dem Gebüsch heraustrat und plötzlich vor ihr stand, ließ sie vor Schreck das Paket fallen.

Es fiel klirrend zu Boden, und der alte Herr sah, wie das junge Mädchen sich erschrocken bückte und die Scherben zusammensuchte. Dabei sah sie so unglücklich aus, daß Herr Müller die Gartentür öffnete und zu ihr trat. Er sagte freundlich: „Ich habe Sie doch nicht erschreckt und bin schuld, daß Sie das Paket fallen ließen?"

„Ja", sagte Elli, und sah ihn offen an. „Ich wollte längst gern den Besitzer des Landhauses sehen, und als es nun geschah, erschrak ich."

Der Klang der Stimme sowie Ellis ganze Erscheinung schien auf Herrn Müller einen besonderen Eindruck zu machen. Er bat sie, näherzukommen und sich seinen schönen Garten anzusehen.

Sie lehnte es ängstlich ab.

Herr Müller meinte, die Mutter würde nicht böse sein, wenn sie etwas später komme, worauf Elli erwiderte, sie sei in Pension und die Pensionsmutter sei streng. Und da Herr Müller so etwas Gütiges hatte, so vertraute sie ihm auch an, daß sie schnell eine Vase, die sie zerbrochen hatte, ersetzen wollte, bevor man es merkt. Nach langem Suchen habe sie in der Stadt eine solche gefunden, es sei die einzige passende gewesen und nun sei sie durch ihre Unvorsichtigkeit auch dahin.

„Kommen Sie mit mir, liebes Kind, ich habe eine Menge solcher Sachen und schöner als die da. Wenn's auch nicht genau stimmt, so denke ich, kann der Herr mit dem Tausch zufrieden sein."

Elli folgte ihm ängstlich durch den Garten, ohne sich weiter umzusehen. Als sie die Veranda betraten, erhob sich Otto in seiner ganzen Länge und grüßte höflich. Die Zither war verklungen, er hatte schon einige Zeit beobachtet, wie Herr Müller mit dem jungen Mädchen sprach. Eine dunkle Röte ergoß Ellis Gesicht, sie grüßte zurück, durchschritt die Veranda und betrat den Gartensaal.

„Hier", sagte Herr Müller gutmütig, „haben Sie die Auswahl, nehmen Sie, was Ihnen gefällt." Schöne Vasen gab es allerdings, doch keine war an Gestalt und Malerei der zerbrochenen ähnlich. Während Elli die Vasen anschaute, musterte Herr Müller das junge Mädchen.

Draußen auf der Veranda stand jemand und schaute neugierig auf die Gruppe. Er sagte halblaut zu sich: „Das junge Mädchen holt schon wieder den Leuten Sachen aus dem Haus.“ Er schüttelte lächelnd den Kopf und sah dem weiteren Treiben zu. Jetzt schien sie etwas Passendes gefunden zu haben, denn sie strahlte ganz verklärt, als Herr Müller ihr eine reizende Vase übergab. Sie sah ihn an, er lächelte und wehrte mit der Hand. Und nun nahm sie seine große Hand in ihre kleinen, weichen und drückte sie herzlich. Dann holte der alte Herr ein feines Seidenpapier und wickelte die Vase hinein. Nachdem Elli nochmals gedankt hatte, schlüpfte sie schnell durch die Veranda. Die beiden Herren sahen sie fragend an.

„Können Sie mir sagen, wer das junge Mädchen ist?“ fragte Herr Müller.

„Gewiß“, war Ottos Antwort. „Aber dafür müssen Sie mir erzählen, wie sie dazu kommt, Ihnen eine Ihrer kostbaren Vasen fortzutragen.“ Herr Müller erzählte in Kürze von dem kleinen Erlebnis. Otto sagte lachend: „Da werde ich also Gelegenheit haben, die Vase täglich auf dem Schreibtisch meines Onkels bewundern zu können, denn das junge Mädchen ist bei Doktor Willers in Pension, um dort den Haushalt zu lernen.“

„Wissen Sie, wie sie heißt und woher sie ist?“

„Ich weiß nur, daß sie Elli Braun genannt wird. Das Woher und Wohin ist mir unbekannt. Meine Tante sprach einmal von unglücklichen Familienverhältnissen und falscher Erziehung.“

Herr Müller ging in starker Erregung in der Veranda auf und ab. Otto, dem der Gedanke zu fern lag, daß irgendein Zusammenhang zwischen dem jungen Mädchen und seinem Freund sein könnte, achtete nicht darauf. In Erinnerung an das Mädchen setzte er sich an die Zither und spielte: „Sah ein Knab’ ein Röslein stehn, Röslein auf der Heiden.“

Elli war außer Hörweite, und das war gut so, sie wäre vielleicht wieder rot geworden, wenn sie das Lied gehört hätte. Sie eilte so schnell sie konnte nach Hause, denn sie hatte nicht mehr viel Zeit zu verlieren. Beim Abwischen war ihr das Unglück zugestoßen. Und die Doktorin war ärgerlich gewesen und hatte gesagt, daß ihren Mann das sehr verstimmen würde. Darum war Elli in die Stadt geeilt, um den Schaden zu ersetzen. Es war heiß gewesen und das Erlebnis hatte sie erregt. Ohne sich zu besinnen, klopfte sie an der Tür des Hausherrn.

Der Doktor sah verwundert auf. Es wurde Elli schwer, die Wahrheit zu sagen. Aber sie bekannte ohne Umschweife, daß sie die Vase zerbrochen habe und Ersatz bringe.

„Wieder geträumt?“ sagte er, Elli von der Seite anblickend.

Sie nickte stumm.

„An was denken Sie nur immer, liebes Kind? Wissen Sie noch, was ich Ihnen sagte, als Sie zu uns kamen? Viel stricken und nicht träumen.“

„Ich stricke jetzt sehr gern“, sagte Elli verlegen.

„Ja, das haben Sie gelernt, aber das andere, na, da haperts sehr. Sagen Sie mir einmal offen, an was haben Sie gedacht, als Sie meine Vase umwarfen?“

Elli wurde dunkelrot und sagte leise: „An meinen Strickstrumpf.“

Der Doktor mußte lachen. „Sie denken wahrscheinlich, daß ich Ihnen unter diesen Umständen nicht böse sein darf. Nun, was haben Sie denn im Städtchen für ein wunderbares Stück aufgetrieben, das meinen Schreibtisch fortan zieren soll?“ Mit diesen Worten nahm er ihr das Paket aus der Hand und wickelte es auf. Ein Ruf der Überraschung folgte. „Die haben Sie im Städtchen bestimmt nicht bekommen. Die Vase ist kostbar, viel kostbarer als die alte.“

Nun mußte Elli wohl oder übel beichten. Sie erzählte

alles wahrheitsgemäß, doch schien der Doktor nicht gerade angenehm berührt davon, auf diese Art gezwungen zu sein, eine Vase von Herrn Müller anzunehmen. Ellis offenes Bekenntnis jedoch versöhnte ihn. Er sagte ernst: „Es ist schön, mein Kind, daß Sie stets der Wahrheit die Ehre geben, auch wenn es Ihnen schwer wird. Die zerbrochene Vase schmerzt mich, aber noch schmerzlicher wäre es mir, wenn sie deswegen Ausflüchte gemacht oder mich betrogen hätten."

Als die jungen Mädchen nach Tisch ihre Freistunde hatten, erzählte Elli ihnen von ihrem Erlebnis. Jetzt ging ein Fragen los, und Elli sollte von den Wunderdingen erzählen, die sie gesehen hatte. Da zeigte sich's, daß sie gar nichts gesehen hatte, ja, daß sie nicht einmal imstande war, ihnen die Person des alten Herrn zu beschreiben. Die zerbrochene Vase, die Angst und Unruhe, der Schreck, von Herrn Müller angeredet zu werden, dann Otto auf der Veranda, das alles hatte sie so durcheinander gebracht, daß der Besuch nicht so verlaufen war, wie sie es sich im Geist ausgemalt hatte. Und doch hatte sie viel erlebt. Die Güte und Freundlichkeit des Besitzers hatten einen tiefen Eindruck hinterlassen, und sie freute sich, daß sie ihn wohl bald einmal wiedersehen würde.

Abends gingen wunderliche Gedanken durch Ellis Köpfchen. Am meisten waren sie in der Villa Elise. Sie hörte noch die Klänge der Zither, die hier wie damals im Pfarrhaus so meisterhaft gespielt wurde. Und jetzt hatte sie den Spieler gesehen, nun wußte sie, daß es der Mann war, bei dem sie eine so schöne Gabe am wenigsten gesucht hätte. Wie aber war dieser Herr Rost mit dem Besitzer des Landhauses bekannt geworden. Wie gut, daß der einsame Mann einen Freund hatte.

Doch der war bereits einen Monat im Haus seiner Verwandten und hatte schon öfters von seiner baldigen Abreise gesprochen. Nun war ihm eine vorteilhafte Hauslehrerstelle in einer Familie angeboten worden, die den Winter in Italien verleben wollte. Wie sehr hatte Otto sich immer gewünscht, etwas von der Welt zu sehen! Nun konnte er für Monate nach Italien. Wie wollte er diese Zeit nutzen!

Er saß in seinem Zimmer und las den Brief, der ihm die Anstellung gebracht hatte, noch einmal durch. Als er ihn einsteckte, zog er ein kleines, rotes Notizbuch hervor, das er seit einigen Tagen bei sich trug.

„Ob ich es ihr wiedergebe?" sagte er lächelnd. „Ihr Eigentum ist es – aber es wird sie vielleicht zu sehr erschrecken." Er las wieder die Worte, die er schon unzählige Male gelesen: „Welch ein häßlicher Mensch!!!"

„Die drei Ausrufungszeichen sind eigentlich nur Zeichen, aber sie bekräftigen das Gesagte dreifach und drükken das Entsetzen der Schreiberin aus.

Hoffentlich haben sich ihre Ansichten über mich geändert", sagte er nachdenklich. „Wenn ich nicht der Tante versprochen hätte, mich gar nicht um die jungen Mädchen zu kümmern, würde ich die erste Gelegenheit benutzen, dies zu erfahren." Er drehte das kleine Buch in seinen Händen um und blätterte darin. Auf einer Seite stand: „Wie langweilig ist der heutige Tag, die Mutter ist verstimmt, von Anna habe ich nichts gesehen."

Und auf einer andern Seite: „Die Mutter ist so mürrisch und verdrießlich. Wie gut, daß ich Anna habe, sie ist mir alles." „Die Mutter muß eine unangenehme Frau sein", sagte Otto halblaut. Er zog unwillkürlich Vergleiche zwischen ihr und der seinen und dankte Gott, der ihn in seiner Mutter so reich gesegnet hatte. Wie würde sie sich freuen, wenn sie von seinen Aussichten hörte!

Zwei Tage später ging Otto nach Tisch nicht wie sonst auf sein Zimmer. Er wollte den schönen Sommertag genießen. Er setzte sich auf seinen Lieblingsplatz, der, durch einen Nußbaum verborgen, ihn den Blicken aller Welt entzog. Er konnte sehen, was im Garten vorging, wurde aber selbst nicht gesehen. Tiefe Stille umgab ihn, ein leiser Wind bewegte die Blätter. Da schlugen Stimmen an sein Ohr. Zwei Mädchen kamen eiligen Schrittes den Weg herauf. Die eine – Otto erkannte Agnes – schien sehr aufgeregt zu sein und redete eifrig auf Elli ein.

„Ich kann mir nicht helfen", sagte sie, „ich mag ihn gern. Er ist mein Ideal, und wenn er dir noch so wenig angenehm ist, für mich ist er schön." Potztausend, wen meinte die Kleine, dachte Otto, und verhielt sich ruhig.

Sie gingen jetzt in die nahegelegene Laube, und Agnes zog Elli neben sich auf die Bank.

„Siehst du, Elli, dir kann ich es doch sagen, wie einnehmend ich ihn finde."

„Agnes, laß doch das dumme Anhimmeln", sagte Elli ärgerlich. „Wie kann man sich nur so um einen Mann gebärden, der nichts weniger als schön ist. Die Leibeslänge ist doch eher ungemütlich. Und das Gesicht – nun ja, er hat kluge Augen, aber –"

Otto machte ein höchst belustigtes Gesicht und knisterte mit den Zweigen, um die Mädchen aufmerksam zu machen.

„Was war das?" sagte Elli.

„Ein Vogel", erwiderte Agnes und fuhr unbeirrt fort. „Ich möchte ihn einmal öffentlich reden hören. Alles, was er sagt, gefällt mir. Wie schön müßte es sein, immer mit ihm leben zu können –"

„Agnes, hör doch auf, sonst sag ich's der Doktorin. Weißt du eigentlich genau, was Herr Rost ist? Er sprach heute mittag von einer Hauslehrerstelle, die er in nächster Zeit annehmen wolle."

„Er ist Kandidat der Theologie und wird einmal Pastor."

„Also doch!" sagte Elli betroffen. „Ich vermutete es fast nach den Äußerungen, die er heute machte."

„Er wird gewiß mal ein bedeutender Mann."

„Das kann wohl sein, er ist ja sehr klug – aber ich wollte, er hielte seine Reden woanders und nicht auf der

Kanzel", sagte Elli offen. „Ich habe Grund anzunehmen, daß er sehr irrige Ansichten hat."

Agnes sah sie mit großen Augen an. „Und warum?"

„Ich habe meine Gründe, die ich dir später erklären will. Ich glaube kaum, daß er sich den geistlichen Beruf freiwillig gewählt hat, er hätte sich denn ganz gewaltig geändert."

„Hast du ihn früher gekannt?"

„Gekannt gerade nicht. Ich habe ihn einmal im Eisenbahnwagen mit einem Freund reden hören. Ich erzähle es dir ein andermal. Dort kommen die andern."

„Wie schade."

„Jetzt hör auf damit und sei vernünftig."

Emilie rief zur französischen Stunde, und das Gespräch hatte ein Ende erreicht.

Am Abend fiel es allen auf, daß Otto sehr schweigsam war. Selbst die Späße des Doktors ließen ihn unberührt. Nachdem sich die jungen Mädchen zurückgezogen hatten, sagte Otto zur Tante: „Tantchen, das Ende des Urlaubs ist da. Es wird Zeit, daß ich abreise, man fängt an, für mich zu schwärmen, und ich habe versprochen, deine Garde unangefochten zu lassen."

„Meinst du Agnes?" sagte die kluge Frau, die mit ihrem Scharfblick das junge Mädchen längst durchschaut hatte.

Er nickte lächelnd und streckte ihr die Hand hin. „Es ist jedoch nicht gefährlich, wenigstens was mich betrifft."

„Nur nicht mit den jungen Mädchen spielen, Otto. Viele junge Männer, die derartiges bemerken, fühlen sich geschmeichelt und sagen Worte, die sie nicht so meinen, die aber in den törichten Mädchenherzen falsche Hoffnungen erwecken. Hat Agnes dich etwas merken lassen?"

„Ich habe etwas gemerkt", sagte Otto ausweichend und verließ, nachdem er Gute Nacht gesagt hatte, schnell das Zimmer.

Am andern Morgen ging er schon früh zum Landhaus.

Die Trennung von seinem alten Freund wurde ihm sehr schwer. Der bat so dringend, abends doch noch einmal hereinzuschauen, daß er die Bitte nicht abschlagen konnte.

Bei Tisch baten die jungen Mädchen darum, mittags einige Besorgungen im Städtchen zu machen. Das wurde gern erlaubt, nur eine sollte das Haus hüten. Das Los traf Elli, die um so mehr damit einverstanden war, als sie den letzten ihrer Strümpfe noch fertig zu machen und die Doktorin ihr gesagt hatte, daß heute abend das halbe Dutzend abgeliefert werden müsse. Elli war über den Empfänger nicht im Zweifel.

Sie ging in den Garten und setzte sich in die schattige Laube. Doktors gingen fort. Otto, der das genau beobachtet hatte, ging nach unten. Er hatte bis jetzt immer mehr in lustigem Ton mit Elli gesprochen, nun sollte sie ihn von einer andern Seite kennenlernen, das war er sich selbst schuldig.

„Verehrtes Fräulein, verzeihen Sie, wenn ich störe." Elli sprang erschrocken auf. Dabei war ihr der Musterstrumpf entfallen, Otto bückte sich danach und hob ihn auf. Nachdem er ihn von allen Seiten betrachtet hatte, verzog sich seine ernste Miene zu einem Lächeln, und er überreichte ihn Elli mit den Worten: „Sie stricken ja gewaltig große Strümpfe."

„Im Auftrag", antwortete sie schnell und legte die Arbeit fort.

„Ich will, wie gesagt, nicht stören", fuhr er fort. „Ich möchte nur, bevor ich abreise, Ihnen etwas zurückerstatten, was längere Zeit in meinem unfreiwilligen Besitz gewesen ist." Mit diesen Worten zog er das bewußte Büchlein aus der Tasche und fügte hinzu: „Sie bekennen sich doch als seine Eigentümerin?"

Elli war dunkelrot geworden. Sie nahm das Buch schnell aus seiner Hand und stotterte verlegen, daß sie es allerdings vor mehreren Jahren verloren habe.

„Ich bin nicht so rücksichtsvoll gewesen, es ungeöffnet zu lassen. Habe ich recht, die wenig schmeichelhafte Bemerkung darin auf mich zu beziehen?" Elli zupfte Blätter von der Laube und zerpflückte sie.

„Die erste Äußerung", fuhr Otto fort und sein Ton nahm wieder etwas Lustiges an, „hat mich weniger gerührt. Es kann nicht lauter Schönheiten geben, an meinem Aussehen kann ich nichts ändern. Auch sonst hatten Sie damals wohl das Richtige getroffen." Hier nahm er wieder den ernsten Ton an.

„Ich halte es aber für meine Pflicht, Ihnen zu sagen, daß ich meinen Beruf nicht gezwungen, sondern aus freier Wahl ergriffen habe. Ich bin in ihm nicht nur glücklich, sondern auch von seinem Ernst erfüllt. Gott helfe mir, daß ich einmal mein Amt treu verwalte und dadurch in etwas wiedergutmache, was ich in früheren Jahren durch törichtes Reden verschuldet habe.

Ich muß Ihnen noch sagen, daß ich gestern an jenem Baum saß, als Sie mit Ihrer Freundin in der Laube sprachen, und, ohne es zu wollen, jedes Wort Ihres Gespräches hörte. Ihr Buch würde ich Ihnen längst zurückgegeben haben, wenn ich früher Gelegenheit dazu gehabt hätte. Leben Sie wohl." Mit stummer Verbeugung verließ er die Laube.

Elli fühlte sich vernichtet. Sie drehte das kleine rote Buch krampfhaft in den Händen, öffnete es hastig und las immer wieder die mit Bleistift geschriebenen großen Worte. Diese Worte hatte er drei Jahre lang immer wieder lesen können – unbeschreiblich peinlich für sie. Und wer war dieser Mann, dem diese Worte gegolten hatten? Wie ruhig und ernst hatte er gesprochen. Agnes hatte recht. Er war ein Mann, zu dem man aufsehen mußte. Agnes, die glückliche. Er hatte gehört, wie sie über ihn dachte. Daß ihm an ihrer guten Meinung lag, konnte man merken. Sie würde Agnes das damalige Zusammentreffen in der Eisenbahn nun um keinen Preis mehr erzählen, im Gegenteil. –

„Elli, Elli, wo bist du“, rief die Doktorin, „das Kaffeewasser kocht, und du bist nicht da!“

Gegen Abend konnte Elli den letzten ihrer Strümpfe abliefern. Die Hausfrau sagte lächelnd: „Das erste halbe Dutzend, hoffentlich folgen noch viele.“

Als Elli eine halbe Stunde später zum Tischdecken ins Zimmer trat, kam sie gerade dazu, wie die Tante ihrem Neffen ein Paket Strümpfe mit den Worten überreichte: „Hier, Otto, das habe ich für dich stricken lassen.“

Er warf einen Seitenblick auf Elli und sagte: „Das ist ja riesig liebenswürdig“, und verließ das Zimmer.

Hatte er mit dem „riesig liebenswürdig“ die Tante gemeint oder sie? Gewiß die Tante. Elli war fest überzeugt, daß er sie für sehr liebenswürdig halten mußte. Und doch – wie bittersauer hatte sie sich's mit den Strümpfen werden lassen, und nun kamen sie in die Hände von jemand, der das nicht zu schätzen wußte. Nun, es konnte ihr ja gleich sein.

Nach dem Abendbrot empfahl sich Otto den jungen Mädchen, indem er vor der Gesamtzahl eine Verbeugung machte und herzlich für freundliche Bewirtung dankte. Dann ging er zu dem Freund, doch mahnte die Tante, den Abschied nicht in die Länge zu ziehen.

Doktor Willers saß mit seiner Gattin auf der Veranda, während die jungen Mädchen sich im Garten zerstreuten. Agnes, die eben von Tante Berta kam, mit der sie Heimlichkeiten zu haben schien, gesellte sich zu Elli. Die wollte gern ihre gestern gesprochenen Worte zurücknehmen.

„Ich habe mich übrigens gestern getäuscht, ich weiß jetzt bestimmt, daß Herr Rost die rechten Ansichten hat, daß er – daß er viel besser ist, als ich dachte.“

Agnes, die nicht zu den gründlichen Naturen gehörte, fragte nicht weiter und war froh, sich mit jemand aussprechen zu können. Sie erzählte Elli, daß sie es Tante

Berta anvertraut habe, wie gern sie Herrn Rost habe. Die habe ihr versprochen, ihr später zu schreiben, wenn Herr Rost wieder zu Besuch käme. Und nun fing sie an zu deklamieren: „Seit ich ihn gesehen, glaub ich blind zu sein, wo ich hin nur blicke, seh ich ihn allein. Ist das nicht schön, Elli?"

Elli ließ sie schwatzen. Sie dachte nur, ob das wohl die rechte Liebe sei, die Agnes da äußerte. Ihr war diese Art zuwider.

Sie waren, wie oft abends, durch die offene Gartentüre gegangen und hatten den Weg ins Städtchen eingeschlagen. Ohne daß sie's merkten, waren sie in die Nähe des Landhauses gekommen. Von dort tönte eine feine Musik durch den stillen Abend. Es war das Abschiedslied, das Herr Rost seinem Freund spielte: „Wenn Menschen auseinandergehen, so sagen sie auf Wiedersehen – auf Wiedersehen."

„Elli, wie schön, wie entzückend", rief Agnes und zog sie vorwärts, während Elli entschieden zur Umkehr mahnte und den Rückweg antrat. Agnes, die immer noch stillstand und den Klängen lauschte, merkte nicht, daß Elli sie verlassen hatte. Erst in der Nähe des Doktorhauses kam sie ihr nachgelaufen. „Elli, warte doch!" Die Doktorin stand an der Gartenpforte.

„Kinder, wo schwärmt ihr denn herum?" Sie sah sie prüfend an, besonders Agnes. „Schnell zu Bett, damit ihr morgen frisch zur Arbeit seid, die andern sind schon längst oben."

Als die Mädchen am andern Morgen herunterkamen, war Otto über alle Berge. Die Doktorin hatte niemand wecken lassen, sie wollte mit ihrem Neffen allein sein.

Im weißen Häuschen

Heiß schien die Julisonne auf das weiße Häuschen. Die grünen Rolläden waren geschlossen. Tante Auguste sorgte in der Küche für ein gutes Mittagsbrot. Liebe Gäste wurden erwartet. Otto wollte der Tante vor Antritt seiner Stelle einen Abschiedsbesuch machen. Es klingelte.

„Willkommen, Otto, wo ist die Mutter?"

„Sie kommt mit dem ganzen Troß nach. Tante Gustchen, du hast uns alle haben wollen; wenn's zu euch geht, bleibt keins daheim. Mutter kann bei der Hitze nicht so schnell gehen, ich bin vorausgeeilt, um zu melden, daß wir da sind."

Und nun erschien Lore mit ihren Kindern. Johanna und Martha waren zu schlanken Mädchen herangewachsen, aus den Jungen waren stattliche Gymnasiasten geworden. Ein fröhliches Begrüßen fand vor dem Häuschen statt. Lore wollte Elfriede gleich begrüßen, sie trat unangemeldet ins Zimmer, und viel hatten sich die Freundinnen mitzuteilen.

„Heute", sagte Elfriede, „feiern wir Ottos Abschiedsfest. Wie freue ich mich für unsern lieben Jungen, daß sich eine so feine Stelle für ihn gefunden hat."

Lore nickte zustimmend und meinte, wie Otto die Freude und der Stolz ihres Lebens geworden sei, wie er seinem Vater immer ähnlicher werde und sie so glücklich mache.

Auch Elfriede sprach ihre Freude aus und wie sie Gott danke, daß aus dem Sorgenkind ein Gotteskind geworden sei. Dann erzählte sie, daß sie noch ein Sorgenkind gehabt habe, das sie stets auf betendem Herzen getragen. Das sei ein junges Mädchen, das ihr fremd ins Haus geflogen sei, aber bald ihre Liebe gewonnen habe und nun ihr Herzenskind geworden sei, das sich immer lieblicher entfalte. Und dann hatte sich herausgestellt, daß diese

Elli niemand anders sei, als das Kind ihrer gemeinsamen Freundin Elise. Nun berichtete Elfriede dem erstaunten Lorchen von Elise, die jetzt bei der Mohrdorfer Tante weilte, und von Elli, die bei Gerda die Wirtschaft lerne.

Lore traute ihren Ohren nicht. Ihr Otto war kürzlich in Seehausen gewesen, der mußte sie ja gesehen haben, Elises Kind. Aber es gab viele junge Mädchen in Seehausen bei der Tante. Otto war ihnen gegenüber stets zurückhaltend gewesen, er würde vielleicht kaum wissen, welche gemeint sei.

Elfriede erzählte weiter, daß sie Elise habe bitten lassen, sie zu besuchen, aber bis jetzt sei sie nicht gekommen. Elli habe aber geschrieben, daß die Mutter anfange, in ihrer Not Gott zu suchen und Trost aus seinem Wort.

Lore strich der Kranken über die schmalen Wangen: „Herzensfriede, du hast zuviel gesprochen, ruhe jetzt aus, ich will sehen, was Auguste mit meinen Kindern vorhat."

Ja, die hatte herrliche Dinge vor. „Otto, du bist lang", hatte sie gesagt, „steig einmal auf den Kirschbaum und pflücke von den saftigsten Kirschen einen Korb voll zum Mittagstisch, die Brüder helfen dir, sie sehen, was sie von der Erde aus erlangen können. Verirrt sich eine in den Mund, bin ich auch nicht böse."

Johanna und Martha aber hatte sie mit sich genommen und ihnen die Schränke geöffnet. Wenn Tante Auguste die Schrankschlüssel holte, war immer etwas darin, was man mitnehmen durfte. So bekam Martha ein großes Paket Wolle geschenkt und war überglücklich. Für Johanna fand sich ein schöner Stoff. Tante Auguste heimste auch gern ein und machte hier und da günstige Einkäufe, aber nicht wie die Mohrdorfer Tante andern zur Last, sondern zur Freude. Sie gab gern und hieß die Schenktante.

Das Kirschenpflücken hatte solche Freude gemacht,

daß es nach dem Kaffee noch einmal wiederholt wurde. Diesmal waren Johanna und Martha mit von der Partie. Sie waren im besten Pflücken. – Otto reichte eben seinen vollen Korb mit der Weisung herunter, ihn im Hause auszuschütten und leer zurückzubringen –, da rief Karl plötzlich: „Es kommt eine schwarze Dame aufs Haus zu." Die jungen Mädchen drehten sich um, während Otto, der sich von Tante Gustchen zur Schonung des eigenen einen alten Rock erbeten hatte, sich schleunigst in das Innere des Baumes zurückzog.

„Sie geht jetzt ins Haus", sagte Kurt, „da bleiben wir einstweilen hier, bis sie sich empfohlen hat."

Drinnen aber sagte eine Stimme: „Elli, mein liebes, armes Kind, wo kommst du her?" Tante Auguste nahm das junge Mädchen mit ins Wohnzimmer, wo Lore saß. Elli weinte leise und fragte, ob sie Tante Elfriede sehen könnte.

„Sie hatte heute schon viel Besuch", meinte Auguste, „aber sehen sollst du sie. Du hast wohl Trauriges erlebt, mein Liebling?" Dabei deutete sie auf die schwarze Kleidung.

„Die Tante ist plötzlich gestorben. Sie kränkelte in letzter Zeit wohl, aber wir glaubten das Ende nicht so nahe."

„Was wird dann aus der Mutter?"

„Wir wissen es noch nicht. Zunächst bleibt sie in Mohrdorf, um den Nachlaß zu ordnen. Ich gehe nach Seehausen zurück. Da ich heute abend noch nach dort möchte, muß ich mit dem Fünfuhrzug zurück."

Elli ging zur Tante hinauf. Sie ließ sich von Elli erzählen und nahm an allem viel Anteil. Dann sprach sie mit ihr von dem heutigen lieben Besuch. Ein Pate von ihr sei mit Mutter und Geschwistern da, ein junger Theologe.

Ja, Tante Elfriede hatte immer mit besonderer Liebe von einem Paten gesprochen. Seinen Namen hatte sie nie genannt, der tat ja nichts zur Sache, aber aus allem hatte sie gemerkt, daß es ein gescheiter und frommer Mann sein müsse.

„Ich muß ihn heute noch sprechen, er geht auf mehrere Jahre ins Ausland. Meine Kräfte sind schon so aufgebraucht, geh jetzt ins Wohnzimmer, und sei der Tante nicht böse, wenn sie's heute nur kurz macht. Ich schreibe dir bald."

Als Elli herunterkam, erhob sich die fremde Dame, die sie erst flüchtig begrüßt hatte, kam auf Elli zu und schloß sie herzlich in die Arme. „Das müssen Sie sich schon von mir gefallen lassen", sagte sie freundlich. „Ihre Mutter war meine Jugendfreundin."

„Sie sind wohl Lorchen – verzeihen Sie", stotterte Elli verlegen.

„Freilich bin ich Lorchen, für dich Tante Lorchen, mein liebes Kind. Hat die Mutter wohl von Lorchen erzählt?"

„Ja, sehr viel und von Elfriede." Kaum hatte sie den Namen ausgesprochen, da wurde sie glühend rot. „Tante Elfriede, die arme Tante, ist doch nicht etwa die andere Freundin der Mutter? Aber nein, die war so gesund und lebensfrisch und ist verheiratet – meint die Mutter."

„Und doch ist sie's", sagte Tante Lore. Und nun erzählte sie dem jungen Mädchen aus der Jugendzeit und ließ sich von ihr erzählen, fragte immer wieder nach der Mutter und trug die herzlichsten Grüße für sie auf. Dann kamen Johanna und Martha, und nachdem sie sie mit Elli bekannt gemacht hatten, gingen sie mit ihr in den Garten.

Otto hatte ihn kurz zuvor verlassen, um zu Tante Elfriede zu gehen. Nun hatte er Abschied genommen und betrat das Wohnzimmer, wo er die Mutter allein fand. Er wollte sich eben zu ihr setzen, da wurde die Türe aufgerissen. Johanna und Martha kamen herein, in ihrer Mitte führten sie Elli. Kurt, Georg und Karl machten den Schluß.

„Mutter“, riefen sie alle fast zugleich, „denke dir, hier ist sie, das ist das junge Mädchen, das uns damals mit ihrer Freundin begegnete.“

„Die uns das Geld schenkte, damit wir die Lampe kaufen konnten –“

„Wir haben sie erst nicht wiedererkannt, aber sie hat uns fünf erkannt und fragte uns –“

So riefen die jugendlichen Stimmen durcheinander, und während noch die Mutter fragte und sich berichten ließ, stand Elli in größter Verlegenheit vor Otto, der erstaunt fragte: „Sie hier?“

„Sind Sie – sind Sie der Pate von Tante Elfriede?“

„Sie halten mich dessen wohl nicht wert?“ fragte er zurück. Als Elli schwieg, fuhr er fort: „Und Sie kehren bei meiner Patin ein und nennen Sie Tante Elfriede.“

„Otto“, unterbrach ihn die Mutter, „dies Fräulein ist die Tochter meiner Jugendfreundin Elise.“

Er sah Elli erstaunt an, und während Mutter und Geschwister sie fröhlich in ihre Mitte nahmen, verließ er das Zimmer. Gewiß war es ihm unangenehm, daß Elli gekommen und das friedliche Zusammensein mit Mutter und Geschwistern störte.

Wie prächtig waren diese Rosts! Frau Rost war so mütterlich zu Elli, und Johanna und Martha erboten sich, sie zur Bahn zu bringen. Die Zeit des Aufbruchs war da. Lore trug an ihre Schwestern Gerda und Berta viele Grüße auf und stellte einen baldigen Besuch in Aussicht. An Ellis Mutter würde sie schreiben.

Die drei jungen Mädchen waren am Bahnhof. Johanna und Martha trafen dort eine Freundin, mit der sie einige Worte wechselten. Elli stand allein und wartete auf den Zug. Da tönte eine wohlbekannte Stimme hinter ihr: „Ich wollte den Schwestern entgegengehen und“ – er stockte – „Ihnen Lebewohl sagen. Ich werde für einige Zeit ins Ausland gehen. Ich freue mich, daß Sie auch im weißen Häuschen verkehren. Als wir vor mehreren Jahren zusammen fuhren, machten Sie wohl einen Besuch dort?"

Elli nickte.

„Am gleichen Abend war ich auch bei der Tante. Er war entscheidend für mein ganzes Leben. Doch, das wird Ihnen weniger wichtig sein, ich sage es nur, damit Sie wissen, daß ich von dem Tage an zu besserer Erkenntnis gekommen bin."

„Herr Rost", Elli nahm allen Mut zusammen, „ich habe bei Agnes meine falschen Ansichten über Sie richtig gestellt. Es ist Ihnen hoffentlich lieb."

Er lächelte. „Sie wissen ja, wie Agnes über Sie denkt. Sie haben mir selbst gesagt, daß Sie jedes Wort gehört haben."

„Das weiß ich allerdings", sagte er. „Fräulein Agnes wird hoffentlich –"

Da kamen die Schwestern, und der Zug pfiff. Elli mußte einsteigen. Die Schwestern verabschiedeten sich herzlich, Otto zog seinen Hut. Als der Zug anruckte, reichte er ihr die Hand zum Wagen hinein und sagte: „Ich danke Ihnen für die viele Arbeit, die man Ihnen zu meinen Gunsten auferlegt hatte. Wenn ich wieder nach Seehausen komme, schließen Sie mir bitte nicht die Türe vor der Nase zu."

Das war der alte humorvolle Ton. Man konnte oft nicht wissen, was Ernst oder Spaß sein sollte. War das das letzte Wort?

Der Zug war schon in Bewegung, die drei Geschwister standen noch da und wollten sich eben zum Gehen anschicken. Da lüftete Otto noch einmal den Hut und rief: „Auf Wiedersehen!"

„Auf Wiedersehen!" Warum bewegte Elli das Wort so seltsam. Das gleiche Wort hatte Doktor Körner zu Anna gesagt, als sie Abschied nahmen, aber sie standen ja ganz anders zueinander. Der Mann, der sie eben verlassen hatte, zog sie auf einmal gewaltig an, das konnte sie nicht leugnen. Aber sie meinte, daß er sich einmal Agnes, die ihm so sehr zugetan war, holen würde. Mit ihr hatte er nichts mehr zu tun. Schließlich war es doch seine Pflicht gewesen, ihr zu danken, und dem Wort: „Auf Wiedersehen!" wollte sie keine tiefere Bedeutung beilegen. Es wurde ja sooft gebraucht. Der Gedanke, daß sie sich wiedersehen würden, lag nahe, da sie beide im weißen Haus verkehrten. Sie wollte Herrn Rost ganz aus ihrem Gedankenkreis bannen. Es gab ja soviel anderes zu überlegen.

Wie war das alles so plötzlich gekommen! Die Nachricht von dem Schlaganfall der Tante, die schnelle Abreise, die traurige Ankunft am Begräbnistag und die darauffolgenden schweren Tage bei der Mutter. Was würde werden?

Die Mutter hatte gewünscht, daß Elli nach Seehausen zurückgehe, damit die Lehrzeit nicht unterbrochen würde. Sobald der Nachlaß der Tante geordnet war und die Mutter wußte, wo sie künftig wohnen würde, sollte Elli zur Mutter zurück. Dann wollte sie für die Mutter sorgen. Wieviel hatte sie zu bedenken, als der Zug dahinrollte. Möchte nur alles so zur Ausführung kommen.

Ellis Mutter in Seehausen

Elli war wieder in Seehausen. Die Trauer um die Tante, die ihr nicht so nahe gestanden hatte, war nicht sehr tiefgehend. Größer war die Sorge um die Mutter. Erst als die Doktorin mit dem Vorschlag kam, Elli solle mit der Mutter nach Seehausen ziehen, sie wolle ihnen mit Rat und Tat zur Seite stehen, verklärten sich ihre Züge, und sie griff diesen Plan als den allerschönsten auf.

Die Mutter schrieb von der Eröffnung des Testamentes. Die Tante hatte fast alles der Stadt oder wohltätigen

Anstalten vermacht und ihr ein so kärgliches Teil hinterlassen, daß es fast ein Ding der Unmöglichkeit war, damit auszukommen. Anscheinend hatte sie Elise dadurch zwingen wollen, einfach und anspruchslos zu werden, hatte aber nicht bedacht, daß ein so geringes Kapital nicht für die bescheidensten Ansprüche ausreichen konnte. Elli rechnete und rechnete mit der Doktorin, aber die Rechnung wollte nicht stimmen.

„Ein Dienstmädchen brauchen wir nicht, ich mache alles allein", meinte Elli. „Sie haben mich gelehrt, daß Arbeit den Menschen nicht erniedrigt, sondern ehrt."

„Es freut mich", sagte die Doktorin freundlich, „daß du so denkst. Tust du deiner Mutter zuliebe jeden Dienst, dann gereicht dein Werk zur Ehre Gottes. Also damit wären wir fertig. Nun gilt es, eine bescheidene Wohnung zu suchen. Vor allen Dingen müssen wir die Ansicht der Mutter hören."

Die Mutter war mehr als einverstanden. Ein kleines, hübsch gelegenes Städtchen, wo sie nicht bekannt war und doch an Doktors einen Halt hatte, war das, was sie wünschte. Sie schrieb einen herzlichen Brief an die Doktorin mit der Bitte, ihr beim Suchen einer Wohnung behilflich zu sein.

Das war nicht so einfach. Die meisten Häuser der Stadt waren so gebaut, daß sie für eine Familie reichten. Gab es Mietwohnungen, so waren die schon besetzt oder so eng und unbequem, so finster und ungemütlich, daß Elli ihre Mutter dort nicht einmieten mochte. Sie war niedergeschlagen und glaubte, ihren Lieblingsplan aufgeben zu müssen, da sagte der Doktor eines Tages:

„Es gibt da ein kleines Häuschen gar nicht weit von uns beim Landhaus Elise. Es tut mir jedesmal leid, wenn ich vorüber fahre und es leerstehen sehe."

Die Doktorin schüttelte den Kopf und meinte, daß es dem reichen Herrn Müller nicht einfallen würde, das Haus zu vermieten, aber der Doktor könne ja fragen.

Dies geschah noch am gleichen Tag. Leider ohne Erfolg. Herr Müller hatte gesagt, die Räume würden im Herbst zur Aufbewahrung des Obstes gebraucht, er liebe es überhaupt nicht, fremde Leute auf seinem Grund und Boden zu haben.

Die Doktorin fragte, ob ihr Mann denn gesagt habe, für wen er die Wohnung suche.

Der Doktor verneinte es, es tue ja nichts zur Sache, meinte er, da der Herr Ellis Mutter nicht kenne.

Am andern Morgen wollte Elli noch einmal in der Stadt Umschau halten. Bei einem Bäcker hatte sie eine Wohnung gesehen, die ihr noch am besten gefallen hatte. Ein kleines Gärtchen war dabei, und die Leute machten einen guten Eindruck. Nur die zu hohe Miete hatte sie bisher abgeschreckt.

Es war ein heißer Augusttag und Elli war müde und abgespannt. Das Suchen und Sorgen, das Hin und Her, die Hoffnungen, wenn sich etwas Passendes fand, die Enttäuschungen, wenn es sich zerschlug, das alles hat sie mitgenommen. Sie mußte unterwegs öfters ausruhen. Jetzt stand sie vor dem Garten des Landhauses Elise. Der Springbrunnen plätscherte, und die kühlen, schattigen Wege sahen so einladend aus. Das Haus lag hinter Bäumen versteckt mitten im Garten. Dicht an der Straße jedoch, links vom Eingang, stand ein schmuckes, kleines, von Efeu umranktes Häuschen. Die Fenster waren zwar blind und wie es dahinter aussah, konnte Elli nicht wissen. Aber sie stand still und betrachtete das kleine Häuschen von allen Seiten. Je mehr sie es ansah, um so besser schien der Gedanke, hier mit ihrer Mutter wohnen zu können. Sie wollten ja den Besitzer gar nicht belästigen, sie wollten still und bescheiden sein, es war ja genug, wenn sie in den schönen Garten hineinsehen durften, sie brauchten ihn ja nicht zu benutzen! Sie war so in Gedanken versunken, daß sie nicht merkte, wie Herr Müller sie schon lange beobachtet hatte und immer näher gekommen war. Jetzt öffnete er das Tor. Elli wollte scheu weitergehen, doch schon winkte der freundliche Herr zum Näherkommen. Herr Müller, der ihr die Müdigkeit ansehen mochte, ließ Elli sich setzen. Auf die Frage, was sie denn bei dieser Hitze zu besorgen habe, erzählte ihm Elli ihre Sorgen. Hastig tat er eine Frage nach der andern. Elli erzählte von der traurigen Lage der Mutter, von ihrem früheren Reichtum, von ihrem Wohnen in New York, ihrer Übersiedlung nach Deutschland. Das war, seit die Mutter ihr es anvertraut hatte, nie über ihre Lippen gekommen, nur Tante Elfriede gegenüber. Wie kam es, daß sie diesem Herrn alles erzählte? Vielleicht die Hoffnung, ihn dadurch zu bewegen, ihnen das leerstehende Häuschen zu vermieten? Elli bemerkte nicht, wie Herr Müller sich immer mehr erregte. Als sie schwieg, sagte er:

„Ich komme gleich wieder, warten Sie." Mit hastigen Schritten ging er ins Haus.

Sie saß allein auf der Bank. Das einförmige Plätschern des Springbrunnens machte so müde. Elli hatte schon ein paarmal genickt und auf einmal war sie eingeschlafen. Wie lange sie geschlafen hatte, wußte sie nicht. Sie hatte nicht bemerkt, daß Herr Müller wiederkam und sie lange liebevoll betrachtete. „Mein liebes Kind, meine Elli", hatte er gesagt. Dann war er wieder gegangen. Als Elli erwachte, schaute sie verwundert um sich. Die alte Wirtschafterin stand neben ihr. „Nehmen Sie diese Erfrischung, junges Fräulein, das wird Ihnen gut tun. Der Herr läßt Ihnen sagen, er werde Ihnen schon bald Nachricht geben."

Am Abend kam eine Karte von Herrn Müller. Er schrieb, er habe sich eines andern besonnen, die Herrschaften, die das Häuschen zu mieten beabsichtigen, sollten morgen kommen und es sich ansehen. Wer war glücklicher als Elli! Sie umarmte ihre Freundinnen voller Jubel und erbat sich von der Doktorin die Erlaubnis, alle zur Besichtigung des Häuschens mitnehmen zu dürfen.

„Das hieße die Sache beim verkehrten Ende anfassen", sagte die Doktorin. „Soll es Herrn Müller, der die Einsamkeit zu lieben scheint, wohl Mut machen, wenn der ganze Troß ankommt. Wir beide gehen zusammen und damit basta." Elli wurde nun in den Augen der andern jungen Mädchen eine wichtige Persönlichkeit, sie war die Bevorzugte, die das Eldorado betreten durfte. –

Herr Müller empfing die beiden sehr zuvorkommend und war der ruhige, besonnene Geschäftsmann. Er sagte der Doktorin, daß er nie daran gedacht habe, das Häuschen zu vermieten. Da dem jungen Mädchen jedoch viel daran zu liegen scheine, in der Nähe ihrer mütterlichen Freundin zu bleiben, so wolle er es der Mutter um einen geringen Mietpreis lassen, stelle aber die Bedingung, daß sie sich lediglich auf das Häuschen und den kleinen Hof beschränken, da er die Einsamkeit liebe und nicht gern den Park von Fremden betreten wisse. Die Erfüllung dieser Bedingung schien Elli leicht. Wie nett war doch diese Wohnung im Vergleich zu der Mohrdorfer. Sie dankte Herrn Müller so sehr, daß der Mühe hatte, seine Bewegung zu verbergen. Es wurde verabredet, daß die Wohnung Anfang September bezogen werden sollte, und Elli war glücklich und dankbar. Sie versprach ihren Kameradinnen, die mit Spannung ihre Rückkehr erwarteten, sogar einen Einzugskaffee.

„Wir können zwar nicht im Park spazieren gehen, denn das ist verboten, aber hineinsehen können wir, soviel wir wollen, und das Häuschen hat reizende Zimmer, wir werden eine Menge Platz haben."

Die Mutter hörte mit Freuden von dieser Wendung. Sie schrieb, daß sie sich aus der ungemütlichen Wohnung der Tante heraussehne. Lina sei ihr eine treue Stütze gewesen, sie habe sich in der schweren Zeit sehr bewährt und wolle durchaus mitziehen. Sie habe ihr aber gesagt, daß ihre Mittel künftig nicht reichen würden, ein Dienstmädchen zu halten, worauf sie erwidert habe, dann wolle sie ohne Lohn dienen.

Elise war gerührt durch diese Treue, die auch in der Not aushält. Es ging ihr wie ein Stich durch die Seele, wenn sie daran dachte, wie sie in der Not ihren Gatten verlassen und ihm die Treue nicht gehalten hatte, weil sie vor Entbehrungen und Einschränkungen zurückgeschreckt war. Elli sollte acht Tage vor dem Umzug nach Mohrdorf kommen und der Mutter helfen. Es war gut, daß Ellis Lehrjahr bald um war, nun kam die Zeit, da sie ihre Kenntnisse verwerten konnte.

Herr Müller ging unruhig in seinem Zimmer auf und ab. Er wagte es nicht, sich so ganz der Freude hinzugeben.

Frau und Kinder, nach denen er so lange geforscht, waren gefunden, das unterlag keinem Zweifel. Was er vor einigen Wochen geahnt, war nun zur Gewißheit geworden, seit Elli ihm rückhaltlos von der Mutter und ihrer Vergangenheit erzählt hatte. Die Bitterkeit gegen sie hatte längst einem tiefen Mitleid Raum gemacht, ja Liebe und Sehnsucht war in den Jahren des Alleinseins oft nach denen erwacht, die ihm am nächsten auf der Welt standen. Als er vor vielen Jahren wieder die Freiheit bekommen hatte, war ihm von allem Schwerem das Schwerste, daß seine Frau nicht in Treue auf ihn gewartet, sondern selbstsüchtig nur an sich gedacht hatte. Und dann erwachte in ihm die alte Entschlossenheit, und nachdem er in Südamerika nach Jahren mühevoller Arbeit wieder zum reichen Mann geworden war, kehrte er nach Deutschland zurück, um seine zerstreute Familie zu sammeln. Es wurde ihm nicht leicht gemacht. Er vermutete mit Recht, daß Elise zu ihren Eltern gegangen war. Er fand die nicht mehr am Leben und hörte, daß Elise mit ihrem Kinde fortgezogen war. Wohin? Nach Bergen, ihrem Heimatort? Er stellte auch dort Nachforschungen an. Da beschloß er, wenigstens seinen Sohn aus erster Ehe von den Großeltern zurückzuerbitten. An die hatte er schon einmal geschrieben und sie gebeten, ihm den Sohn zu schicken, aber keine Antwort erhalten.

Erst im Nachlaß des Großvaters hatte Körner diesen Brief gefunden, der ihn zu der Reise nach Südamerika bestimmt hatte.

Als dann Herr Brown durch Otto Kunde von seinem Sohn erhielt, schloß er den Kauf des Hauses in Seehausen ab und betrieb von hier aus die Forschungen nach seiner Gattin. Als er nach langem Suchen endlich ihre Wohnung ausfindig gemacht hatte, hörte er dort, daß die Frau mit der Tochter die Stadt verlassen hatte und zu einer alten Tante gezogen war. Wohin, konnte man ihm nicht sagen. Er gab die Hoffnung nicht auf, und suchte weiter. Da sah er Elli zum ersten Mal. Jetzt wäre es ihm ein leichtes gewesen, Klarheit zu erlangen, doch wollte er erst seiner Sache gewiß sein. Er mußte und wollte erst prüfen. Um dies unerkannt tun zu können, ließ er sich Müller nennen und hatte auch seine Geschäftsfreunde gebeten, die Briefe an ihn unter diesem Namen zu richten. Wie glücklich war er in dem Gedanken, Elisens Not und Mangel abhelfen zu können. Aber erst – und diese Zurückhaltung mußte er um der Frau willen üben – wollte er mit eigenen Augen sehen, wie sie sich in den kleinen, einfachen Verhältnissen zurechtfinden würde, er wollte sehen, ob die Jahre der Trennung auch in ihr gewirkt hatten. Erst dann konnte er auf neues Glück hoffen. Er glaubte, aus Ellis Erzählungen annehmen zu dürfen, daß sie sich geändert hatte. Wie zutraulich war die Kleine gegen ihn gewesen und wie glücklich machte ihn der Gedanke, sie bald als sein Kind an das Herz drücken zu können! Die Hoffnung belebte ihn so, daß die alte Wirtschafterin sich wunderte, wie der Herr seit kurzem so ganz anders war.

Wiedersehen der drei Freundinnen

Der letzte Abend in Mohrdorf war gekommen. Der Möbelwagen war schon fort, und Elise und Elli rüsteten sich zur Reise. Es sah öde aus in der Behausung der verstorbenen Tante. Die Saloneinrichtung war einer alten Freundin von ihr vermacht worden, die auch eine Menge des alten Gerümpels mitgenommen hatte. Die ausgestopften Tiere mochte niemand, die saßen da, ruppig und häßlich, die Gesichter trübsinnig zur Erde geneigt, als trauerten sie über die Vergänglichkeit alles Irdischen. Ja, sie waren auch der Vergänglichkeit unterworfen, wie die von Motten zerfressenen wollenen Decken und Kissen, Kleider und Tücher, die in zahlloser Menge herumlagen. Elise hatte schon viel von dem Zeug verschenkt, doch quoll es aus allen Schränken, Kasten und Schubfächern, daß ihr angst und bange wurde. Sie hatte für sich und Elli herausgesucht, was noch brauchbar. Alles andere vom Lumpenhändler holen lassen, der einige Pfennige für das bezahlte, was die Tante als Seltenheit mit schwerem Geld bezahlt hatte. Ob sie wohl daran gedacht hatte, für die Seele Schätze zu sammeln, die weder Motten noch Rost fressen?

Der letzte Koffer war gepackt. Elise verschloß die Zimmer und gab Lina die Schlüssel, die sie zur Freundin der Tante tragen mußte. Dann verabschiedete sie sich von dem Mädchen, das einen mehrwöchigen Urlaub bei den Eltern nehmen wollte, bevor es nach Seehausen kam. Elise hatte aber Linas Mutter ihre Verhältnisse dargelegt und geschrieben, daß sie kein Dienstmädchen halten könnte und gebeten, die treue Lina anderweitig unterzubringen. Ihr selbst hatte sie nichts gesagt, um den Abschied nicht zu trüben.

Nach einer ermüdenden Postfahrt ging es mit der Eisenbahn weiter. In Eichstädt sollte Rast gemacht werden, Elfriede hatte gebeten, daß die beiden bei ihr übernachteten. Als Elli im Wagen der Mutter gegenübersaß, fiel es ihr auf, wie leidend und elend sie aussah. Die Mutter hatte sich in den letzten Tagen gewaltsam zusammengenommen, nun, da alles vorüber war, kam die Reaktion. Sie wollte sich auch jetzt beherrschen, sie, die in früheren Jahren jeder kleinen Laune nachgegeben, hatte unter der strengen Zucht der Tante gelernt, sich zusammenzunehmen. Sie antwortete auf Ellis Frage, ob sie sich krank fühle:

„Nein, nur ein wenig angegriffen. Laß nur."

„Im weißen Häuschen wirst du's gut haben, Mutter, wie freue ich mich, daß du endlich Tante Elfriede besuchst."

„Hätte ich geahnt, daß sie meine Elfriede ist, ich hätte nicht solange gewartet."

Gegen zehn Uhr kamen sie im weißen Haus an. Die beiden waren todmüde und gingen schon bald zu Bett.

Nach dem Morgenkaffee fragte Elise die Tante Auguste: „Wann kann ich sie sehen?"

„Elfriede ist schon lange wach, und wartet auf die Freundin."

Langsam und fragend ging Elise auf die Kranke zu: „Du arme, unglückliche Elfriede!"

„Unglücklich?" erwiderte Elfriede, die vergebens aus den sorgenvollen, gealterten Zügen das schöne reiche Mädchen von damals wieder zu erkennen suchte. „Ich bin so glücklich, wie es nur ein Menschenkind sein kann. Mein Kranksein hat mich die eine köstliche Perle suchen lassen. Ich habe sie gefunden und bin durch den Glauben an meinen Heiland ein frohes Menschenkind." Und nun erzählte sie von ihrem Leben. Als sie geendet hatte, mußte Elise berichten und sie tat es. Sie sprach von ihrem verfehlten Leben, von den Widerwärtigkeiten, die sie betroffen, wie sie aber selbst daran schuld gewesen sei und erst jetzt anfange zu ahnen, daß es unvergängliche

Güter gebe, denen man nachjagen müsse, um wahrhaft glücklich zu sein; daß sie erst jetzt verstehe, was Herr Rost mit seiner ernsten Rede einst gemeint.

„Damals", sagte Elfriede, „lag das Leben vor uns, wir wünschten uns frohe Tage und glückliche Jahre. Jetzt haben wir erkannt, daß, wer ohne den Heiland lebt, schwer an der Last des Lebens zu tragen hat." Elise nickte und sprach mit der Freundin offen über alles, was ihr Herz bedrückte.

Dann nahm sie die weißen schmalen Hände Elfriedens in die ihren und betrachtete sie lange. „Was ist aus den runden Händen, den kräftigen Armen nur geworden", fragte sie. „Weißt du noch, wie ich meine Kraft an dir erprobte", sagte Elfriede lächelnd, „wie ich dich mit diesen meinen Armen in die Höhe hob und mich meiner Stärke rühmte. Jetzt", fügte sie ernst hinzu, „rühme ich mich meiner Schwachheit."

Und doch erprobte Elfriede wieder ihre Kräfte an Elise. Es war die Kraft des Glaubens, womit sie die arme, gebeugte Freundin in die Höhe hob.

Elise nahm einen tiefen Eindruck von dem Krankenbett ihrer Freundin mit. Nun wollte sie tapfer mit den Entbehrungen und Nöten des Lebens kämpfen.

Elli in Tätigkeit

Nach einem zweitägigen Aufenthalt im weißen Häuschen langten unsere Reisenden dann bald in Naundorf an, wo sie von der Doktorin abgeholt wurden. Wieder gab es ein herzliches Wiedersehen. Gerda hatte sich in der Jugend zwar oft über das verwöhnte Mädchen geärgert. Jetzt dachte sie nur daran, wie sie der schwergeprüften Frau helfen könnte.

Dann ging es schon bald – der Möbelwagen war

bereits da – ans Auspacken und Einräumen. Wäre Elise früher das schöne Landhaus zum Wohnsitz angeboten worden, so würde sie das für nichts Besonderes gehalten haben. Im Gegenteil, sie würde Mängel und Fehler aller Art entdeckt haben und mit diesem und jenem unzufrieden gewesen sein. Nun nahm sie das kleine Häuschen als ein unverdientes Geschenk hin und war glücklich darüber.

Als Elise das Häuschen zum erstenmal mit Elli besichtigte, hielt sie es für ihre Pflicht, dem Besitzer des Landhauses einen Besuch zu machen, doch die Wirtschafterin erklärte, der Herr sei verreist und werde erst in vierzehn Tagen wiederkommen. Wie rücksichtsvoll das war! So konnte Elise sich mit ihrer Tochter ungezwungen an die Arbeit machen.

Wie freundlich gestalteten sich die kleinen Räume, als ein Stück nach dem andern an passender Stelle untergebracht war! Elli jubelte und umarmte die Mutter und zog sie bald in dies Zimmer, bald in jenes.

„Sieh nur, Mutter, die herrliche Aussicht von diesem Fenster aus; wir sehen den Springbrunnen und die schönen Rasenflächen mit den herrlichen Bäumen. Und an der andern Seite sehen wir die Straße, die ins Städtchen führt. Dort muß mein Nähtisch stehen, und wenn von Doktors jemand vorüberkommt, kann ich schnell hinspringen, sie zu begrüßen. Die Fenster des Schlafzimmers gehen auf den Hof, das schadet aber nichts. Nachts schläft man.“

Jetzt erschienen Emilie und Wilhelmine. Eine sollte Frau Braun holen, die andere sollte Elli helfen. Der Doktor ließ Ellis Mutter sagen, das viele Packen und Räumen sei nichts für sie, sie müsse nun kommen und ausruhen.

„Mutter, wenn's der Doktor sagt, mußt du gehen“, sagte Elli. „Aber erst muß ich Emilie und Wilhelmine alles zeigen. In den Garten können wir leider nicht, das ist verboten, aber ihr könnt von den Fenstern aus alles sehen.“

Emilie fand das Häuschen reizend und meinte, Elli sei zu beneiden. Die sagte, es sei am schönsten, mit der Mutter zusammen zu wohnen, sonst wäre sie gern noch bei ihnen geblieben. Aber sie wollten gute Freundschaft halten.

„Wir backen Kuchen zum Einzug", rief Wilhelmine.

„Aber nicht wieder in der Nacht, wenn die Diebe kommen", lachte Emilie.

Elli errötete. Ottos Worte fielen ihr ein, die er ihr zum Abschied gesagt: „Wenn ich wieder nach Seehausen komme, schließen Sie mir die Tür nicht vor der Nase zu."

„Doch wir verschwatzen die Zeit", mahnte Emilie. „Wilhelmine, du mußt jetzt gehen."

„Ich glaube", meinte Elli, „es ist am klügsten, ihr begleitet beide die Mutter. Wenn ich allein bin, geht die Arbeit schneller von der Hand."

Als Elli allein war, nahm sie die weißen Vorhänge aus dem Koffer. Wie sauber hatte die gute Lina alles gewaschen und geplättet; rasch holte sie die Vorhangstangen und begann ihre Arbeit. Das alles hatte sie bei der Doktorin gelernt, und da sie Geschick hatte, klappte es auch. Nun hatte sie einen Vorhang heraufgelegt, und die ganze Stube gewann dadurch. Wenn der Tag nur nicht so bald zu Ende gewesen wäre! Es dämmerte schon, als die Mutter ging. Während Elli den letzten Vorhang auflegen wollte, fiel an der einen Seite der Gardinenhaken heraus. Wie dumm! Sie mußte heruntersteigen und ihn suchen. Jetzt hatte sie ihn, wo war nur der Hammer, daß sie ihn festklopfen konnte? Sie hatte ihn beim Bilderaufhängen gebraucht und nun fand sie ihn nicht. Wenn sie nur Licht hätte! Sollte sie sich drüben eins erbitten? Nein, sie wollte die Leute so wenig wie möglich belästigen. Sie suchte in den Koffern. Endlich fand sie auf der Küchenbank einen Kasten, da gab es Kerzen, Streichhölzer und alles, was sonst zum Feueranmachen nötig war. Sie nahm ein Licht heraus und steckte es einstweilen auf eine leere Flasche. Nun hatte sie den Hammer. Sie kletterte aufs Fensterbrett und schlug so fest sie konnte, aber der Haken wollte nicht halten; wenn sie glaubte, ihn fest zu haben, fiel er wieder heraus. Sollte sie es lassen und nach Hause gehen? Aber das hieße eine Sache nur halb machen. Ihre Mutter sollte das Zimmer am folgenden Tage fertig vorfinden und einen freundlichen Eindruck haben.

Während sie so pochte und hämmerte, schritt ein junger Mann auf die Villa zu. Man sah ihm an, daß er viel im Freien war, er hatte ein kluges Gesicht. Er klingelte und verlangte nach dem Besitzer. Die alte Dienerin gab den Bescheid: „Wenn ein junger Herr nach meinem Herrn fragen würde, so soll ich ihm diese Adresse geben mit der Bitte, ihm nachzureisen."

Doktor Körner schien enttäuscht. Er ließ sich die Adresse geben und ging. Als er beim kleinen Häuschen vorbeikam, sah er alle Türen offen und Licht in einem Zimmer. Heftiges Klopfen ließ ihn aufmerken.

Da er annehmen mußte, daß das Haus zum Grundstück gehörte, trieb ihn die Neugierde durch die offene Tür. Er wollte sehen, wer hier so viel Lärm machte. Er war baß erstaunt, als er ein junges Mädchen mit einem großen Hammer bewaffnet auf dem Fensterbrett stehen sah, verzweiflungsvoll den Kalk von den Wänden schlagend. Schnell war er auf einen Stuhl gesprungen, und mit den Worten: „Erlauben Sie", hatte er ihr den Hammer aus der Hand genommen. Mit sicherer Hand führte er das Werkzeug, mit ein paar kräftigen Hieben saß der Haken fest. Elli war ganz erschrocken, und als Doktor Körner sich umdrehte, erkannte sie ihn und auch er rief erfreut: „Sie sind's, Elli!" Gleichzeitig bat er um Verzeihung, daß er sie so anrede, er komme aber von seiner Anna und deren drittes Wort sei immer „Elli" gewesen. „Und nicht wahr?" sagte er, ihre Hand schüttelnd, „wir sind nun auch gute Freunde, denn Ihre Anna ist die meine, tausend

Grüße sendet sie Ihnen, ich wußte ja, daß ich Sie in Seehausen treffen würde, allerdings nicht hier, sondern in der Pension."

Elli erzählte in Kürze, was sich ereignet hatte, und daß sie leider in den letzten Wochen versäumt habe, an Anna zu schreiben. Sie wisse noch gar nichts vom Tod der Tante.

„Jener Tante?" sagte Körner bedeutungsvoll. Elli nickte, und er fuhr fort: „Ich habe einen dicken Brief von Anna für Sie, verehrtes Fräulein."

„Sagen Sie doch Elli."

„Nun dann, Fräulein Elli."

„Wie kommen Sie eigentlich hierher, Herr Doktor?" fragte Elli verwundert.

„Familienangelegenheiten", erwiderte er kurz. Er zog seine Uhr und sagte: „Ich muß eilen, der Bahnhof ist weit, und ich möchte den Schnellzug noch erreichen."

Jetzt ertönte auf einmal Doktor Willers Stimme.

„Elli, Elli, Kind, wo bleiben Sie? Muß ich mich noch bei Nacht und Nebel aufmachen und Sie holen? Man ist schon in großer Unruhe." Er bemerkte den jungen Herrn. Mißtrauisch blickte er bald ihn, bald Elli an und fragte:

„Herrenbekanntschaft angeknüpft?"

Elli lachte und stellte den Verlobten ihrer Freundin Anna vor, der ihr Briefe und Grüße gebracht habe.

„So, so, das ist etwas anderes", sagte der Doktor. Er wechselte einige höfliche Worte mit dem jungen Arzt, der aber Eile hatte und sich nach wenigen Minuten verabschiedete.

Der Doktor mahnte nun zum Aufbruch. So löschte Elli das Licht, schloß die Tür und trabte an seiner Seite nach Hause.

Anna schrieb einen glücklichen Brief. Ihr Heinrich sei endlich von der langen Seereise zurück und natürlich schon bei ihr gewesen. Der Vater habe, da der junge Arzt gute Aussichten hätte, in eine Verbindung eingewilligt, und so sei das Glück vollkommen. Sie schrieb, daß Heinrich leider nicht lange bleiben könne, da er nach Seehausen müsse. Sie würde auch bald dorthin kommen.

Zu wem wollte denn Anna kommen? Hatte sie Verwandte in Seehausen? Zu sich konnte sie sie kaum einladen, das Häuschen war niedlich, aber der Raum beschränkt. Nun, es würde sich ja alles finden, einstweilen freute sie sich mit Anna und sehnte sich danach, sie bald einmal sehen zu können.

Landhaus Elise

Nun wohnten Elise und Elli im efeuumrankten Häuschen, und als sie den ersten Abend beisammen saßen und in den Garten sahen, da zog ein Friede in Elises Herz, wie sie ihn bisher nie gekannt hatte. „Bist du glücklich, Mutter?"

„Mein liebes Kind, ich hoffe es mit der Zeit zu werden. Die Sorgen werden nicht ausbleiben, wir haben sehr wenig und müssen uns aufs äußerste einschränken."

„Mutter, sorge nicht. Dem ersten Mangel ist abgeholfen. Frau Doktorin hat unsere Vorratskammer reichlich gefüllt und wird sich unser annehmen."

„Gerda ist einzig in ihrer Güte. Sie war schon in ihrer Jugend selbstlos, immer nur für andere da. Wäre ich auch so gewesen!"

„Weißt du schon", sagte Elli geheimnisvoll, „daß sie Frau Rost deinetwegen eingeladen hat?"

„Ja, am nächsten Sonntag soll ich das Wiedersehen mit Lore feiern."

Am folgenden Tage versuchte Elli ihre Kochkünste. Sie merkte, daß es mühsam war, ganz ohne Hilfe alles zu tun. Am Morgen hatte sie die Zimmer aufgewischt und das Haus geordnet; die Mutter hatte helfen wollen, doch das Bücken wurde ihr schwer. In der kleinen Küche war es beim Kochen heiß, doch heute sollte alles besonders gelingen.

Nach Tisch war bei Doktors immer die schöne Freistunde gewesen, in der die Mädchen plaudernd beisammen saßen oder sich im Garten belustigten. Elli mußte heute in die heiße Küche zurück. In ihrem Eifer hatte sie am Morgen fast alle Töpfe und Schüsseln gebraucht. Nun standen sie da und warteten auf die Hand, die sie blank machen sollte. Und Elli war schon so müde! Doch sie hatte die Pflichten übernommen, nun galt es, sie durchzuführen.

Es dauerte lange, bis Elli mit allem fertig war.

Die Mutter, die nie viel Hausarbeiten gemacht hatte, faßte den Entschluß, ihre Tochter nach besten Kräften zu unterstützen. Sie machte in den folgenden Tagen den ersten Versuch und merkte, daß die Arbeit einen verborgenen Segen in sich trug, der sie fröhlich und zufrieden machte.

Am Sonntag gingen die beiden gemeinsam zur Kirche. Es war zeitig, der Gesang hatte noch nicht begonnen. Gerda kam auch mit ihrer Schar, hinter ihnen Tante Berta mit einer älteren Dame.

Elise hätte sie unter Tausenden sofort herausgekannt. Die klaren braunen Augen, der nußbraune Scheitel, der kleine Mund, alles kennzeichnete sie als die sehnlichst erwartete Freundin. Sie hatte trotz der gealterten Züge immer noch etwas jugendlich Frisches und eine Anmut, die ihr schon in der Jugend eigen war. Sie sah sich suchend um, und ihre Blicke ruhten fragend auf dem schmalen, bleichen Gesicht der Freundin.

Nach der Kirche gab es ein freudiges Begrüßen. Der Tag im Doktorhaus war einer der schönsten, den Elise je erlebte. Was hatten sie und Lore sich nicht alles zu sagen! Sie wurden des Erzählens nicht müde. Da war nur ein Unterschied. Lore hatte in allem die Treue und Güte Gottes zu rühmen, während Elise über ihre Selbstsucht klagen mußte, die sich Gottes Hilfe, seinen Frieden und seine Gnade bisher verscherzt hatte.

Nur zu schnell verflogen die Stunden. Lore versprach, bald einen Besuch im Efeuhäuschen zu machen. Sie mußte zu ihren Kindern zurück, die diesmal nicht mitgekommen waren, da ihr Besuch nur der Freundin gegolten hatte.

Während so bei Doktors ein fröhlicher Tag begangen wurde, war auch im Landhaus Freude eingekehrt. Der Vater hatte seinen Sohn wiedergefunden. Gegen Abend waren sie eingetroffen. Nachdem sie lange beisammen gesessen hatten, zog sich Heinrich auf sein Zimmer zurück. Herr Müller aber rief die alte Christiane und sagte: „Sind die Damen eingezogen?"

Die Alte nickte.

„Sind es brave Leute? Hast du getan, was ich dir sagte, und ein wachsames Auge auf sie gehabt?"

„Gewiß, Herr. Es scheinen gute, aber wenig bemittelte Damen zu sein. Sie machen alles selber, sind still und bescheiden dabei. Den Park haben sie nicht betreten."

„Schon recht, schon recht", sagte Herr Müller.

Als er am Abend mit seinem Sohn durch den Garten gegangen war, hatte er ein paarmal nach dem Häuschen hinübergesehen. Es sah freundlicher als sonst aus mit den blanken Fenstern und den weißen Vorhängen, es regte sich aber nichts, kein Kopf war sichtbar. Elise und Elli kamen erst spät von Doktors zurück und ahnten nicht, daß der Besitzer heimgekehrt war.

So ging das junge Mädchen am andern Morgen sorglos und ungezwungen an den Brunnen, um Wasser zu holen. Eben wollte sie den Pumpenschwengel in Bewegung setzen, da rief eine fröhliche Stimme: „Das ist meine Arbeit, geben Sie her." Und Doktor Körner hatte den Eimer vollgepumpt, als Elli immer noch dastand und sich wunderte, wo der junge Doktor schon wieder herkam. Er reichte ihr die Hand zum Morgengruß. Sie dankte und wollte eben den vollen Eimer ins Haus tragen, da ergriff Körner ihn mit sicherer Hand. Elli deutete stumm auf die Küche und ehe sie sich's versah, stand der Eimer dort. Der junge Mann machte eine Verbeugung und war verschwunden. Elli erzählte ihrer Mutter von der Begegnung, und beide vermuteten, daß Doktor Körner ein Verwandter des Herrn Müller sei.

„Wenn das stimmt", rief Elli, „so wird meine Anna bald zu Besuch kommen. Das wäre schön!"

„Wir beide würden uns als arme Leute sehr zurückhalten müssen. Wir dürfen ja nicht einmal den Park betreten", sagte Elise mit einem Anflug von Bitterkeit.

Gegen Mittag ging Herr Müller im Garten auf und ab. Er hatte sich bisher vom Häuschen ferngehalten, aber es zog ihn mit tausend Gewalten immer wieder dahin. Er hörte Reden aus einem geöffneten Fenster.

„Siehst du, Lore", sagte eine ihm nur zu bekannte Stimme, „ich werde wohl nie wieder so richtig froh. Meiner Elli kann ich es nicht sagen, aber du verstehst mich. Diese Ungewißheit über das Schicksal meines Mannes macht mich ganz krank und läßt mich nicht zur Ruhe kommen. Die Schuld drückt mich noch zu Boden."

Dann antwortete eine andere, fast tröstende Stimme, dann hörte er unterdrücktes Weinen.

„Der Jammer soll ein Ende haben", sagte er bewegt, „je eher, desto lieber." Er ließ seinen Sohn rufen.

Das war Heinrich zuviel. Was der Vater ihm mitteilte, war kaum zu glauben, und doch, wie gern glaubte er es. Elli seine Schwester! Das war ein reizender Gedanke, und die Mutter! Gegen sie hatte man ihn von früh an eingenommen, er hatte nie viel von ihr gehalten, aber das sollte anders werden, er wollte ihr Liebe und Ehrfurcht zeigen. Wie sollte man sich aber zu erkennen geben? Sein Vater hatte ihm gesagt, daß er es nicht länger mitansehen wolle, wie die beiden um ihr bißchen Brot kämpfen mußten. Das fand Dr. Körner begreiflich. Er erzählte dem Vater, wo er die Kleine in früher Morgenstunde angetroffen und wie er sich, ohne es zu wissen, als ritterlicher Bruder erwiesen habe.

Während sie noch überlegten, wie die Sache am besten einzurichten, klopfte Christiane. Sie brachte eine Empfehlung von der Frau Braun aus dem Efeuhäuschen und ob sie im Laufe des Nachmittags dem Herrn einen Besuch machen könne.

Gegen fünf Uhr ging Elise in einfachem schwarzem Kleide dem Landhaus zu. Die goldenen Buchstaben „Landhaus Elise" leuchteten ihr entgegen. Es kam ihr fast wie Hohn vor, daß das stolze Haus ihren Namen trug. Christiane stand auf der Veranda und ließ Frau Braun in den Gartensaal treten und von da in ein mit kostbaren Möbeln eingerichtetes Zimmer. Elise bekam sogleich einen Eindruck von dem gediegenen Reichtum des Besitzers.

Sie sah sich um. Was stand da auf dem Tisch vor ihr? Sie traute ihren Augen nicht, aber es war vollste Wirklichkeit. Ein kleines Ölgemälde, sie selber als Braut darstellend und Eigentum ihres Gatten, stand vor ihr auf dem Tisch. Sie griff hastig nach dem Bild und sah sich fragend nach allen Seiten um. Alle andern Gegenstände waren ihr durchaus fremd, wie kam das Bild hierher? Jetzt öffnete sich die Tür. Ein älterer Herr trat ein, eine kräftige, hohe Gestalt. Sie erhob sich und blieb wie erstarrt stehen.

„Elise, was Gott zusammengefügt hat, soll der Mensch nicht scheiden." Er breitete seine Arme aus.

Körner war von seinem Vater beauftragt worden, inzwischen Elli von dem Geschehenen in Kenntnis zu setzen. Das tat er liebend gern. Er wollte sich sein Schwesterchen holen und sie beglückt herüberführen. Sie saß am offenen Fenster. Die häusliche Arbeit war getan.

Er schaute lächelnd zum Fenster hinein und sagte: „Nicht so fleißig, Fräulein Elli! Kommen Sie doch ein wenig in den Garten, ich erzähle Ihnen von Ihrer Freundin."

Elli schüttelte den Kopf. „Herr Müller sieht es nicht gern. Es ist ausgemacht, daß wir den Park nicht betreten."

„Ich verantworte es", sagte Körner lächelnd.

Elli zögerte noch.

„Das Stubensitzen ist ungesund. Ich werde mir das Recht nehmen, Sie im Garten meines Vaters herumzuführen."

Elli legte ihr Strickzeug zusammen und ging.

„Ist Herr Müller Ihr Vater?"

„Natürlich ist er mein Vater, wissen Sie das noch nicht? Ich glaubte, Anna hätte Ihnen alles geschrieben."

Elli sagte, daß sie nur Andeutungen gemacht habe von einer Freude, die ihnen bevorstände. Sonst wisse sie nichts. Sie gingen eine Weile schweigend nebeneinander her. Es war ein milder Herbsttag, das Laub schillerte in den buntesten Farben.

„Elli", begann der junge Mann plötzlich, „möchten Sie wohl einen Bruder haben?"

Elli sagte, das habe sie sich immer sehr hübsch gedacht.

„Haben Sie nie einen Bruder gehabt?"

„Nein – ja doch wohl –", stotterte Elli, „aber ich habe ihn nie gekannt."

„So ist er gestorben?"

„Vielleicht", sagte Elli verlegen.

„Er ist nicht gestorben", sagte jetzt Körner fest. „Er lebt und steht vor Ihnen. Ja, Elli, durch eine wunderbare Fügung Gottes stehen wir Geschwister hier zusammen."

„Sie sagten doch, Herr Müller sei Ihr Vater."

„Er heißt nicht Müller, sondern Brown und ist dein Vater und mein Vater. Körner ist der Name meines Großvaters, der mich adoptiert hatte. Elli, ich bin dein Bruder, du bist meine Schwester."

Elli wußte einen Augenblick nichts zu sagen.

„Und meine Mutter?" fragte sie dann.

„Ist beim Vater", war die ernste Antwort. „Wir wollen den Eltern Zeit lassen, sich zu sammeln, wollen vernünftig sein und nicht in Ohnmacht fallen. Sonst muß ich meine Doktorkünste an dir erproben."

Ja, er war nun ihr Bruder, der von Anfang an so gut und brüderlich zu ihr gewesen war.

„Es wird kühl", sagte Körner, nachdem sie sich lange Zeit unterhalten hatten, „ich denke, wir gehen jetzt zu den Eltern."

Elise saß bleich auf dem Sofa. Man sah hier sofort, daß man in neuer Liebe, mit neuem Vertrauen ein neues Leben beginnen wollte. Und nun kamen die Kinder. Elli flog dem Vater entgegen, der schon durch seine Güte ihr Herz im Sturm erobert hatte. Er sagte nur: „Meine liebe Tochter!"

Zwischen Körner und der Mutter war die Begrüßung nicht so herzlich, sie standen sich ja noch fremd gegenüber. Aber sie hatten beide den ernsten Willen, in Liebe und Vertrauen zueinanderzustehen.

So war denn nach Gottes Willen eine zerstreute Familie wieder vereint, nicht nur äußerlich, sondern das Band, welches die Sünde zerrissen hatte, war durch neue Liebe festgeknüpft, die innere Trennung und Entfremdung der Herzen war aufgehoben, das Band des Friedens umschloß sie alle.

Großes Aufsehen erregte die Kunde, daß der Besitzer des Landhauses Elise seine verlorene Frau wiedergefunden hatte, und daß sie die bleiche Frau war, die seit einiger Zeit im Efeuhäuschen wohnte. Am meisten aber schlug die Nachricht bei Doktors ein. Die jungen Mädchen waren außer Rand und Band.

„Elli, die Tochter des Herrn Müller!"

„Elli darf in der Villa wohnen!"

„Sie ist das Kind des Hauses!"

„Sie hat das Recht, dort zu tun und zu lassen, was sie will!"

So gingen die Stimmen durcheinander, und das Wundern und Staunen wollte kein Ende nehmen. Aber keine mißgönnte Elli das Glück, sie hatten sie alle lieb und freuten sich mit ihr. Nicht minder Doktors, die auf die Nachricht hin ins Efeuhäuschen eilten, um ihre Mitfreude selbst zu bekunden.

Elise erholte sich nun sichtlich. Das Glück verjüngte sie und färbte die blassen Wangen. Elli strahlte. Sie freute sich besonders, daß der schwere Druck von der Mutter genommen war. Die Übersiedlung in das Landhaus erfolgte schon am nächsten Tag. Die alte Christiane sollte im Hause bleiben, als Hilfe sollte ihr noch ein Mädchen engagiert werden. Elli aber bat, nicht zu viel Dienstboten anzustellen, da sie selber mitwirtschaften wolle.

Da, eines Tages meldete Christiane ein junges Mädchen, das zu Frau Brown wolle und sich durchaus nicht abweisen lasse. Neugierig, wer nach ihr fragen könne, trat Elise in den Hausflur. Da stand die treue Lina mit einem großen Korb am Arm, und als sie ihrer Herrin ansichtig wurde, stutzte sie und sah sie nur groß an.

„Frau Braun, da bin ich", sagte sie treuherzig. „Sie haben meiner Mutter geschrieben, ich solle nicht wiederkommen. Aber ich werde Sie doch nicht alle Arbeit allein machen lassen. Wo wohnen Sie denn nun eigentlich und was kann ich zuerst machen?"

„Du gute Seele, Gott lohne dir deine Treue", sagte Elise bewegt. Und nun erzählte sie ihr alles und ließ sie ins Zimmer treten, damit ihr Mann auch das treue Mädchen sehe. Und dann wurde ihr gesagt, daß sie bleiben und ihren Dienst sofort antreten könne.

Als sie mit der Frau allein war, machte sie verlegen den Korb auf und packte Eier und Butter von der Mutter aus.

„Sie werden sich zwar jetzt nichts daraus machen, aber in die kleine Wirtschaft hätte es gerade gepaßt."

Elise dankte gerührt und nahm, was ihr aus Liebe gegeben wurde, mit herzlichem Dank an.

Elli und Heinrich kamen vom Garten herein. Elli zeigte unverhohlen ihre Freude, und Lina sagte, daß sie für das Fräulein etwas Besonderes habe. Dann kramte sie in ihrem Korb herum und zog die Zinnkanne hervor, die Elli bereits schmerzlich vermißt hatte. Sie erzählte, daß sie am Abend, als sie die Schlüssel der Wohnung zur Freundin der Tante gebracht habe, die Kanne bei dieser auf dem Eckbrett habe stehen sehen. Es habe einen harten Strauß gegeben, sie aber habe gewußt, daß dem Fräulein viel daran liege, und sie habe nicht geruht, bis die alte Dame sie herausgegeben habe. „Hier ist sie", fügte sie freudig hinzu.

„Lina, das danke ich dir, hätte ich die Kanne nicht, wäre ich unglücklich; ich habe versprochen, sie dem rechtmäßigen Eigentümer zurückzugeben."

Elli hatte schon Unruhe wegen der Kanne gehabt. Im Trubel der letzten Mohrdorfer Tage hatte man beim Einpacken nicht daran gedacht. Und als dann beim Einräumen das alte Erbstück nicht zum Vorschein kam, beschloß sie, die Kanne auf alle Fälle wieder herbeizuschaffen. Da kamen die großen Ereignisse dazwischen, und der gute Vorsatz war in Vergessenheit geraten. Nun war Elli doppelt froh, ihr Versprechen einlösen zu können.

Mißverständnisse

Zwei Jahre waren ins Land gegangen. Im Landhaus Elise herrschte Leben und Frohsinn.

Körner, der nun den Familiennamen des Vaters trug, hatte sich in Seehausen als Arzt niedergelassen. Doktor Willers war in den Ruhestand getreten und hatte ihm die Praxis überlassen. Doktor Körner hatte Anna als sein Weib heimgeführt und lebte mit ihr in glücklicher Ehe. Elli blühte in jugendlicher Schöne. Aus ihren Augen strahlte Glück und Freude. Sie hatte eine schwere Jugend gehabt, darum nahm sie nun das Gute doppelt dankbar an. Oft meinte sie zu träumen, wenn sie als Tochter des Hauses auf der Veranda stand und in den schönen Garten schaute, den sie früher oft von der Landstraße aus sehnsüchtig betrachtet hatte. Jetzt war nicht nur der Garten für sie da, auch die Herzen der Eltern waren es.

Die Doktorin schaute mit Stolz auf Elli, sie wußte, ein klein wenig hatte sie zu Ellis Glück beigetragen.

Der Verkehr mit der Freundin und jetzigen Schwägerin Anna war herzlich und stark.

Einer Einladung von Agnes in die Stadt hatte Elli im vorigen Jahr Folge geleistet. Agnes hatte immer noch geschwärmt, aber nicht mehr ausschließlich für den einen. Und dieser eine, der Neffe der Doktorin, ließ sich gar nicht in Seehausen sehen. Selbst die Doktorin wunderte sich darüber. Aus Italien war er längst zurück und bereits im Amt. Ob er nun um Agnes werben würde? Ob die wohl die richtige Frau für ihn wäre? Vielleicht paßte sie selbst besser dazu. Doch auf welchen Gedanken ertappte sie sich! Bis jetzt hatte nicht das geringste für so etwas gesprochen. Zuerst hatte sie die unliebsame Bemerkung über ihn gemacht und dann ein Familienerbstück entführt. Später hatte sie ihn als Dieb verschrien und eingeschlossen, und endlich hatte sie ihn bei Agnes verdächtigt. Es war nur zu gerechtfertigt, wenn er nichts von ihr wissen mochte. Aber den Vater hätte er aufsuchen können, er war doch früher so vertraut mit ihm gewesen.

Während Elli eines Tages alle diese Fragen erwog, saß Otto an Tante Elfriedens Bett und erzählte ihr von seinen Erlebnissen. Er meinte, er habe nun alles, was er sich wünschen könne, aber eines fehle doch, das sei eine Frau, die mit ihm arbeite, sorge und sich freue.

Auf Elfriedens Frage, ob er denn jemand im Auge habe, wurde er verlegen und sagte: „Das schon, aber das ist ganz aussichtslos."

Tante Elfriede meinte, sie wolle sich nicht in sein Vertrauen drängen, aber als Patin dürfe sie wohl wissen, wohin sein Herz ihn ziehe. Da sagte er ihr, daß Elli ihm es von Anfang an angetan habe. Je mehr er sich über sie hätte ärgern wollen, um so lieber habe er sie gewonnen. Wenn er von ihr getrennt gewesen, habe er immer an sie denken müssen. Er erzählte von ihrem Zusammentreffen bei Tante Gerda und wie es ihn gerührt, daß sie so viel für ihn habe stricken müssen. Er habe es wohl gesehen, wie sich die kleinen Hände für ihn gemüht hätten. Schon den ersten Abend, als er bei Doktors gewesen, habe er an der Größe der Strümpfe gemerkt, für wen sie seien; er habe aber getan, als sehe er es nicht, um sie nicht in Verlegenheit zu bringen. Als er Tante Gerda den letzten Morgen darüber zur Rede gestellt, habe die geantwortet, das sei ihre Sache.

Tante Elfriede hörte lächelnd zu und riet ihm, doch seinen Freund, den älteren Herrn Brown, zu besuchen, das andere würde sich ja finden.

Das fände sich nicht, antwortete Otto bestimmt. Elli habe selbst geäußert, daß sie nicht begreifen könne, daß man für ihn schwärme.

Schwärmen sei etwas ganz Verkehrtes, erwiderte da Elfriede. Elli, die sehr vernünftige Ansichten habe, werde sich nie einer so ungesunden Gefühlsäußerung hingeben. Aber einer treuen Liebe, die aushalte im Kampf des Lebens, halte sie Elli für fähig.

„Schön", fiel Otto ihr in die Rede, „aber ich werde nie der Betreffende sein. Überhaupt jetzt, wo sie reich ist und all das hat, was ich ihr nie bieten kann."

„Elli hängt nicht an den Gütern der Erde", behauptete Elfriede hartnäckig. Sie redete ihm noch einmal zu, einen Besuch in Seehausen zu machen, entweder bei Doktors oder bei dem jungen Paar, das sich gewiß freuen würde, ihn zu sehen.

„Ich will die jungen Leute in ihrem Glück nicht stören", hieß es da.

Als aber die Pfingstzeit vorüber war und die Rosen blühten, da hielt er's nicht mehr aus. Er erinnerte sich an den Geburtstag seines Freundes Heinrich und wollte ihn nun überraschen. So wanderte er eines Tages vom Bahnhof Naundorf die bekannte Landstraße hinunter, die nach Seehausen führte. Bei Tante Gerda wollte er als Gast einkehren und morgen seinen Freund aufsuchen. Niemand wußte von seinem Kommen. Jetzt hatte er das Haus seiner Verwandten erreicht, er wollte schon eintreten, doch da trieb ihn irgend etwas weiter. Er konnte ja, da ihn niemand bemerkt hatte, die Straße noch ein Stück weiter wandern, er wollte nur an dem Garten des Landhauses Elise vorbeigehen. Jetzt stand er da, einen Blick durch das Gitter werfend. Wie hatten sich die Zeiten geändert! Früher war er der Bevorzugte gewesen und war von Elli beneidet worden, jetzt hätte er etwas darum gegeben, wenn er so ungezwungen wie damals hätte ein- und ausgehen können.

Warum denn nicht? Niemand hätte ihm darob gezürnt, am allerwenigsten sein alter Freund, der sich oft im stillen wunderte, warum Otto gar nichts mehr von sich hören lasse.

Fröhliche Stimmen klangen aus dem Park. Er hörte

Elli deutlich sagen: „Väterchen, die Rose ist für dich, du bekommst sie ins Knopfloch, und Mütterchen stecke ich eine ins Haar."

„Ob ich wohl auch eine bekäme, wenn ich sie bäte?" Otto ging, ohne sich zu melden, weiter. Ja weiter! Er hätte nicht gedacht, daß er es fertig brächte, am Haus seines alten Freundes vorbeizugehen. Aber in diesem Augenblick fehlte dem sonst kühnen Mann der Mut.

„Sah ein Knab ein Röslein stehn, Röslein auf der Heiden", tönte es da von frischen Mädchenlippen, und eine kräftige Baßstimme fiel ein: „– war so jung und morgenschön, war so lieblich anzusehn."

Das waren Vater und Tochter; wie gern hätte Otto als dritter mit eingestimmt. Doch es war gefährlich, länger stehenzubleiben, er eilte zurück und war in wenigen Minuten bei Tante Gerda. Sie empfing ihn freundlich und herzlich, schalt zwar ein wenig, daß er gar nichts von sich habe hören lassen, aber das war nicht böse gemeint. Junge Mädchen gab es immer noch bei der Tante, aber es waren jedes Jahr andere. Nur Emilie, die ihre Mutter verloren hatte und nun allein in der Welt stand, war bei Doktors als Pflegetochter geblieben. Sie war die rechte Hand der alternden Doktorin. Gerda konnte sich auf sie verlassen.

Otto beobachtete sie. Wenn es darauf ankäme, eine tüchtige Hausfrau würde sie abgeben, aber ihr derbes Wesen war ihm unangenehm. Hübsch war sie auch nicht – das paßte nun wieder zu ihm. Aber wenn kein Zug des Herzens da ist? –

„Otto, alter Junge, das ist ja fein", rief am andern Morgen Heinrich, als Otto unvermutet bei ihm eintrat. „Kaum vermisse ich bei der Morgenpost deinen Glückwunsch, so kommst du selber höchst persönlich. Wo hast du so lange gesteckt? Bist weder zur Hochzeit noch sonst gekommen, ich glaubte mich schon ganz vergessen."

Damit zog er ihn ins Wohnzimmer. Anna hatte viel von Heinrichs Freund gehört, jetzt wußte sie auch, daß sie ihn schon einmal gesehen hatte. Sie sprach aber nicht darüber.

Otto erinnerte sich auch an sie, aber er schwieg ebenfalls. Elli, die ihrer Freundin sonst alles anvertraute, hatte vermieden, von ihrer neuerlichen Bekanntschaft mit dem Langen zu sprechen. Eine gewisse Scheu hatte sie davon abgehalten. Einmal, weil er der Freund von Annas Mann war und dann – weil sie Gefühle für ihn hatte, die sie unmöglich selbst der besten Freundin eingestehen konnte. Anna hatte den Freund ihres Mannes schnell liebgewonnen, sie wunderte sich nur, wie es möglich war, daß ein Mensch einen so unterschiedlichen Eindruck machen konnte.

„Zu Mittag geht's zum Landhaus Elise, du begleitest uns natürlich", sagte Heinrich. „Die Geburtstage werden immer dort gefeiert."

Otto meinte, er wolle nicht stören, aber da half kein Sträuben. Das junge Paar nahm ihn in seine Mitte und wanderte, fröhlich auf ihn einredend, dem nahen Landhaus zu.

Die Tore waren weit geöffnet. Von Elli war nichts zu sehen. Wie würde er sie heute treffen? Vielleicht als verwöhnte junge Dame? Was würde sie sich aus dem einfachen Pfarrer machen?

Herr Brown, der auf der Veranda seine Zeitung las, war über Ottos Besuch ebenso überrascht wie erfreut.

Dann holte er seine Frau. Auch sie begrüßte den Freund ihres Mannes, von dem sie oft gehört hatte, mit Herzlichkeit und Wärme, zumal sie wußte, daß er der älteste Sohn ihrer Freundin Lore war. Otto fühlte sich bald heimisch in der Familie, nur vermißte er Elli, hatte aber nicht den Mut, nach ihr zu fragen. Heinrich schlug einen Spaziergang durch den Garten vor. Die beiden Freunde hatten sich viel zu erzählen.

„Otto, du mußt bald heiraten“, sagte Heinrich, ihm auf die Schultern klopfend.

Otto zuckte mit den Achseln und schwieg.

Sie waren am kleinen Efeuhäuschen. Otto sah es von oben bis unten an. „Dies kleine Haus ist mir früher nie aufgefallen. Jetzt sieht es freundlich und einladend aus, man möchte gleich darin wohnen.“

„Es hat schon eine Besitzerin“, sagte Heinrich, „als Bruder kann ich wohl wagen, dich hineinsehen zu lassen.“ Otto wehrte entschieden, doch Heinrich hatte schon die Türklinke erfaßt und wollte eben aufmachen, da drehte jemand hastig den Schlüssel herum und eine Stimme rief: „Heinrich und Anna, seid ihr's? Jetzt wird nicht aufgemacht!“

„Geburtstagsüberraschungen, ohne Zweifel!“ sagte Heinrich lachend.

Da wurde das gerötete Gesicht einer Bäckerin am Fenster sichtbar, eine kleine Hand kam zwischen den Blumentöpfen zum Vorschein, und eine Stimme sagte: „Nur zu deinem Besten, Heinrich.“ Otto zog seinen Hut. Und Elli? – Ja, die war so erschrocken, daß sie sofort wieder verschwand und nicht mehr sichtbar wurde.

Heinrich erzählte seinem Freund, daß Mutter und Schwester hier eingezogen waren, ohne zu ahnen, daß der Besitzer in so naher Beziehung zu ihnen stand. Und als er auf die Schwester zu sprechen kam, da erzählte er dem Freund, wie ihr stiller Einfluß von Segen für die Mutter gewesen sei, die offen bekenne, daß sie durch ihr Kind erst zur rechten Erkenntnis ihrer Schuld gekommen, und wie Vater und Mutter glücklich seien. Der Vater habe Elli auf ihren Wunsch das Häuschen geschenkt. Sie könne darin nach Belieben schalten und walten. Sie habe ihr Zimmer dort, aber auch ihre Küche, in der sie dann Besonderes zuzubereiten pflege.

War es ein Wunder, daß sich in Otto mehr und mehr der Gedanke festigte, Elli und keine andere würde fähig sein, eine gute Pfarrfrau abzugeben?

Dann schlug die Essensstunde. Alle waren im Speisezimmer versammelt, nur Anna und Elli fehlten. Nun trat Anna mit einer wohlgelungenen Torte ein. Die war mit Rosen ringsum besteckt.

„Hier, Heinrich", sagte sie, „das ist Ellis Geschenk. Sie hat den ganzen Morgen für dich in der Küche geschwitzt, aber sieh, wie prächtig der Kuchen auch geraten ist!"

„Wo ist sie denn?" rief Heinrich. Da trat sie verlegen und schüchtern ein, nicht jubelnd, wie sie es sonst getan haben würde. Heinrich lief auf sie zu und nahm ihre Glückwünsche in Empfang. So lieblich war sie Otto nie erschienen.

Jetzt kam sie, den Gast zu begrüßen. Sie reichte ihm die Hand und sagte: „Verzeihen Sie, daß ich Sie vorhin nicht bemerkte. Das Zuschließen der Tür galt meinem Bruder, nicht Ihnen."

„Wer weiß!" sagte Otto lächelnd. „Ich habe es gar nicht anders erwartet, als daß ich bei Ihnen vor verschlossene Türen kommen würde."

Die andern, die der Rede Sinn nicht ahnten, sahen überrascht aus. Sie wußten ja nicht, in welchen Beziehungen Otto und Elli bereits zueinander standen.

Bei Tisch herrschte fröhliche Stimmung, und so schwand bei Otto immer mehr das befangene Gefühl, das ihn anfangs beschlichen hatte.

Am Nachmittag erschien Doktor Willers mit Frau und Schwägerin. Emilie führte unterdes die Aufsicht bei den Pensionärinnen.

Der Kaffee wurde im Garten eingenommen. Elli saß neben Tante Berta, die ihr zuflüsterte, sie solle mit ihr kommen, sie habe ihr etwas zu sagen. Elli war verwundert, was Tante Berta wohl für Geheimnisse haben könnte. Da erfuhr sie, daß Agnes heute eintreffen würde. Elli wisse ja, wie sie für ihren Neffen schwärme, und sie habe ihr das Versprechen abgenommen, ihr Ottos Besuch sofort mitzuteilen. So habe sie nun gestern gleich geschrieben, da Otto nur wenige Tage bleiben könne. Es sei doch schön, zwei Menschen glücklich zu machen. Sie wisse, ihr Neffe suche eine Frau, und daß er Agnes gern habe, sei ihr fast zur Gewißheit geworden, da er ihr Bild gestern lange angesehen und nach ihr gefragt habe. Sie denke bestimmt, Agnes werde mit dem Abendzug kommen.

Elli erschrak. Als sie sich jedoch an alles erinnerte, was früher gewesen war, sah sie ein, daß es so kommen mußte. Doch gefiel ihr Tante Bertas Verfahren durchaus nicht, auch hatte sie das Gefühl, als ob die Doktorin das nicht billigen würde. Sie nahm sich vor, so zurückhaltend wie möglich gegen den Gast zu sein. Als sie sah, daß die Herren in den Park gingen, bat sie Anna, mit ihr ins Efeuhäuschen zu kommen. Dort saßen die Freundinnen oft zusammen, es war Ellis kleines Heim, wo sie nicht mehr träumte. Nein, das war vorbei. Sie setzte sich mit Anna ans Fenster und sah vor sich hin.

„Du bist so bedrückt, Elli. Fehlt dir etwas?"

Elli schüttelte den Kopf.

„Elli, wenn ich dich früher so fragte, sagtest du mir alles; jetzt, wo ich auch noch deine Schwägerin bin, solltest du es erst recht tun."

„Die Mutter ist jetzt so lieb und gut und der Vater war es immer, es wäre unrecht, wenn ich klagen wollte."

„Aber", fügte Anna hinzu und sah sie prüfend an, „es bleibt immer etwas zu wünschen übrig."

„Wenn du Heinrich nichts sagst, will ich dir etwas anvertrauen." Und nun schüttete sie der Freundin ihr Herz aus.

Anna lächelte dazu und sagte nichts. Eben jetzt gingen die Herren am Häuschen vorüber. Als Anna ihren Mann erblickte, rief sie ihm munter zu, und Heinrich fragte, ob es erlaubt sei, mit dem Freund einzutreten. Elli meinte, der Herr würde sich wohl wenig daraus machen, das kleine Heim zu sehen. Doch da standen sie schon in dem kleinen Zimmer. Es war zierlich und nett, alles zeugte von dem Geschmack und Ordnungssinn der Bewohnerin. Als Elli ihre Gäste gebeten hatte, sich zu setzen, schien ihr plötzlich etwas einzufallen. Sie ging an einen kleinen Schrank, schloß ihn auf und holte behutsam eine blank geputzte Zinnkanne heraus. Sie ging damit zu Otto und sagte: „Darf ich Ihnen Ihr Familienstück zurückgeben? Es tut mir leid, daß es solange in fremden Händen sein mußte."

„Fräulein Elli, ich habe wenige oder gar keine Ansprüche darauf. Es hat meinem Onkel gehört, mit dem werden Sie das abzumachen haben."

„Ihr Onkel hat keine Ansprüche darauf. Meine Tante hatte die Kanne gegen ein Porzellangeschirr eingetauscht."

„Und nun soll ich die Kanne als Geschenk von Ihnen annehmen", sagte Otto belustigt.

„Ich behalte sie nicht", sagte Elli entschieden. „Nehmen Sie das Erbstück, es ist ein Eigentum Ihrer Familie. Agnes wird hoffentlich denken wie Sie –"

Sie stockte und wurde rot. Sie war zu weit gegangen, das fühlte sie. Otto war bei den letzten Worten erregt aufgestanden und sagte, daß er die Kanne nur unter einer Bedingung zurücknehmen würde, worauf Elli erwiderte, sie wisse nicht, was das für eine Bedingung sei, sie wünsche nur, daß er das Erbstück bedingungslos an sich nehme. Sie wollte noch etwas hinzufügen, da war Otto schon aus dem Zimmer. Heinrich und Anna waren schon vorher in den Garten gegangen. Elli war allein.

Sie hatte sich so auf Heinrichs Geburtstag gefreut und nun mußte gerade an diesem Tage die schöne Eintracht gestört werden. Aber war sie nicht selber schuld? Sie war erregt über das, was Tante Berta ihr gesagt hatte. Jetzt erkannte sie ihr Herz mit seinen Wünschen und Hoffnungen.

Um nicht aufzufallen, ging sie zur übrigen Gesellschaft in den Garten. Otto war verschwunden, es hieß, er habe Tante Berta nach Hause begleiten wollen.

Emilie kam mit den Pensionärinnen, doch Otto erschien nicht wieder. Als Elli Emilie fragte, ob Besuch bei Doktors eingetroffen sei, verneinte sie es und sagte nur, der Briefträger sei dagewesen und habe einen Brief von Agnes an Tante Berta gebracht, wenigstens sei es Agnes Handschrift gewesen.

„Tante Berta", fing Otto unterwegs an, „warum gehst du so zeitig nach Hause?"

Sie sah ihn prüfend an und fragte: „Warum begleitest du mich?"

„Ich wollte dich nur etwas fragen, Tante."

Sie sah ihn überrascht an.

„Was hattest du am Kaffeetisch mit Fräulein Brown so eifrig zu sprechen?"

„Hast du uns belauscht?"

„Nein, meine Aufmerksamkeit erregte nur ein Name, der häufig von dir genannt wurde."

„Wirklich!" sagte Berta verklärt. „Da habe ich mich also nicht getäuscht! Dann laß dir sagen, lieber Otto, daß ich Agnes geschrieben habe, du seiest hier, und daß ich sie mit dem Abendzug erwarte!"

„Was hat ihr Besuch mit meinem Hiersein zu tun?"

Nun berichtete Berta, und Otto wurde so böse, daß er sofort abzureisen drohte, wenn die Betreffende wirklich die Taktlosigkeit haben würde, zu erscheinen.

Tante Berta war ganz verschüchtert. Es war das erste Mal, daß sie selbständig gehandelt hatte, und auch das hatte sie nur getan, weil sie es Agnes bei ihrem Fortgehen hatte versprechen müssen. Sie hatte geglaubt, ein gutes Werk zu tun, und mußte sehen, daß es von seiner Seite durchaus nicht anerkannt wurde.

„Wäre ich doch lieber bei meinen Büchern und Blumen geblieben. Otto, vergib und geh zu deinem Freund zurück, er wird sicher auf dich warten."

Otto, der einsah, daß er durch sein Fortbleiben die Sache nur noch schlimmer machen würde, kehrte verstimmt um. Anstatt aber nach dem Landhaus Elise zurückzugehen, ging er in Heinrichs Wohnung.

Unterdes war Tante Berta zu Haus angelangt, und hatte statt Agnes einen Brief von ihr vorgefunden. Sie schrieb:

„Liebe Tante Berta!

Ich komme nicht. Wenn ich junge Männer sehen will, kann ich das hier ebensogut als bei Euch. Ich habe gemerkt, daß Schwärmen ein sehr vergängliches Ding ist, die rechte Liebe aber unvergänglich. Und weil ich einen jungen Mann wirklich liebgewonnen habe und er mich, werden wir bald heiraten. In herzlicher Liebe

Deine Agnes."

„Gott sei Dank", rief Berta erfreut, setzte ihren Hut wieder auf und trabte in das Landhaus Elise zurück. Sie fand Elli und Anna im Garten.

Elli ging erstaunt und fragend auf sie zu. Es war etwas ganz Außergewöhnliches, daß Tante Berta noch einmal zurückkam.

„Wo ist Otto?" rief sie erregt.

„Er ist mit dir gegangen, seitdem ist er nicht wiedergekommen."

„Nicht wiedergekommen, mein Gott, wo ist er denn?"

Nun wurde Elli auch unruhig. Sie beherrschte sich jedoch und sagte nur: „Ich weiß es nicht. Was soll er denn?"

„Es ist wegen Agnes." Da wandte Elli sich stolz ab und sagte: „Du mußt ihn dir suchen, Tante Berta."

Jetzt kam Heinrich hinzu. „Wer soll gesucht werden?"

„Otto ist verschwunden", sagte Anna, „und Tante Berta sucht ihn."

Elli, die nichts mehr von der Sache hören mochte, ging zu den jungen Mädchen.

„Da ich Otto auch suche", versetzte Heinrich, „und ich Sie nicht allein suchen lassen will, so wollen wir zusammengehen. Er ist vielleicht in meiner Wohnung."

„Es ist ja heute gar kein Zusammenhalt", sagte der alte Herr Brown. „Ich habe mich so sehr auf meinen jungen Freund gefreut und nun ist er verschwunden. Heinrich ist auch nicht da."

„Lassen Sie doch die jungen Leute", sagte Doktor Willers.

Otto kam nicht wieder, Heinrich kam nicht wieder, auch Tante Berta blieb verschwunden.

Elli war bei dem Gedanken empört, daß Agnes gekommen sein konnte. Zuzutrauen war es ihr, so wie sie sie von früher her kannte. Der Brief war sicher als Vorbote vorausgeschickt.

Sie ließ sich aber nichts anmerken, sondern widmete sich den jungen Mädchen, denen diese Einladung besondere Freude gemacht hatte. –

Als man zum Aufbruch rüstete, erschien Heinrich endlich. Er flüsterte Anna einige Worte zu, die ein Aufleuchten ihrer Augen zur Folge hatten. Dann sagte er laut zu seiner Frau, sie möchte sich beim Nachhausegehen den Doktorsleuten anschließen, er habe noch etwas mit den Eltern zu besprechen.

Elli räumte schnell mit Lina den Tisch ab und ahnte nichts von der Unterredung, die Heinrich mit den Eltern hatte.

„Also, Vater, er darf im Laufe des morgigen Tages erscheinen?"

„Zu jeder Stunde, er ist mir stets willkommen", sagte Herr Brown bewegt. „Wenn ich nur wüßte, wie unser Kind zu der Sache steht?"

„Das wird sich finden", sagte Heinrich, „Otto ist der beste Mann, den es auf der Welt gibt."

Heinrich sagte den Eltern gute Nacht und eilte nach Hause, ohne sich noch bei Elli sehen zu lassen.

Am folgenden Morgen wanderte Otto wieder dem Landhaus Elise zu. Diesmal in dem frohen Bewußtsein, von den Eltern willkommen geheißen zu werden.

Heinrich und Tante Berta hatten ihn wirklich tags zuvor in der Wohnung des jungen Doktors gefunden. Er war sehr bedrückt gewesen. Als aber Berta ihm voll Freude den Brief zeigte, da hatten sich seine Züge aufgeheitert und er hatte herzlich gelacht.

„Tante, die junge Dame ist vernünftiger als du."

Berta hatte dazu nur genickt und gemeint, es solle das erste und letzte Mal sein, daß sie sich in anderer Leute Angelegenheit mische. Später hatte Otto dem Freund alles erzählt. Der glaubte, ihm Mut machen zu dürfen und hatte, wie wir wissen, noch am gleichen Abend mit dem Vater gesprochen.

Herr Brown erfuhr nun von Otto, daß er schon einen guten Eindruck von Elli gewonnen habe, als er noch sehr jung gewesen, und daß er schon lange gefühlt, daß sie und keine andere die Auserwählte seines Herzens sei.

Herr Brown und seine Frau gaben dem jungen Mann von Herzen ihren Segen, sagten aber beide, daß sie nicht wüßten, wie Elli darüber dächte. Sie habe nie seinen Namen genannt und nie von ihm gesprochen.

Er bat um die Erlaubnis, sie jetzt zu fragen.

Unter den Linden, dem Springbrunnen gegenüber, saß ein junges Mädchen, den Schoß voll Rosen, die sie zu Sträußchen zusammenband. Sie merkte nicht, daß jemand nahte, da Otto über den weichen Rasen schritt. Nun stand er vor ihr.

„Bleiben Sie sitzen, Fräulein Elli", sagte Otto herzlich. „Wissen Sie, weshalb ich heute komme?"

Sie nickte. „Darf ich Ihnen Glück wünschen?" sagte sie und zwang sich, ruhig zu erscheinen.

Otto sah sie erstaunt an. „Ich wüßte nicht wozu. Was meinen Sie eigentlich?"

„Ist Agnes nicht gekommen?" fragte Elli verwundert.

„So haben Sie den Unsinn auch geglaubt?"

„Tante Berta sagte es mir. Ihr Verschwinden und Tante Bertas Aufregung – dann Heinrichs Verschwinden –"

„– hat in Ihnen den Gedanken befestigt, daß ich mich mit dem Fräulein, das seinerzeit für mich schwärmte, verloben würde. Dann wäre ich wirklich der häßliche Mensch, für den Sie mich einst hielten."

„Können Sie das gar nicht vergessen? Sie wissen, daß sich diese Ansicht längst geändert hat. Jetzt halte ich Sie nur für stolz und hochmütig", fügte sie trotzig hinzu.

Otto fragte erstaunt, womit er das verdient habe.

„Sie wollen die Kanne, welche Ihrer Familie gehört, nicht nehmen, obwohl ich mich dazu verpflichtet hatte, sie Ihnen zurückzustellen."

„Ich will sie nehmen", sagte er entschlossen, „aber nur unter einer Bedingung."

„Nein, bedingungslos", forderte Elli hartnäckig.

„Fräulein Elli, die Bedingung ist nicht schwer zu erfüllen, wenn –"

„– wenn es Ihnen eine besondere Freude macht, dann nennen Sie die Bedingung."

„Ich will die Kanne nehmen, wenn – wenn Sie mir alle Tage Kaffee daraus einschenken wollen."

Jetzt war's an Elli zu erschrecken. Aber nun, da das heraus war, nahm er ihre Hand und bat, ihm zu vertrauen. Und als sie in den schattigen Wegen des Parkes auf- und abgingen, da wurden alle Mißverständnisse aufgeklärt, da trat an die Stelle des Humors, den er so gern ihr gegenüber hatte walten lassen, der tiefe Ernst. Sie durfte einen Blick tun in sein Herz, das von treuer Liebe gegen sie erfüllt gewesen war, lange ehe sie es geahnt. Und dann sagte sie ihm, daß er schon lange einen Platz in ihrem Herzen hatte.

Sie gingen zu den Eltern, die freudigen Herzens ihr Ja sagten. Sie wußten es, die Kinder würden glücklich sein, weil ihre Liebe in dem gegründet war, der in Freud und Leid, in Not und Trübsal unser Trost ist.

Niemand aber war fröhlicher als Anna und Heinrich. Sie empfingen die Geschwister mit offenen Armen, und Anna sagte: „Elli, nun sind alle Wünsche erfüllt."

Am Nachmittag schritt das junge Paar der Willerschen Wohnung zu. Das Haus war wie ausgestorben. Elli meinte, sie würden gewiß alle in jener Laube Kaffee trinken, in der sie beide einst die denkwürdige Unterredung gehabt hatten.

So war es. Otto, der Elli gebeten hatte, im Haus zu bleiben, bis er die Tante rufe, fand sie alle gemütlich um den Kaffeetisch versammelt. Tante Gerda stand auf und ging ihm entgegen.

„Otto, wo bist du geblieben? Nach dem Morgenkaffee warst du verschwunden."

„Ich war im Landhaus. Tantchen, verzeih meine Verletzung des Hausgesetzes. Es kommen Tage im menschlichen Leben, in denen alles Äußere zurücktritt, wo man nur der Stimme des Herzens folgt. Tantchen, die einst meine Füße auf dein Kommando hat bestricken müssen, hat mein Herz bestrickt. Elli ist –"

Doch kaum hatte er das Wort gesagt, da kam Elli aus dem Haus geeilt. Die Freude war allgemein. Nur Tante Berta schüttelte ungläubig den Kopf und sagte einmal über das andere, sie habe doch nie gemerkt, daß Elli je für ihren Neffen geschwärmt habe. Otto aber sagte stolz zur Doktorin: „Tantchen, nun habe ich doch eine aus deiner Garde."

„Möge sie sich bewähren", sagte Gerda ernst, „und meinen Lehr- und Erziehungsgrundsätzen Ehre machen."

Als Otto seine Elli zur Mutter brachte, da legte Lore segnend die Hände auf das junge Paar, hocherfreut über die Wahl ihres Sohnes.

Elfriede aber sah froh zu den beiden auf, als sie an ihrem Bett standen.

„Eure kranke Tante bittet euch: bleibt bei Jesus, lasset ihn das Licht eures Lebens sein, er wird eure Wege ebnen und alles wohl machen."

Sie drückten der Tante dankbar die Hände.

Als sie von Tante Auguste geholt wurden, da sah Tante Elfriede das junge Paar noch einmal mit ihren schönen Augen an und sagte: „Auf Wiedersehen, wenn nicht hier, so im Himmel."

Sie fühlte, daß ihres Bleibens auf Erden nicht mehr lange sein würde.

Nach fünfzig Jahren

Eine Reihe von Jahren ist seit dem zuletzt Erzählten verflossen. Wir kehren in dasselbe Städtchen ein, das wir vor fünfzig Jahren zuerst betraten.

In Bergen hat sich manches geändert im Laufe der Zeit. Neue Häuser sind an Stelle der alten getreten, auch hat sich die Stadt erweitert, es sind Anlagen entstanden und auch ein großes Bahnhofsgebäude. Doch erst seit einigen Tagen ist die Eisenbahn in Betrieb gesetzt. Der Dampf, der Beherrscher der Neuzeit, vertreibt alles, was der alten Zeit lieb und teuer war. Da kommt eben die alte, ehrwürdige Postkutsche angerumpelt. Sie hat ihre letzte Fahrt gemacht. Mit Blumen und Laub ist sie reichlich geschmückt. Der Postillon sitzt in Staatskleidung auf dem Bock. Ernst bläst er ins Horn. Laut und feierlich ertönt es durch die Stadt: „Es ist bestimmt in Gottes Rat, daß man vom liebsten, was man hat, muß scheiden – ja scheiden."

Jetzt hält die alte, reichgeschmückte Kutsche vor dem Postgebäude. Es ist ein Abschied von behaglicher Gemütlichkeit.

Wen birgt denn die alte Post zum letztenmal in ihrem Innern? Ein altes Ehepaar. Herr Brown ist trotz seiner 76 Jahre noch rüstig und ritterlich. Er reicht seiner Gattin die Hand und läßt sie vorsichtig aussteigen. Niemand steht zu ihrem Empfang bereit. Ihr Besuch soll eine

Überraschung sein. Sie haben wohl gewußt, daß das Städtchen jetzt mit der Bahn zu erreichen ist, als sie aber hören, daß die Kutsche heute zum letztenmal fährt, bittet die Frau, doch mit der Post zu reisen.

Sind sie um der Erinnerung willen gekommen? Fast scheint es so. Elise mit dem blassen Gesicht und dem silbergrauen Haar redet sehr eifrig und angelegentlich mit ihrem Mann und macht ihn bald auf dieses, bald auf jenes im Städtchen aufmerksam. Nun haben sie den

Marktplatz erreicht. Da steht ein alter Bau. Er scheint der alten Dame beachtenswert zu sein. Sie stehen davor und betrachten ihn. Nach ihren Mienen zu urteilen, mögen ernste Gedanken sie bewegen. Sie gehen weiter und als sie um die Ecke biegen und das Pfarrgäßchen betreten, erhellen sich ihre Züge. Sie schreiten auf das große Haus zu, das der Kirche gegenüber liegt. Fünfzig Jahre älter ist es geworden, doch man sieht es ihm nicht an. Der dunkelgraue Ölanstrich ist erneuert und die alten, steinernen Mauern, die schon manchem Wetter getrotzt haben, stehen fest und sicher, als wollten sie sagen: „Wir trotzen noch manchem Jahrhundert."

Die Alten treten über die Schwelle. Tiefe Stille herrscht im Haus; es ist ihnen recht so, da sie überraschen wollen. Während sie die Garderobe ablegen, gehen wir über den Hof, wo eine Anzahl junger Leute, Gymnasiasten und Studenten, sich im Turnen üben. Einige ältere Herren stehen dabei und ermuntern die Jugend zu Kraftproben, wie sie sie in ihren Jünglingsjahren geleistet haben. Wir gehen an ihnen vorüber in den Garten und schauen uns um. Dort auf dem Rasen, unter einem großen alten Apfelbaum, der unter seinen üppigen Zweigen Schatten für viele gewährt, sitzt eine alte Frau. Kinder in sonntäglichen Kleidern spielen um sie herum, auch sie selbst ist festlich angezogen.

Die braunen Augen leuchten immer noch in jugendlichem Glanz, besonders wenn sie auf die Enkel sehen. Jetzt kommt ein kleiner Junge mit einem Buch auf sie zu. „Großmama, ich will dir etwas vorlesen, suche dir eine schöne Geschichte aus." Sie nimmt das Buch und blättert, dann zeigt sie lächelnd auf eine, die alte Erinnerungen zu wecken scheint. Der Junge setzt sich zu ihren Füßen und beginnt zu lesen, unbeirrt, ob sie zuhört oder nicht. Großmütterchen nickt manchmal ein. Die warme Sommerluft macht sie müde.

Aus der großen Lindenlaube klingt fröhliches Lachen.

Dorthin scheint sich die weibliche Jugend zurückgezogen zu haben. Jetzt tritt der Hausherr in die Laube. Vor einem halben Jahr ist er zum Superintendent in Bergen ernannt worden. Es ist Otto Rost, der Enkel des hier einst im Segen wirkenden Superintendent Kunze. Seine Frau geht ihm entgegen. Sie sieht ihn an mit strahlendem Blick. Man merkt, sie ist mit ihm und durch ihn glücklich geworden.

Elli ist eine glückliche Frau und Mutter. Sie hat das Glück nicht in den vergänglichen Dingen dieser Welt gesucht, sie hat es in dem Glauben an ihren Heiland gefunden. In diesem gemeinsamen Glauben stehen die Gatten treu zusammen, er verkündigt ihn der Gemeinde; sie predigt ihn in ihrem Hause durch Wort und Wandel.

Heute ist große Familienzusammenkunft. Sie feiern Großmutters Geburtstag. Wie gern hätte Elli ihre Eltern hier gehabt, doch die Mutter ist leidend und hat abschreiben müssen.

Es ist nur gut, daß Anna und Heinrich gekommen sind und ihr Töchterchen mitgebracht haben. Es ist besonders für Lore, die älteste Tochter des Hauses, eine große Freude. Ebenso sind Johanna und Martha, die beide längst verheiratet sind, mit einigen Kindern gekommen, auch die Brüder Ottos haben es möglich zu machen gesucht. Sogar Onkel Karl und seine Frau haben die weite Reise nicht gescheut. Während sich die Älteren in der Laube unterhalten, stehen die jungen Mädchen vor der großen Linde in der Ecke und betrachten immer wieder die dort eingeschnittenen Buchstaben. Sie wissen alle, was sie zu bedeuten haben, doch immer wieder wollen sie mehr darüber hören. Dann sehen sie zur Großmutter hin, die damals jung und frisch gewesen ist wie sie, und bedauern, daß die andere Großmama nicht hat kommen können.

Doch, neben der einen Großmama sitzt ja eine zweite! Sie haben die Hände ineinander gelegt und sehen sich an.

„Wenn es mir auch nicht besonders gut geht, und wir deswegen bereits abschrieben, so ist uns doch klar geworden, daß wir heute nicht fortbleiben konnten“, sagte Elise.

„Ich mußte ja kommen, um ein altes Versprechen einzulösen. Lore, heute vor fünfzig Jahren saßen wir auch hier.“

Lore sieht auf die Schar ihrer Lieben und drückt Elises Hand. „Dies alles hat uns der Herr gegeben. Er hat uns innerlich reich gemacht und uns seinen Frieden geschenkt. Das ist das Wertvollste.“

„Und unsere Elfriede, die vor fünfzig Jahren so fröhlich auf dem Rasen herumtanzte, die hat er zu sich genommen. Wieviel verdanken wir ihr! Was ist sie unsern Kindern gewesen“, setzte Elise leise hinzu.

Sie schauen auf die Gruppen im Garten. Elli und Otto haben ihren Vater in die Mitte genommen und begrüßen jubelnd die Mutter. Die jungen Mädchen sind wieder in der Laube verschwunden, die Buchstaben haben zuviel Anziehungskraft. Die Jungen laufen im Garten umher. Anna und Heinrich sitzen in der Tannengrotte, der kleine blondlockige Enkel aber hat sein Buch wieder aufgenommen und liest weiter. Jetzt kommt er an die Worte:

„Ich liebe die Rosen in ihrer Pracht, doch mehr noch den Heiland, der selig macht.“

Otto, der mit seiner Elli in der Nähe steht, sieht sie bedeutungsvoll an.

„Die Worte haben einmal großen Eindruck auf mich gemacht.“

„Ich weiß es, du hast es mir erzählt.“

„Es war an jenem Tag, wo du mich in deinem Büchlein so scharf getadelt hast.“

Sie drückt seine Hand.

„Jetzt bist du mit mir zufrieden?“

„Nein, du böser Mann, nie“, ist ihre Antwort. Aber ihr Blick straft sie Lügen.

Jetzt kommt eilig ein Mädchen mit Tassen in den Garten. Lina ist auch älter geworden, aber rüstig und geschäftig bleibt sie. Sie ist die rechte Hand im Pfarrhaus. Die jungen Mädchen ordnen den Kaffeetisch im Freien. Es ist eine fröhliche Gesellschaft, die dort beisammen sitzt. Die beiden Großmütter obenan. Mitten auf dem Tisch prangt die gescheuerte Zinnkanne, das Erbstück der Familie, das hoch in Ehren gehalten wird, sonderlich vom Hausherrn und seiner Frau, denn es knüpfen sich Erinnerungen eigener Art daran. Was würde die Urgroßmutter sagen, wenn sie sie sähe!

Ja, was würden die Alten sagen, könnten sie herabschauen auf das jüngere Geschlecht, das nun ihre Plätze hier einnimmt. Sie würden sich freuen, wie alles von ihnen Ererbte in Ehren gehalten wird.

Nach dem Kaffee wird von der Jugend eine Fahrt auf dem See vorgeschlagen. Alle sind dafür, sogar der Großpapa hat sich bereit erklärt, mit hinüberzufahren. Nur die beiden Großmütter bitten, man möchte es ihnen erlassen, sie wollten lieber im Garten bleiben.

Und nun ist's ruhig und still geworden. Aus der Ferne tönt der Gesang der Jugend. Die Großmütter lauschen und sitzen wieder Hand in Hand unter dem Apfelbaum. Lore erzählt Elise, wie sehr sie sich freut, ihren Lebensabend im Haus ihres ältesten Sohnes beschließen zu können. Sie rühmt Ellis Liebe und Zartheit. Elise hört es gern, wenn sie auch weiß, daß sie kein Verdienst daran hat.

Elise und ihr Gatte leben immer noch in Seehausen, es ist ihnen der liebste Ort, weil sie sich zum zweitenmal dort gefunden haben. Doktors sind heimgegangen, doch ihr Andenken steht im Segen. Elli vergißt nie, was sie der prächtigen Frau zu danken hat. Ihr Haushalt legt Zeugnis davon ab. Tante Berta wohnt im Landhaus Elise und wird dort in selbstloser Liebe gepflegt.

Und so sitzen die Alten, und ihr Mund fließt über von

allem, was das Herz bewegt. Die Abendsonne wirft goldene Strahlen durch die Zweige des Apfelbaums und erleuchtet ihre Gesichter. Sie sehen nicht mehr sehnsüchtig, wie vor fünfzig Jahren, ins Leben, nein, ihre Gesichter schauen nach oben. Und nun stehen sie auf und gehen nach der alten Linde. Schweigend stehen sie davor und betrachten das dreifach verschlungene „E“. Sie denken beide an die ernsten Worte, die der junge Geistliche damals zu ihnen gesprochen. Jetzt verstehen sie sie in ihrer vollen Bedeutung, sie möchten es Kindern und Enkeln zurufen:

Erbauet euer Glück nicht auf den vergänglichen Gütern dieser Welt, erbauet es auf den Fels, welcher ist Christus! Sammelt euch Schätze, die weder Motten noch Rost fressen, reifet der Ewigkeit entgegen!

„Vor fünfzig Jahren standen wir beide am späten Abend auch hier“, sagte Elise zu Lore, „Elfriede war nicht dabei, ihr Vater hatte sie schon heimgeholt.“

„Jetzt hat der himmlische Vater sie heimgerufen. Aber sie schaut von oben auf uns herab“, erwiderte Lore.

Fern vom See her tönt Gesang. „Wo findet die Seele die Heimat, die Ruh?“ Wie lieblich klingt es durch den stillen Sommerabend.

„Nein, hier ist sie nicht, die Heimat der Seele ist droben im Licht.“

Lore und Elise, die beiden Großmütter, wiederholen leise, sich bewegt ansehend:

„Die Heimat der Seele ist droben im Licht.“

Von Helene Hübener sind außerdem im Verlag der Francke-Buchhandlung erschienen:

REICH IN GOTT
Edition C, Bestell-Nr. H 1
Mit natürlicher Frische und Wärme zeigt uns die Verfasserin das Leben zweier in ihrem Wesen ganz verschiedenen jungen Mädchen

MARIA UND LISA
Edition C, Bestell-Nr. H 2
In dieser Fortsetzung zu REICH IN GOTT hören wir weiter vom Schicksal der beiden ehemals so vertrauten Freundinnen Maria und Lisa

VERSCHLUNGENE WEGE
Edition C, Bestell-Nr. H 3
Zwei Witwen mit ihren Nöten und Sorgen um die heranwachsenden Kinder, mit der Last des Alleinseins und der Verantwortung für neue Bindungen, stehen im Mittelpunkt der beiden hier zusammengefaßten Erzählungen.

ES MUSS DOCH FRÜHLING WERDEN
Edition C, Bestell-Nr. H 4
Wie Schwierigkeiten und Nöte durch unerschütterliches Vertrauen auf Gott überwunden werden, weiß Helene Hübener in der ihr eigenen besinnlichen Art eindrücklich zu erzählen.

IN VORBEREITUNG:

AUS DEM LEBEN EINER WAISE – Frühjahr 1982
IM ROSENHAUS – Herbst 1982
UNTER EINEM DACH – Frühjahr 1983

EDITION C

F = »Brennpunkt Familie«

1 Ross Campbell, Kinder sind wie ein Spiegel
2 Wright, Zuhören muß man lernen
3 Roka, Eins ist eine ganze Zahl
4 Nancy Potts, Leben in Zeiten der Einsamkeit

D = Das Wort beim Wort genommen

1 Georg Eldon Ladd, Die Auferstehung Jesu Christi
2 W. H. Griffith Thomas, Leben und Arbeit im geistlichen Dienst
3 F. F. Bruce, Das Werk Jesu
4 Carles M. Horne, Das Heil
5 John Peck, Der heilige Geist
6 Bruce Milne, Das Ende der Welt

E = Erzählungen, Lebensbilder

1 Anna von Blomberg, Waldstille und Weltleid
2 Anna von Blomberg, Reggfields Tochter
3 Frau Adolf Hofmann, Wenn wieder Weihnachtsrosen blühen
4 Richard Wolf, Bis ans äußerste Meer

H = Helene Hübener

1 Helene Hübener, Reich in Gott
2 Helene Hübener, Maria und Lisa
3 Helene Hübener, Verschlungene Wege
4 Helene Hübener, Es muß doch Frühling werden

G = Bibelorientierte Gemeindearbeit

1 Lienhard Pflaum, Evangelisation – Was bremst denn da?
2 Buddeberg/Pflaum, Wie gelange ich zur Heilsgewißheit?
200 Ernst Modersohn, Die Treuen der letzten Zeit